Păpușarii puterii
Alexandru Rusu

Păpușarii PUTERII

Alexandru RUSU

Hyperliteratura

www.Hyperliteratura.ro
www.Facebook.com/Hyperliteratura
www.Instagram.com/Hyperliteratura
e-mail: office@hyperliteratura.ro

DISCLAIMER: Pentru o viață sănătoasă,
consumați minimum două cărți pe lună.

Detalii online despre carte:
www.Hyperliteratura.ro/produs/Papusarii-puterii

Publicarea acestei cărți a fost realizată prin suportul publicului, o parte din fondurile necesare tipăririi fiind strânse printr-o campanie de crowdfunding inițiată de Hyperliteratura pe platforma Sprijina.ro.

Redactori: Andrei Ruse, Teodor Hossu-Longin
Tehnoredactare: Dan Iancu

Copertă: Andrei Ruse
Fotografie copertă © Steffen Wienberg
Fotografie interioară © Gez Xavier Mansfield

Tiraj 1 (noiembrie 2020): 1.000 exemplare

Descrierea CIP a Bibliotecii Naţionale a României
RUSU, ALEXANDRU
Păpuşarii puterii / Alexandru Rusu. - Timişoara : Hyperliteratura, 2020
ISBN 978-606-9671-10-8
821.135.1

Fotografie de Andrei Pungovschi (VICE România)

Alexandru Rusu s-a născut pe 28 octombrie 1967, în București. A absolvit Facultatea de Drept a Universității din București și este jurnalist la Radio România de treizeci de ani. A realizat timp de opt ani una dintre cele mai importante emisiuni de autor de la Radio România Actualități, „Maraton de duminică", iar în prezent face, în fiecare joi spre vineri noaptea, „Serviciul de Noapte".

În 2012, a fost decorat cu Medalia Regele Mihai I pentru Loialitate: „pentru activitatea sa în domeniul jurnalistic, în lumea radioului, în care aduce societății românești reflectarea la zi, fidelă și măsurată a realității, pentru profesionalismul său caracterizat prin obiectivitate, altruism și afecțiune pentru ascultătorii săi". În 2005, a obținut, împreună cu Marius Grozea, premiul pentru *talk-show* radio acordat de Clubul Român de Presă, pentru emisiunea „Maraton în blue jeans", de la Radio România Tineret.

Are o intensă activitate civică, în apărarea libertății de exprimare. A acționat în instanță de unul singur CNA-ul, pentru o somație. A câștigat și a obținut o motivare importantă pentru jurnaliști și libertatea de expresie. Pornind de la acest proces, Active Watch i-a acordat, în 2015, Premiul FreeEx „Apără-mă, Doamne, de SRR, că de CNA mă apăr și singur!":

„România este un stat democratic, deci libertatea opiniei este protejată prin lege. CNA-ul, într-o criză de scepticism, a vrut să verifice dacă legea asta chiar e pe bune și a penalizat – cu avertisment - o emisiune a Societății Române de Radiodifuziune. Acolo, ziaristul care modera emisiunea îl lăsase pe invitatul său să-și exprime liber opinia că statul român este – citâm – un cuib mafiot (...), condus de o șleahtă de securiști. Surpriză, conducerea SRR n-a vrut să verifice dacă în România dreptul la opinie e protejat prin lege, așa că n-a contestat pedeapsa pe care o primise, asta poate și pentru că era în căutarea unor motive ca să mai scape de un ziarist incomod. Ei bine, incomodul a atacat de unul singur decizia CNA în instanță și a câștigat."

În anul 2016, împreună cu jurnalistul Cătălin Gomboș, a fost cercetat abuziv pentru denunțarea publică a unei campanii manipulatorii declanșate de către Radio România. Această cercetare a fost menționată în Raportul Departamentului de Stat SUA, la capitolul încălcarea drepturilor omului. APADOR-CH a premiat cei doi jurnaliști avertizori de integritate cu Premiul „Cine a fluierat în Radioul public", cu motivarea: „pentru că au avut curajul să vorbească public despre derapajele profesionale din Societatea Română de Radiodifuziune, iar pentru asta au fost hărțuiți, intimidați și anchetați mai bine de șase luni de zile".

Inspirat de aceste evenimente, a decis să scrie „Păpușarii puterii", inițial gândit ca un scenariu de film, apoi transformat în romanul său de debut, la Editura Hyperliteratura.

Cuprins

PROLOG

Decorul este sărăcăcios. Televiziunile de știri sunt ca partidele mici. Cu procente scăzute și investiții puține vor să obțină influență maximă. Se cheamă *randament politic*. Uneori reușesc...

– Puți, domnule! Puți a corupt! Îmi întorci stomacul pe dos! Am plecat! zbiară analistul, într-o poziție oarecum ciudată, aplecat peste microfonul lavalierei.

Moderatorul și politicianul rămân mască. Unul cu gândul la ofensă, celălalt cu gândul la amendă. Pe amândoi îi trece transpirația și le e frică să nu-și strice machiajul. Moderatorul, chiar are obsesia asta, crede că îi strălucește fața și e tot timpul supărat pe machieuze. Ele nu îl mai bagă demult în seamă.

Replica picase ca un trăznet. Nimic nu prevestise o asemenea reacție.

Ion Protopopescu este un *venibil*. Așa îi numesc producătorii de televiziune pe cei care vin la orice oră și sunt gata să vorbească despre orice subiect. Un analist, un părerolog, un fost ziarist, fără nicio pregătire de specialitate, dar cu pricepere în toate. În politică, mai ales. Locul unde este cel mai ușor, crede el. Are notorietate și implicit intrare în studiouri, pentru că spune ce vrei să auzi. Pe *crawl* apare ca jurnalist. E cererea lui, pe care producătorii o știu: „La mine scrieți jurnalist sau comentator politic, nu vreau să văd altceva."

– Nu fac parte din corul jurnaliștilor care susține necondiționat justiția și organele de cercetare, dar sunt evidente progresele făcute de acestea în ultimii ani. Progrese remarcate și la nivel european! Sigur că trebuie să identificăm o oarecare măsură a lucrurilor...

Politicianul este șocat. Nu făcuse decât să-și rostească mesajele primite de la partid: voință politică, subordonarea politicului justiției, imunitate, bla, bla, bla... Le întorsese de pe o față pe alta la zeci de televiziuni, de mii de ori.

– Partidul nostru susține lupta anti-corupție. Nu putem fi însă de acord cu justiția televizată. Suntem fermi împotriva oricărei forme de corupție care șubrezește viața politică. Nu putem, totuși, transforma parlamentul într-un organism care este obligat să avizeze ca notarul... ca primarul... toate sesizările DNA!

***

Salonul are mobila de pe vremea lui Carol al II-lea. Se spune că există un tunel între Palatul Regal și locul acesta, unde regele venea să joace poker cu magnații vremii, prilej de mită mascată în câștig și bucurie regală. Se numește Salonul Mareșalilor și nu datorită mareșalilor, ci pentru că e exclusivist. Ministrul însuși are nevoie de programare. Mai există în clădire încă două saloane cu acces limitat: al generalilor și al coloneilor.

Septimiu Ghica are prioritate aici oricând. Urăște cardurile, nu și conturile bancare. E mereu cu buzunarele pline de lire sterline, euro, dolari și, logic, franci elvețieni. Stă tolănit pe fotoliul din piele, fumează și îi spune colegului de promoție și servicii că nu e satisfacție mai mare decât aceea de a nu scoate nicio centimă și de a te folosi de rezonanța istorică a numelui. Rămăsese cu acest obicei, se pare lucrativ, de când „fugise" în Elveția la sfârșitul anilor '80.

Personajului X nu-i place lumina, stă în semiîntuneric. Poartă tot timpul ochelari fumurii, chiar și înăuntru. Se spune că ar fi fotofob. De aceea doar televizorul este aprins în încăpere, accentuând distonanța cu mobilierul de epocă.

– *Noblesse oblige*! Pariu-i pariu! Uite ceasul! Da' să știi că nu credeam în ruptul capului că poți scoate în direct de pe post un jurnalist de calibru ăsta.

Personajul X se uită la ceasul pe masă: e un Zegg & Cerlati, din aur masiv.

– Stai că mă sună.... Ordonați! se aude în receptor.

Când este cu prietenii, personajul X își lasă pe *speaker*. De felul lui, e tare de urechi. Boală profesională.

– Ai făcut foarte bine ce ai făcut. O să te caut eu!

Își desface ceasul său, un Ulysse Nardin placat cu aur, cu fiorul celui care își lasă un bun de suflet la amanet. Îl pune în buzunarul de la piept. Ceasurile au memoria proprietarului, pulsul lui. Își strânge pe încheietură Cerlati-ul, cu dexteritatea cu care probabil altă dată închidea cătușe.

– Am zis că ești nebun să te bagi la un pariu ca ăsta. Și ăla și mai nebun să plece după un *sms*? Frate, în ce țară ați rămas! se miră, nedisimulat, Ghica.

– Înseamnă că nu știi ce e libertatea! punctează X.

Partea I

Bine ai venit
în presa liberă

„Publicul înghite orice. Cu cât e mai imbecilizat, cu atât mestecă mai ușor orice mizerie. Salubritatea e treaba primarilor." – cu gândul ăsta se trezește în fiecare dimineață Alfred Greceanu, patronul TVG. O face greu, nu-i plac diminețile.

Așa cum nu-i plăcuse nici invitația în parc, unde stătea acum pe bancă ca un fraier. Alfred nu e deloc un fraier. A văzut multe la viața lui, deși urmează să facă abia 45 de ani. A făcut bani din presă, imediat după Revoluție. De fapt, făcuse și înainte, din „cultură", cum obișnuiește să spună. Vânduse discuri vinil venite din Iugoslavia, unde avea un cumnat. Aducea Pink Floyd, Deep Purple, Led Zeppelin, rockăreli... Nu stătea ca papagalul în fața la Muzica. Le vindea *en-gros*, deși termenul, ca și economia de piață, urmau să apară mai târziu.

Cum banii nu îi lipseau, bea cafeaua în fiecare dimineață, la Athénée Palace. Ar fi făcut-o la Capșa, dar o închiseseră comuniștii. Scriitorii, unii dintre ei, se mutaseră la Mărul de Aur. Unde or găsi ăștia numele de cârciumi? Dar la ce să te aștepți când actorii beau acum câțiva ani la Doi Lei, vizavi de DNA, la vremea aceea o instituție prietenoasă, mai târziu *nomina odiosa*. A fost un boem. Viața l-a făcut pragmatic. La astea îi zboară gândurile, când apare în parc Butuman.

– Ce ți-a venit să ne întâlnim tocmai aici? Ai spus că e vorba de discreție maximă și nu pare deloc sigur. Cu atât mai mult pentru tine, maestrul combinațiilor... E atât de deschis, că e evident că pot să ne-asculte de oriunde, îi spune în loc de bună ziua, fără să-i întindă mâna.

– Nu și când ai așa ceva, răspunde Butuman superior, arătându-i un obiect ca un pix, ceva mai gros.

Vlad Butuman este un monument de aroganță. Alfred încearcă din răsputeri să-și mascheze repulsia, dar nu reușește să-și transforme grimasa în zâmbet. Gestul larg și teatral de a introduce pixul în buzunarul de la piept nu îl surprinde. Nici faptul că Butuman nu se așează.

– Hai să trecem direct la subiect, domnule Greceanu. Suntem destul de ocupați amândoi. Uite despre ce e vorba: vreau să-ți cumpăr stația.

Butuman este mai tânăr decât el, din generația lupilor de 40 de ani. Se mai întâlniseră întâmplător la câteva recepții. Nu au nicio tangență, frecventează cercuri diferite. E de notorietate că Butuman e băgat în lumea politică până peste cap. Are, pe lângă BTV, și alte afaceri care îl plasează mult deasupra lui în topurile pe care le fac anual revistele economice.

– Am auzit eu ceva, dar atenție! N-am vândut eu marilor moguli. Ăia din finanțe și... marile proiecte! Cum crezi că i-aș da-o unuia ca tine? ripostează Alfred.

– Pentru că eu am genunchii puternici, bă! Și pentru că obișnuiesc să împart oamenii în „ăia care lucrează cu sau pentru mine" și „ăia care refuză". Adică ticăloșii! Iar în categoria asta, îți spun de pe acum că nu e bine să intri! Uite, îți fac o ofertă concretă. Sigur nu e ce te-aștepți să fie, dar o consider foarte rezonabilă. Și, ca să vezi cât de rezonabil sunt, te las să te gândești până mâine! Uite actele preluării!

Vocea lui Butuman sună dogit. Pentru Alfred este la fel de disgrațioasă ca întreaga conjunctură în care se află fără voia lui. Refuză plicul care îi este întins.

– Postul ăsta e ca și copilul meu! Un post pe care eu l-am făcut, eu l-am crescut și numai eu știu cum mă descurc acum cu el. Totul numai pe munca mea! Uite unde am ajuns de la un simplu *talk-show* seară de seară și cu concurența pe cap! Cum crezi că aș putea să-l vând!? Tu ți-ai vinde copilul? Gândește-te un pic... Pune-te în locul meu! E vorba de sentiment! Față de orgoliul tău, de a mai avea încă o televiziune în trust.

Lui Butuman nu îi tresare niciun mușchi pe față, nu are copii.

– Bă, Grecene, hai să-ți explic cum e cu presa. Și cum trebuie să joci după niște reguli.

Ale noastre, asta e. Fii atent: ori joci, ori ajungi în căcat. Bă, și de-acolo nu te mai scoate nici Dumnezeul Dumnezeilor, al mă-tii sau care vrei tu! Despre asta e vorba! Nu mai pupi reclamă în veci. O să ți se închidă toate ușile – și nu în nas; dinainte, bă! N-o să mai ajungi să bați la vreuna. Nu mai vezi picior de invitat. Îți iau vedetele în doi timpi și trei mișcări! În trei luni, n-o să mai ai bani nici să-ți iei o cafea de la automatul pe care nici p-ăla n-o să-l mai ai în hol! Așa că ia-n pula mea plicul ăsta, belește ochii în hârtiile alea și semnează dracului de bună voie până mâine. Altfel, ai pus-o! Hai, pa!

Îi aruncă plicul în brațe și pleacă. Pe Alfred îl apucă o revoltă pe care abia și-o stăpânește.

***

„Casă, dulce casă", gândește Alfred seara, citind inscripția de la covorașul de la intrare. L-a pus Odette. Alături de ornamente de diferite forme, mărimi și culori – în pofida oricărei estetici, veți spune, dar vă veți înșela. Odette e creatoare de modă. Asta este obsesia ei: *Home, sweet home*.

Locuiesc într-o casă mare. Arhitectul a conceput-o după indicațiile lui Alfred. Așa e când ai bani mulți. Și-a dat seama că a greșit în multe locuri, sunt o grămadă de spații pe care nu le folosește nimeni, nici el, nici Odette, nici copiii. Bani aruncați aiurea. Acum știe ce ar schimba, dar e prea târziu.

Bucuria ei e sinceră. Nu e sigură că asta e calea spre salvare, dar are încredere deplină în Alfred.

– Mâine dimineață îi chem pe Vladimir & Vladimir și asociații. Până la prânz, actele sunt beton, iar băncile și restul să stea la coadă după bani! Hehehe, masa credală! Domnul Butuman să-și pună pofta-n cui! Nu e televiziunea mea desertul dumnealui!

– Și seara mă duci pe mine la Mica Tavernă? se alintă Odette.

– Dacă o mai exista...

– Lasă că găsim un loc în centrul vechi unde să-mi dai o porție de raci cu sos de vin și verdețuri și-un Beaujolais Nouveau.

– Când n-aveam nici banii ăștia, dar nici grijile astea...

Cu totul absurd, Alfred se întreabă pe unde naiba pusese masa de ping-pong. Ce ciudate sunt și gândurile astea.

– Mmm, ce zici? Dup-aia mă duci la Inter? Promit să deschid ochii mari ca atunci. Ți-amintești, așa-i? Eram surprinsă de priveliștea de la balcon. Fată de provincie...

– Cum să uit privirea aia? Și cea de după... Acum avem bani să luăm apartamentul imperial.

– Mai bine o dublă deluxe. E mai intimă. Și să fii îmbrăcat numai...

– Cu cearșafu', ca atunci?

– Ba poate într-una din robele mele din sezonul trecut.

– Sau mai bine, fără nimic.

***

Jurnaliștii, ca și politicienii de altfel, înfulecă, nu mănâncă. Politicianului îi rămăsese experiența din studioul de televiziune în gât. Ajunsese subiect de miștouri și asta nu-i plăcea deloc. Politicienii sunt monumente de orgoliu. Auzi, „să pută"? El, care se dădea numai cu Terre D'hermes, de miroasea, așa cum îi place să spună, din Dealul Parlamentului?

Știe locul preferat al lui Protopopescu. Nu face parte din localurile frecventate de politicieni sau jurnaliști. În costum – nu se îmbracă niciodată altfel – și cu insigna de senator, se simte penibil aici. La fel de penibil ca în emisiune. El e în largul său la restaurantul parlamentului, înconjurat de oameni îmbrăcați la fel, purtând aceleași insigne și având aceleași preocupări. Și, chiar dacă n-o să vă vină să credeți având în vedere câți bani câștigă, gândindu-se și la prețuri. Acolo se mănâncă cel mai ieftin din oraș. Și se poate bea un vin bun, tot ieftin.

Vrea să scape cât mai repede de Protopopescu, care îi pare ca un ghimpe în coastă. Localul de cartier e micuț și nu îi plac spațiile mici – o fi de la Casa Poporului? Are aer de *pub* britanic. Pe funal, se aud rock și blues. Nu le înghite în ruptul capului. Mesele sunt de lemn, scaunele asemenea, capitonate. Pe bar, tronează un dozator de bere, mai mult de decor.

– Vreau să înțeleg ce dracu" te-a apucat! Bă, dacă o făcea vreun jurnalist hămesit după o șpăguță, mai înțelegeam. Dar tu? Tu?! Și mai ales pe tonul ăla? Doar ne știm! Dacă vrei ceva, vino, bă, la mine și ne înțelegem.

– Știi ce vreau? Să mănânc ciorba asta de burtă liniștit, răspunse, mușcând din ardeiul iute, Protopopescu. O face cu poftă, parcă are limbă de tablă.

În atmosfera asta, politicianul aruncă în luptă tot arsenalul. Știe că jurnaliștii sunt la fel ca politicienii, ce dracu'. Sunt oameni și ei, cu slăbiciunile, pasiunile și interesele lor. Uniți de interesul național. Și de bine.

– Hai, bă! Îți arde de mișto la prânz? Și așa, nu vezi că parcă îmi stau toate în gât? N-ai vreo verișoară sau nepoată? Ți-o angajez la birou, la Parlament.

– Las-o, mă, n-o mai face și tu pe fata mare acuma! Că ai curu' mai tăbăcit decât secretara mea! Ești în politică de 20 de ani! Sau de 30? Zi mai bine de femei, spuse Protopopescu, sorbind din ciorbă și căutând feliuțele de burtă, gândindu-se dacă nu mai bine ar fi fost să-și ia tuslama sau să ceară o limbă cu măsline.

Politicianul admirase dintotdeauna ușurința cu care analistul trecea de la un subiect la altul. Numai că acum slalomul ăsta îl călca pe nervi. Ca și cârciuma.

– Uite ce-i, Ioane! Și dup-aia te las! Dup-aia vorbim despre ce vrei tu! Ia aici 20.000. Așa! Mai vine o zi de naștere, o obligație, ceva... O fată... Asta așa, de început. Numai să-mi zici și mie când vrei să mai faci o chestie ca aia, să știu să nu vin la emisiune.

Întinde plicul cu bani cu siguranță. Știe că nu va fi refuzat.

– Hai noroc! Noroc că am buzunare mari, râde și începe să soarbă din paharul de vin, la fel cum făcea și din ciorbă.

Plicul dispăru cu o rapiditate de scamator. Politicianul răsuflă ușurat. Asta îl costă oricum mai ieftin decât să o pățească din nou. Un om politic bagă mâna în buzunar mai des decât o face nașul la o nuntă. Partid, colegi de partid, consultanți, autori de sondaje, oameni de televiziune, jurnaliști etc.

Poate o sută de palincă o să-i taie greața, așa că își comandă.

***

Butuman n-are nicio problemă să îl aștepte pe Greceanu în garajul subteran al TVG, exact atunci când acesta se pregătea să plece la întâlnirea cu Odette, la Mica Tavernă, și să-l înghesuie în dreptul mașinii sale.

Vlad Butuman e dandy, înalt, frumușel, dar și sportiv. Pare mai tânăr decât e, emană putere. Abia a împlinit 40. Se știu puține despre el: că are bani, o televiziune, e băgat în imobiliare, informatică și în alte domenii în care se fac afaceri cu statul. În rest, e discret. Deși cu trecere la femei, nu îl vezi în tabloide și nici în cluburile de fițe de pe Dorobanți sau din Herăstrău. Nici în scandaluri.

Acum are o figură autoritară, dură, e îmbrăcat într-o geacă de piele și poartă ciocate. E însoțit de doi gealați înfricoșători.

– Cu cine te joci, Grecene? Ia zi! Sau te crezi Greuceanu? N-ai înțeles despre ce e vorba?

– Stai... Ce s-a întâmplat? Sunt în termen...

Surprinzător, vocea lui Alfred nu tremură.

– Ce insolvență, bă, tâmpitule? Bă! Afacerile mele, manevrele mele, banii mei stau în spatele mafiei politice. Despre asta e vorba! Ăia de la CNA o să-ți închidă televiziunea mâine!

– Dar mai sunt și alții insolvenți.

– Ăialalți sunt ai mei, bă! Despre asta e vorba! După ce îți pune lacăt, dup-aia te duci în instanță, unde o să dai tot de ai mei! Ce morții mă-tii nu înțelegi? Bă, îți mai spun o dată: tu vinzi, eu cumpăr – regula de aur a capitalismului!

Pumnul lui Butuman se oprește în plexul lui Greceanu. Sunetul înfundat al acestuia acoperă icnetul pe care Alfred mai mult îl înghite. Se gândește cu groază că poate urma o ciocată în coaie. Are mână grea, nemernicul!

– Mai ai o zi să-ți revii! Eu am cererea, tu oferta. Despre asta e vorba! și pleacă, nu înainte să-l trântească pe Greceanu pe capota mașinii.

Gealații lui Butuman nu veniseră decât să asiste la spectacol.

Rămas singur, Alfred simți, mai tare decât pumnul în stomac, cuvintele lui Butuman: „Despre asta e vorba!"

***

Septimiu Ghica stă pe spate, relaxat. Masajul erotic abia a început. În Spa-ul personajului X se simte în siguranță. Se destinde aici de fiecare dată când vine în București. Prietenul său are grijă să îi pregătească surprize. Îi știe gusturile și fanteziile. Uleiul are miros de argan. Bețișoarele miros a scorțișoară. În oglinzi, vede fiecare tresărire a fiecărui mușchi al ei. Toți tonifiați. Când o picătură de ulei se prelinge rebelă, i se trezesc și alte gânduri. Senzațiile sunt oricum în mâna ei.

Ah! Ce degete are fata asta! Ar fi putut fi pianistă. Ce talent! A simțit imediat că mă doare acolo. N-am scos nici un sunet. Coasta asta nenorocită mă face să îmi pară rău că n-avem decât una în minus. De câte ori a fost ruptă?

Blondă natural... Credeam că e rusoaică, dar mi s-a spus că e ucraineancă. Cum de n-o fi ajuns în Occident? Cum reușește să le țină aici?

Nu mai înțeleg nimic din țara asta. Parcă n-am trăit niciodată aici. Chiar, câți ani se fac de când am plecat? Am plecat crezând că-i las săraci și i-am găsit și mai bogați. În Elveția nu ți-ai permite un asemenea Spa personal niciodată. Bravo, camarade! Sunt curios, în ce dracu' echipe joacă. Nu mi-o spune mie tot.

Ce sâni... Naturali, nu silicoane! Dacă mă punea cineva să pariez că va ajunge aici, aș fi pierdut. Nu mai pariez cu el, că pierd. Am spart amândoi tezaurul Securității în '89 și uite unde e el. E clar că nu merge numai pe mâna mea. Ce mâini are fata asta...

Paradisul fiscal e în România, cred că are dreptate. Sunt curios dacă cu operațiile mele în America Latină, Cipru și Cayman rulez cât el. Ce-mi plac femeile când tac..

Orice ai zice, are viziune. Și gusturi. Sunt curios dacă se mișcă la fel de repede ca mine în închiderea căsuțelor poștale și a *offshore*-urilor. Mamă, ce bine se mișcă fata asta, ce meserie știe... Dacă eram un puștan, eram gata demult. Aliona, nume predestinat. E ca focul!

***

Bineînțeles că Alfred și Odette au renunțat la noaptea de la Intercontinental. Numai la insistențele ei, au terminat oarecum liniștit cina la tavernă. S-au bucurat cât au putut de raci și de fructele de mare, care le plac mult amândurora. Au băut și vinul preferat. Dar atmosfera mediteraneană nu reușise să estompeze starea pe care o aveau.

Casa lor de pe malul lacului Snagov e într-o zonă unde stau politicieni, oameni de afaceri și proprietari care se schimbă rapid. Nimeni nu s-a mirat când s-au mutat acolo. Vecinii știau deja fata cui este Odette. Au șușotit doar o vreme, obicei rămas de pe vremea când Snagovul era o biată comună de țară, dar le-a trecut repede.

Sofia și Filip au plecat la culcare. Acum poate, spera Alfred, va scăpa de țiuitul din urechi care nu i-a dat pace toată seara.

– Sunt între fronturi, Odette, și nu știu ce să fac... La opoziție n-am cum să mă duc, pentru că am dat în ei cât au fost la putere. Și, oricum, cred că m-aș duce degeaba...

Privirea lui se pierde prin geam, în întuneric.

– Fredy, mai uită și tu de politică. Oricum e prea târziu să bați palma cu ei acum. Soluția trebuie să fie în altă parte, spuse ea răscolind după un pai – îi place să-și bea *cocktail*-ul cu paiul, indiferent de anotimp.

Greceanu dă cu pumnul în masă și din greșeală trântește un pahărel. Ce dracu', i-am tot zis Odettei să arunce porcăriile astea cât un degetar...

– Nu te mai frământa, oprește-te. Am nevoie de un bărbat viu, exagerează Odette. Avem doi copii de crescut. Dă-o în mă-sa de treabă! Închidem tot și plecăm în America sau unde vrei tu.

– Păi nu vezi că nu putem vinde? Butuman îmi face o ofertă pe care nu pot, n-am cum să o accept! Și nu doar din punct de vedere financiar. Iar dacă plecăm în America, crezi că totul, gata, se încheie? Crezi că Miami e soluția? E exact ce îți ziceam: nu înțeleg ce e în spate.

– Aici ai nevoie de *insideri* în mediul politic înalt, dar tu n-ai timp. Corect?

Alfred o încuviințează. Odette are o logică impecabilă, pe care n-a întâlnit-o niciodată la altă femeie.

– Trage de timp, trebuie să respiri, nu știu...

– Odette, tu nu-l cunoști pe Butuman! E imposibil să respiri când îți suflă ăsta în ceafă.

– Pune doi-trei reporteri să sape adânc. Trebuie să găsești ceva. Oricine are slăbiciunile lui, chiar dacă se află în spatele unor oameni politici importanți. Dar și pentru asta ai nevoie de timp.

– Pe care n-am de unde să-l cumpăr, așa cum ție nu-ți cumpără nimeni casa de modă!

Pentru Greceanu urmează o noapte lungă și apăsătoare, fără somn.

***

Septimiu Ghica a moștenit talentul pentru golf de la bunicul lui, care jucase și cu regele. A făcut pușcărie convins că este din cauza croselor ascunse în subsol, nu din cauza celor care l-au turnat. A ieșit de acolo, paradoxal, și mai senin și mai creștin decât a intrat.

A fost un naiv frumos și a așteptat până la sfârșitul vieții să vină americanii. La Septimiu au venit securiștii. Să-l racoleze. A trudit cu spor pentru ei, fără să creadă vreodată. Până la urmă, fiecare trebuie să aibă un serviciu. Ca să fie cu sufletul împăcat, peste ani, a răscumpărat crosele bunicului de la un securist pensionar care ar fi vândut-o și pe mă-sa pentru bani.

– Hai că-i mișto, este? Ce zici? Am ales și cei mai buni *caddy*, se laudă personajul X, cu o satisfacție care i se citește rar pe chipul impenetrant.

– Auzi, la cât de rar joci față de mine și la cât de puține terenuri de golf aveți, mă mir că-mi faci față, încearcă să fie drăguț Septimiu.

– Sunt aptitudini care nu se uită. Știi și tu, așa e meseria asta, a noastră. Totul devine defect profesional.

Mișcarea de balans a corpului e perfectă. Brațele sunt o prelungire firească a corpului. Răsucirea e completă, deși nu te-ai aștepta la un bărbat de vârsta lui. Crosa rămâne un pic în aer, parcă pentru a contempla lovitura.

– Aici ai dreptate. Uite, și acum pot să-ți zic pe dinafară douăzeci de conturi anonime, spune Septimiu în timp ce își așează ușor cozorocul.

Micul diamant de pe inelar strălucește într-o rază de soare. Personajul X nu are șapcă. Doar nelipsiții săi ochelari cu lentile fumurii.

– He, he... Subțire, băiete! Eu știu treizeci, toate operaționale. Totul aici, la cerebel. Nimic scris. Așa că poate să vină și mama DNA-ului!

– Hopa, *Birdie*! Băi, s-a împuțit treaba de când fac nemții presiuni pentru eliminarea secretului bancar. Ăștia în Elveția au început să scoată din ce în ce mai multe conturi la vedere și pică politicienii ca muștele.

– Știu. Au ajuns niște *Swiss Leaks* și pe la noi. S-au vehiculat numai câțiva guzgani. Ceva rude de politicieni, ceva afaceriști și cam atât.

– E agitație mare pe filieră italiană și germană. Unii au început să plătească de bună voie.

Pentru personajul X, golful este prilej de relaxare, nu de discuții de afaceri, așa că încearcă s-o dea pe glumă.

– He, he... Frica păzește pepenii... de Dăbuleni.

Septimiu prinde din zbor trimiterea politică, dar se face că nu observă. Caută într-unul din buzunare o batistă, dar nu găsește. *Caddy*-ul observă imediat și apare cu una de mătase. Meseriaș!

– Frate, mi-e să nu ne facem de ciocolată... Lindt & Sprüngli.

– Stai liniștit, la noi mecanismul funcționează uns. Serviciul a renunțat la firmele paravan. Avem băieți tineri, pe care nu poți să-i bănuiești de legături cu serviciile. Tinerii tigri ai afacerilor românești! Și împrospătăm tot timpul... menajeria.

– Uite, mă, de grijile pe care mi le fac am dat *Triple Bogey*.

Septimiu nu poate da vina pe gazon. E tuns impecabil.

– Joacă, mă, liniștit! Dacă pe intern se mișcă ceva, mă sui în primul avion spre Zürich și te anunț. Pe extern, cred că e destul de greu să dibuiască oricine ceva. Oricum, am acoperiți peste tot și aflu înainte. La înghesuiala asta de servicii de la noi, mi-am băgat băieți și în alealalte. Țin situația sub maxim control. La suspiciunea asta, am oameni de contraspionaj.

Septimiu e sincer, chiar nu mai înțelege mare lucru:

– Frate, cum ziceți voi: „Ce ej' nebun?"

– Păi ce-ai vrea la isteria asta? Băi, e balamuc! Toți ne urmărim pe toți.

– Și cine dracu' în cine, Doamne iartă-mă, mai are încredere?

– Las-o, bă! Vrei să auzi una *classified*? Aici a fost Țarul! Mergem după aia la jacuzzi, acolo i-a plăcut cel mai mult.

– Cu bere pentru el și șampanie pentru rusoaicele blonde?

– Cu bere, șampanie și fetele mele blonde.

***

Ștefan Gheorghiu a fost tâmplar, muncitor anarhist și socialist. N-a apucat să fie și comunist, pentru că partidul s-a înființat după ce el a murit. A dat însă numele școlii de partid. Dacă va fi să rămână în istorie, o va face probabil doar ca prieten al lui Panait Istrati.

Alfred a vrut să facă ziaristică, dar era la Academia de Partid, trebuia să fii membru al Partidului Comunist, să ai vechime de opt ani în muncă și recomandare de la organizația de bază. Așa că a făcut filologie. A făcut și Trocadero, restaurantul de vizavi, unde se aduceau vinul în frapiera plină cu gheță și sifonul pe masă. Cand se terminau și sticlele și sifoanele, se puneau jos să le numere ospătarul la final și să facă nota. Mai târziu, a aflat că acolo era locul de întâlnire al tehnocraților comuniști, majoritatea securiști, care voiau să schimbe dictatorul, nu și regimul. Au reușit într-un final să tragă sforile. Și ale tranziției și ale capitalismului. Grupul de la Trocadero.

Până la urmă s-a întâlnit cu destinul. În comunism, presa este obligatoriu instrument de propagandă. În democrație, doar poate fi...

Acum i se spune *boss*. Dar e mai degrabă un apelativ colegial, decât unul care vine de la subalterni. Chiar dacă are inițiala în TVG, Alfred Greceanu se poartă în televiziunea lui ca un democrat. Fost ziarist, cunoaște și acceptă hachițele, toanele sau capriciile de mică sau mare vedetă. Iubește meseria asta și oamenii care o fac. De aceea, chiar și o ședință pe nepusă masă în sala de consiliu are un aer relaxat.

– V-am adunat pentru că vreau să auziți de la mine. Sunteți ziariști foarte buni, de aia lucrați aici, și ați fi aflat și singuri. Se fac presiuni uriașe din partea lui Butuman pentru preluarea televiziunii.

Instantaneu, majoritatea începe să vocifereze.

– Am fost întotdeauna complet sincer cu voi și voi fi și acum. Sunt aici oameni care mă cunosc demult, de când de la o idee de a persifla o publicație, vindeai în sute de mii de exemplare și întorceai banii cu lopata. Ei pot depune mărturie că sunt un om onest în relațiile cu colegii mei. Pentru că așa vă consider pe toți.

Din sală răzbate o rumoare de aprobare. Alfred continuă ca și cum n-ar fi auzit-o:

– Nu mai e vremea aia în presă și acum ne descurcăm din ce în ce mai greu. Direct n-ați simțit! Numai de câteva ori, când am întârziat salariile, dar v-am anunțat.

Două-trei voci din grup se aud la unison: „Nu-i problemă, *boss*!"

– V-am adunat să aflu la fel de sincer de la voi cine e dispus să meargă cu mine până la capăt, indiferent de consecințe. Cine vrea să plece, poate să o facă acum, fără niciun regret.

– Păi mai întâi să știm și noi ce decizie ai luat, *boss*, să știm... la ce ne putem aștepta! intervine un jurnalist între două vârste.

– Ce decizie, bă? N-ai încredere? Nu ne-a fost mereu ok aici? îl întrerupe rapid un coleg de-o seamă, care stă chiar lângă el.

– Nu, nu! Are dreptate! Trebuie să știți și voi care e decizia mea de principiu. Așa e *fairplay*! Da' mă bucur oricum că sunt oameni gata să meargă cu mine indiferent de conjuncturi. Nu vând și nici n-o să-l las pe Butuman să preia televiziunea!

Din nou majoritatea murmură a aprobare.

– Va fi greu! Vor fi momente grele... Poate va trebui să facem toți sacrificii... Vreau să știu dacă e cineva care nu vrea sau nu poate să continue cu mine, fără resentimente...

– *Boss*, eu nu o să pot rămâne. Așa cum ai spus, existau zvonuri în piață și am fost ofertat. Nu am răspuns încă, dar oferta este de nerefuzat. Așa cum ai spus și tu, *no hard feelings*, spune jurnalistul care întrebase.

– Fără resentimente, dar îmi pare sincer rău că pleci. Te rog, spune deschis: te duci la Butuman?

– Da!

– Succes!

Jurnalistul se ridică de la masa de consiliu, dă mâna cu Greceanu și părăsește sala cu un semn de rămas bun pentru colegi.

– Mai e cineva care vrea să plece?

– Eu, *boss*, se ridică de data asta unul mai tânăr.

– Tot la Butuman?

– Nu, *boss*. Am oportunitatea să mă duc consilier la ministrul dezvoltării, e o șansă pe care n-aș vrea să o pierd. Mi se deschid și mie alte perspective. Am obosit în jurnalism și vreau să încerc alt drum. Cine știe, poate ajung în politică.

Tot Butuman!, își spune Alfred în gând. Apoi către ceilalți:

– Mai e cineva?...

Liniște.

– Bine... Deci am rămas aproape toți...

Se înfundă în scaun. Simte că mai trebuie să să spună ceva. Ia paharul de whisky, îl învârte puțin în mână, apoi îl lasă. Îi e teamă să nu fie caraghios, patetic sau amândouă la un loc. Bea o gură zdravănă de apă. Apa nu ajută.

– Măi, fraților, chiar nu credeam că rămânem atâția... Sunt impresionat... Impresionat, pe bune! Mișcat! Uite ce vreau să vă spun! Suntem o echipă puternică în care eu am încredere. N-aș fi continuat dacă m-aș fi îndoit vreun moment. Nu sunteți oamenii cu care să fac *team building* sau să le pun filme motivaționale. Nici nu vă plac, nici nu aveți nevoie. Sunteți jurnaliști excepționali. Văd asta. Știu asta. Simt asta. Vă spun cu mâna pe inimă, sunt mândru că am asemenea parteneri. Nu contează ce se întâmplă afară, în presă. Vom rămâne puternici și independenți! Și, mai ales, demni! Nu ne vom transforma în trompeta nimănui, nu vom deveni propagandiști de presă, nici funcționari de industrie media. Contez pe creativitatea, intuiția și libertatea voastră! Vom rămâne ceea ce am fost și până acum: Jur-na-liști! În ciuda tuturor piedicilor și intervențiilor de orice fel. Și așa, împreună, vom răzbi, vom reuși! Aveți încredere în mine așa cum și eu am în voi.

Întâlnirea se termină cu entuziasm. Din grup se aude: „Ai dracu' de moguli!"; „Să vezi ce anchete le tragem la nenorociții ăștia!"; „Suntem jurnaliști, ce paștele mă-sii!"

Timp de câteva fracțiuni de secundă, lui Greceanu i se perindă prin fața ochilor mai multe imagini de la înființarea televiziunii până azi. Citise undeva că asta se întâmplă înaintea morții Nu, nu, televiziunea mea n-o să moară!

***

Filip are 14 ani și e un pilot foarte bun. E mai mititel decât colegii săi, dar antrenorul i-a spus să stea liniștit, pentru că toți campionii de Formula 1 au fost scunzi. Înalte trebuie să fie fetele de la grila de start, chicoti puștiul. Nu e clar pe cine a moștenit pentru că și Odette conduce foarte bine. Probabil că are adrenalina de la Alfred și de la mamă emoțiile.

Pe circuit, e ca leul în junglă. În *cockpit* se simte puternic, conduce cu o concentrare maximă. Emoțiile însă și le ține cu greu în frâu, poate de la vârstă...

– *Coach*, nu mă pot stăpâni, nici n-am dormit bine...

– Filip, ce naiba? Nu-i prima cursă! Uită-te pe grilă, n-ai de ce să-ți faci griji. Dacă mergi în ritmul tău obișnuit, nimeni nu are cum să se țină după tine. Îi ai pe Schelarie și pe Groza, pe care i-ai cam bătut pe unde i-ai prins, restul sunt subțiri. Mai e unu', Arpad, care a ieșit pe trei la Gyongyos, da' m-am uitat la el: e la ani lumină de tine!

– Și casca... mă ține... un pic...

– Dă-o s-o reglez. E ultimul răcnet. Nici Hamilton n-a avut așa ceva, când era ca tine.

Gluma n-a prins la puști. Antrenorul e un munte de om și are tot timpul o față serioasă. Poate și de aia. Te-ai gândi că are mâini aspre, pline de unsoare. Nu-i așa, are mâini delicate și degete lungi.

– Filip, ți-am mai spus de o sută de ori: să câștigi nu e cel mai important lucru de pe fața pământului. Mă rog, dacă iese... Iese! Dar și din înfrângeri ai numai de câștigat! Experiență! Repet: experiență! Și-o să repet de o mie de ori: experiență! Asta vine mai ales din înfrângeri. Dar la tine n-o să fie cazul! Cel puțin nu azi.

– Și *kartul*?

– Stai liniștit. Hai, închide ochii și fă-ți circuitul în minte. Eu sunt oricum aici cu tine.

Antrenorul ține la Filip ca la copilul lui. Nu mai avusese un elev așa de talentat și ascultător. Mai mult, siguranța financiară a familiei îi oferă perspectiva unui viitor strălucitor în *karting*. De fapt, un viitor strălucit pentru amândoi.

Copilul făcu ce i se spuse. Avea ochii închiși și învârtea din cap ca la un joc virtual.

În tribune, Odette freamătă. Lângă ea e tatăl ei, Remus Ciolpan. Care are toate defectele sau calitățile unui politician. Plin de el, gata oricând să corupă pe cineva, băgat în fel de fel de afaceri, crezând că asta înseamnă să fii descurcăreț. Așa învățase el încă din comunism. Ciolpan ilustrează din plin mentalitatea de activist a tuturor celor care intraseră în politică imediat după '89 și nu mai ieșiseră de acolo. Este etalonul pentru eșalonul doi.

Odette a avut o copilărie strictă. Tatăl ei a hotărât totul pentru ea. Un copil nu are voie la liberul arbitru, considera el. I-a ales o școală generală mai departe de casă doar pentru că credea că e mai bună și tot el i-a decis și liceul. Odată, când un coleg i-a furat o portocală – scuzabil poate, copii obișnuiți nu aveau nici portocale, nici banane, astea se luau din rezerva de partid – a încasat o bătaie zdravănă acasă. Trebuia să fie atentă!

– Mamă, ce emoții am! Și tu stai ca..., îi reproșă Odette.

– De ce, dragă? E favorit! Pleacă din *pole position*. Nu te-ai obișnuit, după atâția ani?

Ciolpan e calm. Pentru el nu adie nicio boare de vânt.

– Nu știu... Am și visat urât azi-noapte...

Odette învârte verigheta, așa face când e tensionată.

– Lasă-mă, dracu', cu visele tale! Tu și superstițiile tale! Fii realistă, termină cu prostiile! Mai rămânea să te duci și la biserică... Hai că începe!

Amândoi își fac cruce.

Mașinile demarează. De fiecare dată când îl privește în competiție, inima Odettei bate, așa cum spune Filip, cu o turație mai mare ca a motorului lui. Își rugase mama să nu mai vină la curse, dar cu cine să te înțelegi.

Karturile înghit tură după tură. Miros de cauciuc încins, zgomot puternic de motoare supraturate. Filip e pe primul loc. Antrenorul a avut dreptate. Totul merge ceas. De fiecare dată când trece prin fața tribunei, inima lui Ciolpan crește. A Odettei fierbe. Ca uleiul în motor. Filip e flancat de Schelarie, Groza și Arpad. Puștii nu se lasă. Sunt buni. Însă Filip își însușise perfect o lecție, aceea că e întotdeauna mai bine să ai adversarul în oglindă, decât în fața ta.

Din senin, Filip pierde controlul mașinii și se izbește zdravăn de parapeți. Copiii rămân în *cockpituri* și ridică mâna. Filip e imobil. Salvarea vine imediat.

Într-o clipă, universul se sparge în mii de bucățele, ca într-un caleidoscop asimetric. În cealaltă parte a orașului Alfred încearcă să își reconstituie caleidoscopul jurnalistic. Filip visează fluturi pe vizetă.

***

Alfred a ajuns val-vârtej la spital.

Pentru Ciolpan nu e de ajuns. Are față de el o ostilitate care, într-adevăr, s-a mai estompat odată cu timpul, pe măsură ce a văzut că știe să facă bani. Dar nu dispăruse complet. Ca oricărui activist destoinic, prima impresie îi rămâne întipărită undeva în subconștient, dacă ăștia or avea vreunul. Conștiința de clasă e singura care conta pe vremuri, acum conștiința politică e totul. Așa că îl ia tare, în drum spre Odette:

– Unde dracului ai fost? A trebuit să stau cu Ody în loc să dau telefoane. Stai aici și ocupă-te cum poți. Eu sun la ministru și la președintele Comisiei de sănătate. Vorbesc eu, doar sunt ditamai senatorul!

Pe lângă Alfred, vorbele acestea trec ca expresul prin gara din Pârțeștii de Jos, localitatea de care se amuza că va ajunge după absolvire, undeva în Suceava, habar n-avea unde. Venise Revoluția și nu a mai aflat niciodată unde sunt Pârțeștii...

– Unde e, Odette?

– E la terapie intensivă... Așteptăm să iasă doctorul.

Abia acum se întoarce spre Ciolpan. Părul lui, de obicei lins, este răvășit, spre dezgustul lui Ciolpan, căruia nu îi plac oamenii cu părul mare. Își trece instinctiv mâna prin păr și i se adresează direct:

– Nu e momentul de telefoane. Filip e pe mâna unui medic acum. Să așteptăm să vedem ce ne spune și apoi...

Ciolpan îl săgetează cu o privire ca aceea pe care o arunci unei muște care ți-a intrat în lapte. Pentru că Alfred refuzase toată viața să aibă un șef, Ciolpan consideră că nu-i place munca. În mintea lui, totul trebuie să fie înregimentat, organizat, structurat. Așa fusese educat. Apoi, vorbește cu fiică-sa:

– Așa vă place vouă, să trăiți periculos. Ody, trebuie să acționăm spre binele lui Filip. Aici totul se rezolvă cu intervenții, cu pile. Influența mea e covârșitoare.

– Hai, că nu e momentul să ne certăm... Fredy are dreptate. Așteptăm.

– Treaba voastră! Mă duc să iau o cafea. Vreți și voi?

Și, fără să mai aștepte un răspuns, pleacă.

Când apăru medicul, se instală deodată tăcerea. Avea aerul unui om sigur pe el, calm, o voce caldă și frumoasă.

– Vă văd foarte îngrijorați, așa că nu o să vă iau cu termeni medicali, traumatism cranio-cervical, echimoze și așa mai departe. I-am făcut o tomografie să vedem cât de importante sunt leziunile. Cele mai importante sunt cele de la cap, restul sunt oarecum minore. La coaste și la picioare. Slavă Domnului, nu e foarte grav!

Putea fi mult mai rău. Acum i-am indus coma pentru a evita orice pericol. Stați liniștiți, e stabil. Eu zic să plecați acasă și vă sun eu când îl trezim. E pe mâini bune, să știți. Vă rog să stați liniștiți.

– Domnule doctor, vă rog să facem cumva să pot sta cu el. Plătim o rezervă, orice. Nu-l pot lăsa singur aici. Vreau să fiu lângă el. Chiar dacă nu pot face nimic, măcar să fiu cu el. Vreau să fiu aici, poate se trezește, insistă Odette.

– Stați liniștită, o să rog asistentele să pregătească lucrurile să puteți sta. Vă rog să nu vă panicați, că nu e cazul.

Se pare că Ciolpan nu găsise cafea.

– Sunt senatorul Remus Ciolpan...

– Așa, și? se miră doctorul.

Remus Ciolpan e obișnuit să-și folosească funcția, să ceară și să i se ofere.

– Sunt bunicul lui Filip. Spuneți-mi dacă are nevoie de ceva. Pot interveni oriunde. Îl putem și lua de aici și duce în străinătate.

– Nu e cazul. Așa cum le-am spus părinților, copilul e stabil și îl vom face bine. Chiar dacă suntem spital de stat, am o echipă excelentă și aparatura e și ea în regulă.

– Vreau să știu dacă pot ajuta financiar, înțelegeți...

Vocea lui Ciolpan devine șoptită, privirea complice. Doctorul se face că nu observă.

– Știți că sunt o grămadă de copii cu familii fără posibilități. Dacă atunci când îi aduceți lui Filip ceva, le veți aduce și lor, le veți face o mare bucurie. Jucării sau ce vreți dumneavoastră, îl lămuri doctorul, cu aceeași voce caldă.

Alfred insistă să vadă măcar un minut copilul, iar doctorul acceptă. În timpul cât se duce după un halat, apare și antrenorul.

– Profesore, spune-mi ce s-a întâmplat pe pistă!

– Nu știu, e... inexplicabil. Iar la experiența lui Filip, o greșeală de pilotaj este exclusă. Trebuie să așteptăm expertiza tehnică. Eu am pregătit mașina cu mâna mea. De aia spun că e inexplicabil. Nu pot să-mi dau seama până la expertiză ce și cum a cedat. Bine că... e bine... Și să-i mulțumim lui Dumnezeu că ați investit în noul costum și noua cască.

– Mă duc la el.

Lui Alfred aproape i se taie picioarele când își vede copilul inconștient. Își reține cu greu lacrimile. Nu e o fire prăpăstioasă, dar de data amețeala parcă îl copleșește. În tot vertijul ăsta, un gând: Butuman...

***

Adresa pe care o primise Alfred nu îi spunea nimic. O stradă oarecare, în centru. Știa că pe aici fuseseră diferite sedii ale Miliției și Securității. Acum nu mai știa nimic. Ăștia se mutaseră toți la periferie. Mai auzise pe vremuri că aici își avea atelierul un celebru caricaturist interzis în comunism. Exact în gura lupului. Noroc că fusese deja publicat la Paris și tot Occidentul era cu ochii pe el.

Tot ce aflase e că întâlnirea e importantă, că omul e din servicii, habar n-avea care, că îl urmărește demult și că acum a venit vremea să i se facă o ofertă de nerefuzat. Ca orice ziarist, este curios și nerăbdător să îl cunoască. Cu atât mai mult cu cât, prin eter, circulă o adevărată legendă despre el.

Personajul X, deși are doi metri, pare mai degrabă un Chiroptera. Îl primește pe Alfred Greceanu în semi-întuneric. Faptul că poartă ochelari de soare îl face pe Alfred să se simtă și mai inconfortabil. Stă înfundat într-un fotoliu al propriului birou. Sau poate ăsta e numai un loc pentru întâlniri? La cât e de sărăcăcios mobilat, e posibil. Parcă e o alimentară goală din ultimii ani ai comunismului decrepit. Măcar acolo mai găseai creveți vietnamezi și pelin ori vinifruct.

Alfred este mirat de faptul că scaunul este vechi, de lemn, capitonat. În tabloul ăsta parcă-i lipsește de pe birou un telefon cu disc. Are în schimb laptop. Se așteaptă să audă o voce ascuțită, dar este lovit de un timbru grav.

– Probabil ești surprins că te-am chemat. E un mister pe care, poate, o să-l afli... cândva! Depinde de ce-o să faci și de cât de mult o să avansezi în ierarhie. Vreau să te ajut, înțelegi? Dacă batem palma, ți-ai salvat televiziunea. Mai mult, te vei dezvolta exponențial! Și o să-ți intre și bani. Destui! Infuzie de capital! O să-ți îmbunătățești și echipa.

– E o decizie dificilă...

– Nu mai dificilă decât aia cu Butuman. Aici ai protecție totală, nu fi copil! Avem sute de acoperiți. Uită-te numai la lista absolvenților Colegiului. Mai avem și Academia noastră. Ei sunt cei mai la vedere. Vedete, lideri de opinie, jurnaliști obișnuiți, patroni de presă... avem de toate. Majoritatea sunt doctori. Apropo, ai doctorat?

Alfred se face că nu aude. Cu siguranță că omul știe răspunsul. Îl enervează chestiile astea de aparență. Așa că face ce știe un ziarist mai bine, pune întrebări:

– Nu sunt cam mulți?

– Sunt! Dar n-ai ce face dacă toate serviciile s-au înghesuit ca disperatele. Până și pompierii au ajuns să se infiltreze.

– Să facă ce?

– Fiecare cu afacerile și orizonturile lui.

– Păi și nu se calcă pe picioare?

– He, he... Ești perspicace. Ba da! Cum să nu? Au făcut bătături. Da' cu cât mai multă informație, dată sau cenzurată, cu atât mai bine!

– Și nu e periculos să aveți... defectări? Cum ții la un loc... o ditamai mulțimea... ca asta?

– Știință, copile! S-a detonat unul în direct degeaba. Nici el nu știe cine și al cui e. Își cunoaște numai ofițerul de legătură, care nici ăla nu e activ. Ierarhie și disciplină! Asta însemnă securitate!

Pe Alfred îl deranjează apelativul „copile", dar încearcă să treacă peste.

– Și ce ar trebui să fac eu?

– Să-ți faci meseria și să răspunzi la comandamentele trasate. O să fiu cât se poate de specific. Vei avea libertate editorială totală. Va trebui însă, atunci când te voi convoca, să fii gata să poți declanșa orice campanie de presă pe temele pe care ți le voi da. Sau despre anumite personaje...

– Să înțeleg că eu voi rămâne patronul și conducătorul televiziunii?

– Exact!

– Deci postul îmi aparține în continuare și eu voi decide? Rămân la butoane...

– Cum nu se poate mai exact! Cu amendamentul că vei răspunde la campanii.

– Pot cere și eu ceva?

– Nu-ți forța norocul! He, he, am glumit. O să poți cere ceva, dar nu acum. La viitoarea întâlnire, dacă ne înțelegem.

– Și? Cum facem? Semnez un angajament?

– Copile, așa se proceda înainte de '89! Acum facem altfel! Ne vedem mâine într-un apartament al nostru, conspirativ, ca să fiu mai exact. Acolo vom face un film compromițător cu tine. Care o să rămână la mine. Așa, ca garanție. Dacă lucrurile merg bine, și n-au de ce să nu meargă, filmulețul nu va fi văzut niciodată. Nici de soție, nici de altcineva.

„Copile", va trebui să mă obișnuiesc.

– Cât de compromițător?

Pentru prima oară personajul X râde:

– Compromițător!

– Bine, dacă asta e... procedura...

– Până ne vedem mâine, uite o mapă profesională. O cheamă Flavia Baron. Poate ai auzit de ea. Va fi adjuncta ta pentru investigații. Adjunctul pentru politic ți-l alegi singur, dar va trebui mai înainte să mă consulți. Să revenim un pic la Flavia Baron. E născută în același an și aceeași zi cu tine, așa că o să vă înțelegeți. E o devoratoare de bărbați puternici, oameni de afaceri, politicieni, *influenceri*, toată panoplia! Are portofoliu! E născută pentru a pârjoli totul cu dezvăluirile ei. Jurnalistă de investigații pur sânge. E achiziția pe care ți-o ofer ca început al colaborării noastre. Nu-mi mulțumi! Aici nu se face...

***

Bogdan Crețulescu este diplomatul rasat. Deși grizonant, pare mai tânăr decât cei 55 de ani pe care abia i-a împlinit. L-ai vedea foarte ușor în orice salon diplomatic sau birou de la Bruxelles, după cum l-ai putea imagina cu o vedetă de cinema. Ca orice politician care se respectă, are un apartament pentru întâlniri, în centrul orașului. Aici vine regulat Flavia Baron.

Flavia este femeia fatală prin excelență. Frumusețe răvășitoare, aerul unei dive, fără a avea nimic vulgar sau strident. Inteligentă și sensibilă. În afară de presă, scrie poezie și eseuri. Avusese un blog, dar l-a închis, pentru că majoritatea bărbaților care postau acolo o somau să pună poze cu ea dezbrăcată. Știe că bărbații sunt idioți.

După sex, Flavia fumează. Ar fi vrut să se joace cu fumul și să se piardă în gândurile ei, dar Bogdan are chef de vorbă.

– *Babe*, ai văzut *Basic Instinct*?

– Normal. Da' de ce? răspunde într-o doară, aruncând în tavan un rotocol de fum.

Joacă de adolescentă, gândește Crețulescu:

– Știi faza aia cu tipul care zice: *It was the fuck of the century*?

– Credeam că te gândești la aia cu tipa când își desface cracii.

– Cu tine e: *The fuck of the century all the time*!

– Hai, bă, las-o-n pana mea! Devii siropos. Ce dracu', știi că nu-mi plac chestiile astea! Mi se face greață!

Se întoarce spre el, să vadă că vorbește serios.

– *Babe*, voiam să fiu și eu romantic...

Privirea se oprește pe sfârcul ei, încă întărit.

– Nu fi *goofy*! Asta merge la pițipoance, la asistente TV, la vaci siliconate. Ce pana mea! Te țin lângă mine cât ești bărbat. Ori pentru mine, bărbatul e putere! Știi, mă, de ce îl fute aia pe ăla în *Basic Instinct*? Din același motiv pentru care mi-o trag eu cu tine. Echilibrul puterilor! A lui și a ei! Mă excită de mor.

– Pe mine mă excită legătura asta clandestină, are ceva misterios...

– *Shit*! Dacă vrei mister, du-te-n Tibet! Locul tău e la putere, la butoane! Asta dacă o să știi să le folosești. Și puterea, și butoanele. Știi ce scria

Confucius? „Voi, care guvernați, iubiți virtutea! Virtuțile unui om superior sunt ca vântul, cele ale unui om obișnuit ca iarba. Iarba se apleacă atunci când vântul trece pe deasupra."

– E fascinantă... osmoza asta între ceea ce știi și intensitatea cu care simți. Mă atrage... cum atrage lampa fluturele, rostește Bogdan, aflat încă într-o adorație post-sex.

– Și rahatul musca, *whatever*! Dă-te-n pana mea! Și ca să parafrazez un politician revoluționar, care mărturisea că el se mișcă între metafizică și clitoris, eu îți zic că mă mișc între Budha și Tantra, între Logos și Eros.

– Câtă fericire pe mine să împart cu tine măcar erosul și tantra, încercă să puncteze și el ceva.

– *Body*, nu te alinta. Nu-ți stă bine pițiponc. La logos chiar nu stai rău. Ești *rara avis* prin partidul tău. Vezi-ți de Tao și o să ne fie bine la amândoi. Calea ta, o știi, Cotroceniul! Altfel te omor cu mâna mea! Stânga sau dreapta, nu contează, ca în politică!

Bogdan râde.

– Iar tu o să fii... Prima Amantă!

– Stai tu cuminte, că n-o să mai fie așa ușor cu SPP-ul pe capul și, mai ales, la fundul tău.

– Găsesc eu o soluție. Un post de consilier la Cotroceni cred că ar fi ideal...

– Iar ești *goofy*. Mă vezi pe mine funcționară în aparatul de stat? Plus că n-am fost niciodată... blondă. Și nici nu-mi doresc.

Flavia are un fel absolut personal de a stinge țigara în scrumieră.

***

Băi, nene, așa arată o casă conspirativă? Oare așa o fi fost și garsoniera artistului „închiriată” Securității, pentru că el era mai mult plecat prin concerte? Ca după aia să zbiere pe tonalitățile cele mai înalte că el e nevinovat, n-a cântat la Secu, ci doar pe scenă? Că n-a făcut rău nimănui, doar a luat și el un ban în plus. Asta nu e poliție politică! Până la urmă, justiția i-a spălat dosarul, dar oare și conștiința?

Alfred fu izbit de stridență. Încăperea arăta de parcă aici s-ar fi făcut *videochat*. Perdele roșii, canapea roșie stil Dali, pereți roz. Se gândi că, dacă tot este s-o facă, măcar să fie cât de cât stilată. Sau, oricum, nu atât de țipătoare.

– Stridența dă naturalețe, îi explică imediat personajul X. N-ai fi pariat în viața ta, dacă ai fi văzut într-o fotografie, că e un apartament conspirativ. Și nu e numai un decor, e și acoperire! El e operatorul meu preferat. Profesionist sută la sută. Toate cadrele lui parcă ar fi din Zeffirelli.

Ce dracu' i-o fi venit cu Zeffirelli? Aici parcă suntem în Coppola, gândește Alfred.

Operatorul are camera pe umăr de parcă e o excrescență a corpului și nu un instrument. Îi dă mecanic câteva indicații:

– O să vă rog să nu mă băgați în seamă. Va trebui să fiți cât mai natural, să vă simțiți cât mai bine. Purtați-vă ca și cum n-aș fi aici. Așa vom termina mai repede.

– He, he... Dar poate eu o să prefer să dureze...

– Cum doriți!

Când în încăpere intră un tânăr înalt, atletic, frumos, un adevărat Adonis pe care personajul X îl prezintă ca al doilea erou al poveștii, lui Alfred i se taie picioarele. Amețeala îi inundă capul, revolta îi îneacă vorbele. Îi sare în ochi tatuajul de pe gâtul tânărului, o plasă de păianjen, la capătul firului de jos un cârlig de pește. Are o senzație groaznică.

– A... Nu-nu-nu-nu-nu... O secundă! Cred că e o neînțelegere... Nu am convenit așa... Credeam că e vorba de o femeie... Mi se pare...

Fără să ridice o secundă vocea, cuvintele personajului X parcă fac să reverbereze pereții.

– E-e-e! Ce e cu văicăreala asta de pifan? Nu ne-am înțeles în niciun fel. Aici nu ne înțelegem, executăm! Și între noi fie vorba, el ar trebui să se plângă, că e la ordin. Aici e liga mare! Aici se joacă tare! Credeam că ai înțeles de la început!

– Da, dar asta e prea tare!

– Tare e cum o să joci tu cu televiziunea ta! În jocul ăsta, fără coaie, îți rupi gâtul. Așa că hotărește-te odată, că ne pierdem timpul. Cu noi sau la Butuman! Dacă e vorba de ceva tare, uite, poți să alegi, să îți faci preludiul, intrarea.

Deschide un bar mascat într-un perete în care sunt tot felul de băuturi selecte. Alfred trage adânc o gură mare de aer și un gât zdravăn de votcă pe care-l dă peste cap. Nu mai băuse votcă demult și speră că îi va opri vâjâiala din cap. Dacă ar fi avut droguri, ar fi luat, chiar dacă nu o făcuse niciodată.

– Gândește-te că totu-i până la urmă un rol, îi șoptește la ureche tânărul.

Vocea e suavă, dar nu e sigur și că așa îi va fi mai ușor.

– Măcar să ne cunoaștem. Eu sunt Alfred, încearcă Greceanu să tragă de timp.

– El e Tânărul, intervine X.

Mai trage o dușcă serioasă direct din sticlă. Personajul X i-o ia:

– Gata, ajunge! Vreau să ai privirea limpede. Acum hai pe hol. Aici e pentru femei.

Tânărul îi desface cureaua cu repeziciune. Alfred nu se miră, doar e bărbat. O știi să facă nod la cravată? Caută să se gândească la orice altceva, doar-doar s-o termina mai repede. Simte cum i se trag chiloții. O, Doamne! Când a învățat să facă nodul la cravată? Parcă la 14 ani, poza de pe primul buletin. Tânărul nu se dezbracă. Ce mai așteaptă? Ce mândru era de buletin... Poza era urâtă, ca toate pozele de buletin, dar lui îi plăcea. Simte buzele tânărului, apoi limba, gura... Unde a făcut fotografiile? Undeva unde întorcea un tramvai...

Mâna lui dreaptă se așează pe capul tânărului. Cu o mângâiere ușoară, îi pătrunde în păr. Îi ține capul acolo.

Personajul X jubilează. Sunt cadrele de care are nevoie. Rezoluție 1920x1080, 25 de *frame*-uri pe secundă!

***

N-a mai fost la padoc de ceva vreme. Chiar, cât o fi trecut? Poate dacă n-ar fi fost Sofia, și-ar fi vândut caii. Ar fi fost păcat. Ce naiba, uite, se poartă ca un copil care a uitat de jucăria lui preferată. Dar vezi cum e? Acum a simțit nevoia să meargă fix acolo. Nu știe exact ce trăiește. A fost greață? A fost pentru câteva secunde plăcere? Îi e silă de el. Poate aici va găsi răspunsuri.

Alfred călărește cu Sofia, spre imensa ei bucurie. În trapul calului, gândurile aleargă.

Uitasem senzația asta... Ce bine e în șa, să țin strâns dârlogii. Totul e un vârtej, în loc să fie bucurie. Altădată vertijul îmi dădea adrenalină, acum primesc durere.

Ce frumoasă ești când călărești, Sofia! Bravo, tati! Ce bine te simte calul! Calul te știe cel mai bine! Nu există animal mai blând și mai cald. Eu am aflat că nu câinele, ci calul este cel mai bun prieten. Și asta mai ales după ce am avut bani să-mi cumpăr unul. Și după ce, odată cu banii câștigați, mi-am pierdut prietenii. Am rămas cu cunoștințele. Ce folos?

***

Personajul X pare legat de biroul lui întunecat ca liliacul de peșteră. Numai că pe Alfred nu îl mai deranjează atât de tare. Îl miră numai faptul că întreg biroul e gol. Nicio carte, niciun fișet, niciun dosar, niciun document. Își aminti cum au spart la Revoluție singura încăpere cu gratii din Universitate, crezând că acolo, în spatele așa-zisului „laborator de criminalistică" al Facultății de Drept, sunt dosarele de urmărire ale studenților. Alfred știa de la o colegă cu care s-a iubit o vreme că are dosar. Ea era în UASCR, organizația studențească pe universitate, și l-a rugat să se potolească. Au găsit un birou gol.

Acum simte doar dezgust și e sigur că va trebui să se obișnuiască cu asta. E senzația aceea ușoară de greață pe care o avea în studenție când meargea cu microbuzul la mare sau la munte. Atunci lua Emetiral, acum...

– Stai jos. Bun. Să ne organizăm. Pe cine ai ales adjunct pe politic?

– Am aici o listă scurtă. M-am gândit în primul rând la Ion Protopopescu. Are notorietate, surse, curaj. Pare cel mai independent.

– Nu știu prea multe despre el. Dar pare că o să fie foarte greu să te impui în fața lui. Așa că îți dau eu un pont: banii! Și o funcție! Sunt unii care vor bani și alții care vor funcții; poate că el e genul care ar vrea și una și alta. Dă-i bani și lasă impresia că o să-i dai tot timpul. Acum ai de unde.

– Am înțeles, răspunse mecanic Alfred, cu o disciplină de care nu se știa în stare.

– Fii atent! Mâine dimineață te duci la Zürich. O să te aștepte un amic de-al meu, Septimiu Ghica. El o să te coordoneze acolo. El știe cel mai bine ce trebuie făcut. O să înființezi un *off-shore*, dar asta o să dureze puțin. Până atunci, o să-ți deschizi un cont personal în care vor intra 498.520 euro. Nu mai mult, pentru că poate deveni suspect. Eh, banii ăștia îți ajung până e gata *offshore-ul*, care o să-ți permită orice mișcare de capital în siguranță. E clar până aici?

Întrebarea îi sună oarecum imbecil.

– E foarte clar. Oricum, ăștia aproape 500.000 sunt mai mulți decât mă așteptam eu pentru plecare. Adică, pentru relansarea postului...

– Alte nelămuriri de etapă?

– Îhm... A rămas ceva în suspensie, de la întâlnirea trecută...

– De la apartament? Parcă ți-am spus că e un episod încheiat, pe care îl uităm odată cu închiderea ușii. Ăla e un schelet, al tău, închis într-un seif. Al meu!

– Nu, nu. Asta am înțeles și am și uitat. E mai terapeutic. Vorbesc de prima întâlnire!

– A, așa e. Ok. Zi, chiar nu-mi dau seama.

– Mi-ați spus că am voie, o dată, să cer și eu ceva...

– Fă-o!

– Capul lui Butuman!

– O să-l ai pe tavă, dacă vei performa. De fapt, ți-l vei putea așeza singur. Cu sau fără măr în gură. Acum ai bani, ai echipă... La treabă! Bine ai venit în presa liberă!

Partea a II-a

Drumul succesului

Lui Alfred îi plac zborurile cu avionul. Și ce frică i-a fost prima oară! A băut în aeroport o sută de rom, cică să i se strângă stomacul, a luat un pumn de drajeuri cu el, auzise că opresc starea de vomă, i-a cerut stewardesei încă o punguță, să aibă la nevoie, iar ea i-a zâmbit și i-a spus să stea liniștit, iar zâmbetul ei era așa de frumos de ar fi luat-o acasă.

În avion, se gândește că e naufragiat între două lumi. A trebuit să părăsească zona lui de confort: presa și libertatea. N-are încredere în garanțiile securistice, dar nu are de ales. Din avion nu te poți da jos. Oricum, nu are de gând să împace cele două universuri. Libertatea nu poate coexista cu ordinele. Cum or face presă acoperiții?

Stă cu ochii pe geam și urmărește formele pufoase ale norilor. E cea mai frumoasă imagine; își închipuie că așa arată raiul. Totdeauna când aterizezi și vezi cerul cenușiu, rămâne o inefabilă senzație a paradisului pierdut. Aterizează, îl enervează aplauzele călătorilor. Niște țărani... Dar ăsta e ultimul lucru care ar trebui să îl enerveze...

Deși pierdut printre gânduri, n-are cum să nu observe inscripția cu TVG, ținută de cel care îl aștepta foarte sus, de parcă i-ar fi fost adresată unuia cu capul în nori. Nu înțelesese niciodată de ce unii te așteaptă așa în aeroport. Cu atât mai mult cu cât omul e înalt cât o prăjină. E îmbrăcat într-un tricou și blugi tăiați. Nu s-ar fi gândit la un șofer în ținută, dar nici chiar așa...

– Sunt asistentul domnului Ghica. *Soyez le bienvenue*! Sper ca sejurul în Elveția să vă fie nu numai profitabil, ci și recreabil! *Biensur, monsieur* Ghica a avut grijă de toate. *Permettez moi de vous conduir*!

– După dumneavoastră, pentru că știți drumul.

Alfred are o singură geantă de umăr, așa că nu are nevoie de ajutor la bagaje.

– Noi, elvețienii, spunem că „îți trebuie picioare bune să poți duce o zi de noroc". *Monsieur* Ghica a avut grijă, vom merge cu mașina. *Allons-y*!

– Și noi avem o vorbă: „Sârguința e mama norocului..." Să ne străduim, așadar.

Informațiile suplimentare vin repede, odată urcat în mașină:

– Cu *monsieur* Ghica vă veți întâlni după ce rezolvăm chestiunile bancare. Vă voi duce la Vevey, la reședința dumnealui, acolo veți și rămâne peste noapte. Pentru întoarcere, veți alege un zbor Geneva – București; *monsieur* ține să vă ducă personal cu iahtul peste lac.

– Voi traversa pentru prima oară lacul Geneva, iar compania domnului Ghica va face croaziera cu atât mai fascinată, bâigui Alfred, cumva între acceptare și politețe.

– Acum vă veți întâlni cu domnul Philippe. Philippe este ofițerul bancar cu care o să faceți toate operațiunile. Vorbește perfect româna. Mai întâi, veți lua prânzul și veți afla mai multe lucruri, apoi o să vă deschideți contul. O să vă facă plăcere să stați împreună, e o persoană fascinantă.

– Așa îl cheamă și pe fiul meu...

Alfred e ușor mirat că în țara discreției financiare un șofer știe atât de multe lucruri. Dar poate așa sunt regulile și el abia învață. Renunță să mai gândească. Mintea îi zboară și se înfige într-un pat de spital din România: patul lui Filip.

***

Se așteptase să meargă la un restaurant de lângă o bancă. Credea că pentru ei timpul înseamnă bani. S-a înșelat. A ajuns într-un loc superb însă, care merita mai mult decât toți banii. De pe terasă, se văd și orașul și lacul și Alpii. Poate va veni odată aici cu Odette...

În timp ce manevrează cu dexteritate cleștele pentru homar, Alfred se gândește cât de mult progresaseră și el și țara. Se amuză de fiecare dată când își amintește cum aștepta să vadă ce fac ceilalți pentru a ști și el cum se folosesc tacâmurile. Și e chiar mândru de faptul că există câteva locuri în București unde se poate mânca homar la fel de bun ca cel de aici.

Philippe se clătește tacticos pe mâini cu apa cu lămâie și explică la fel de tacticos, cu o pedanță pe care o întâlnești doar la cei care lucrează în sistemul bancar.

Alfred ar fi pariat la prima vedere că Philippe e elvețian. În timpul comunismului, când erau foarte puțini străini în România, avea un obicei cu cei câțiva prieteni cu care obișnuia să bea bere la terasa Lido. Puneau pariu din ce țară vin, apoi mergeau la ei la masă și, spre disperarea ghidului, îi întrebau. Asta până când a venit ospătarul și le-a zis că îi fac probleme, de acum încolo să îl întrebe pe el, că le spune.

– În Elveția, conturile sunt cifrate și conțin un nume și o parolă. Dumneavoastră veți fi imediat beneficiarul economic al fondurilor de 498.520 de euro. Va trebui să declarați că proveniența acestor bani este licită, iar banca nu e răspunzătoare. E doar o formalitate.

– Având în vedere faptul că sunt trimis de Septimiu Ghica, cred că nu este niciun dubiu asupra provenienței...

– Tocmai! După aceea, va trebui să completați o rubrică unde va trebui să precizați dacă sunteți implicat politic. Vă sfătuiesc să completați negativ.

Româna ușor graseiată a lui Philippe îi dă lui Greceanu o stare de liniște și de încredere, numai bună după homar. Cel care îl întâmpinase la aeroport avusese dreptate.

– Dar chiar nu sunt implicat politic. Ca membru sau simpatizant al unui partid. Pentru că, vă dați seama, având o televiziune, nu pot spune că sunt cu totul în afara politicii. Sunt în joc și unele jocuri trebuie să le fac chiar eu.

– Lucrurile vor deveni mult mai simple după ce facem *offshore-ul*. Vă propun Insulele Cayman, în Insula Man e paradisul fiscal pentru ruși.

– Insula Man, care aparține Marii Britanii? Coroanei?

– Vă miră? Uitați-vă la investițiile din Londra... Revenind la afacerile noastre, vom păstra ca rută a altor operațiuni traseul prin Amsterdam via Antilele Olandeze.

Alfred simte că se pierde în hățișul acesta financiar și nu dorește să renunțe la starea lui de bine.

– Mi se pare complicat...

– Fiți fără grijă, de aceea lucrați cu mine. Ca tot ceea ce este complicat să devină simplu. Știți ce se spune despre români? Că transformă un lucru simplu într-unul complicat. Noi elvețienii luăm un lucru complicat și îl transformăm în mai multe simple.

A venit desertul. Ia în vârful linguriței puțină înghețată. Abia acum observă ceasul de la mâna lui Phillipe. Bineînțeles, elvețian și de aur. Butonii, de asemenea.

– Nu-mi fac nicio grijă că lucrurile vor merge ceas. Uns, cum mai spunem noi.

– Atunci să ciocnim. Bine ați venit în *bussines*! închină Philippe cu paharul de șampanie.

Lumea e croită după tiparul unui costum de 5.000 de euro. Nu mai e loc de zicala „nu haina îl face pe om". Haina spune o poveste, îți amintește oricând orice consultant vestimentar.

***

Seara, Alfred fu șocat. E clar, nu se pricepe deloc la securiști. Septimiu Ghica e opusul personajului X. Te privește tot timpul cu ochi mari, senini și căprui, are un aer bonom de om care e gata să-ți sară oricând în ajutor și o ținută aristocrată în perfectă consonanță cu casa din Vevey.

N-are de unde să știe că Septimiu ajunsese pe vremea comunismului, la fix zece ani după defectarea lui Pacepa, la aeroportul din Berna, având două valize diplomatice cu diamante produse de Securitate și convingerea că cifrele sunt reci și fără viață. Polițiștii elvețieni s-au frecat la ochi când le-a spus că cere azil politic. Știau că pentru Ceaușescu trădarea lui Pacepa a fost o lovitură grea și aflaseră că luase toate măsurile ca asemenea lucruri să nu se mai întâmple. Au urmat zile de interogatorii, dar avea antecedente beton cu ascendenți deținuți politic, așa că a putut să negocieze și chiar să rămână cu o parte din marfă.

În afară de careul de ași, cum considera el valizele, mai avea încă un as în mânecă, un important oficial elvețian care i-a livrat lui și Securității secrete economice, iar acum nu îi mai era de niciun folos. N-a trebuit să-l folosescă și nu știe dacă i-au tremurat vreodată chiloții, pentru că nu s-au căutat unul pe celălalt niciodată. Bineînțeles că la București a fost condamnat la moarte, dar puțin l-a interesat când el începea o viață nouă la Geneva.

– Bun venit în Elveția! Nicăieri în lume nu e mai potrivit un asemeanea salut. Nu-ți face nicio grijă, va fi un foarte bun... venit.

Septimiu își frecă degetele în semnul internațional al banilor, să fie sigur că e bine înțeles.

– Am auzit că ați avut o întâlnire fructuoasă, continuă cu același ton prietenos.

– Mulțumesc pentru găzduire. Cred că e începutul unei excelente colaborări. Dar cum v-ați stabilit la Vevey? Minunată locație, zise Alfred, gândindu-se că acesta e un mai bun început decât acela despre vreme – de fapt, urăște să vorbească despre vreme.

– Păi, pe Coasta de Azur nu mai era loc de oligarhii ruși. Plus că aici e mai liniște. Lacul Lehman e mica mea bucățică de rai. Luăm un cognac? Apoi bem un Pinot Noir dacă vrei roșu sau Chasselas alb. Din zonă.

– Cu mare plăcere!

Alfred chiar se simte bine, ca peștele în apă. Vila e mai mică decât și-a imaginat, dar e prietenoasă și are o curte superbă. Îi place vinul – și parcă e un festival de vin aici. Îi place și lacul, de aceea și-a făcut vilă la Snagov. Septimiu pune muzică: Carlie Chaplin – *This is my song*.

– Tot din zonă! remarcă rapid Alfred.

– Îl ascult zilnic, atunci când sunt aici. Asta-i varianta orchestrală. În '67 i-a dat-o Petulei Clark. Al dracu' moș! Îmi place mai mult așa, fără voce. Mă inspiră, mă relaxează. Ca și bustul lui Eminescu pe care-l văd de pe terasă, dimineața la cafea. Măcar atât putea statul român să facă pentru noi, cei din afară, dacă tot nu-i lasă să voteze pe guzganii care vor s-o facă.

Pe Alfred îl surprinde puțin abordarea bruscă a politicului. Deși e de notorietate faptul că politicienii de la București blochează în toate felurile votul celor din străinătate, mult mai greu de manipulat.

– Să înțeleg că nu ați votat niciodată?

– Nici pe timpul ciuruitului. În democrație important nu e să votezi, ci să influențezi votul. A, sunt un bun cetățean și votez în Elveția! Joci tenis?

– Nu...

– Ar trebui. Și mai mult, să-ți faci un teren de tenis. Astea sunt sporturile puterii: tenisul și golful. Dar voi sunteți așa de înapoiați că abia ai unde juca golf în România, iar dacă-i zici unui politician de golf, îți spune bancul ăla răsuflat...

– Gol fut mai bine?

– Exact! Haideți să mâncăm. Serviți! Politicienii români se bagă ca papagalii în fotbal;

ca musca în... nu spun ce, că suntem la masă. Chestie de mentalitate, de... iar nu spun ce, că suntem la masă. Dacă nu te duce capul la șah, alege, tată, oina! Măcar acolo se decernează Cupa Regelui. Mentalitate comunistă, estică.

Mâncarea e variată, ai de unde alege. E clar că se pregătise special pentru a satisface orice gusturi ale lui Alfred.

– Dar Berlusconi?

– Il Cavaliere... Sua Emitenza, mă lași? Gata și cu fotbalul. I-a săltat pe toți, de-aici de aproape, pe sub cearșaf. A fost o vreme, se făceau bani frumoși... Nu mai ține. Tenis, Formula 1, alte treburi. Acolo e aristocrația! Și la voi s-au făcut bani din fotbal.

– Și au ajuns la Beciul Domnesc, așa îi spune acum la pârnaie.

– Eu, dacă e vorba de Beciul Domnesc, prefer vinul. Alb sau roșu?

– Roșu.

– Eu beau roșu doar la gol...f, spuse Septimiu, cu un ușor zâmbet în colțul gurii.

Apoi, din telecomandă schimbă muzica: *Smoke on the Water*.

Era genericul unei emisiuni de la radio, gândi Alfred. Nu-și mai aducea aminte ce fel de emisiune exact, dar știa sigur că era pe Programul 3, singurul ascultabil, pentru că Europa Liberă sau Vocea Americii le bruiau în draci, se auzeau cu purici. Era coadă la Radioprogres să treacă frecvențele pe ultrascurte de pe Vest pe Est să se prindă postul. Ce nume găseau și comuniștii ăștia: Cooperativa, Aversa la fabrica de pompe, Steagu Roșu...

– Rock. Muzică decadentă pe timpul împușcatului. Eheee, ce plete aveam! Da' aveam și voie, îl trezi Sptimiu din reverie.

– Aici semănăm. Și eu aveam plete. Dar eu n-aveam voie.

Dacă aveai plete, te oprea miliția pe stradă și te tundea. Alfred făcuse, numai el știe cum, rost de o adeverință de la Buftea, că e figurant într-un film. Păcălise cu ea profesorii, nu și pe milițianul zelos care i-o rupse. „Lasă, că figuranți se găsesc destui." Îl tunse, dar el își lăsă părul să crească din nou, până când alt milițian zelos îl chelise din nou.

– E bună, spuse Septimiu, cu exact același zâmbet. Să știi că e la fel și acum. Și nu vorbesc de plete. Știi povestea piesei? E legată tot de zonă. În 1971, în timpul unui concert al lui Zappa, aici, aproape, la Montreux, un fan a tras cu un pistol de semnalizare și a luat foc tot cazinoul. Era construit în 1883. Nu te gândi că era român. Ai noștri dau foc doar în port la Rouen! O să-ți arăt mai multe locuri de poveste în croaziera noastră de mâine de pe lac. Sante!

În noaptea aceea, poate de la vin, poate de la atmosferă, Alfred a dormit foarte bine, după multă vreme. Într-unul din vise, Charlie se juca cu chiflele.

***

Protopopescu e la bază inginer. „La bază" e o sintagmă pe care o foloseau activiștii de partid când voiau să afle meseria pe care o aveai de fapt. Se gândise că va scăpa de navetă doar dacă va ajunge undeva prin centrală sau va face o înțelegere cu băieții cu ochi albaștri și va munci în Libia sau cine mai știe unde. Pentru asta trebuia timp. A venit Revoluția și a intrat în presă. Apoi, a renunțat la presă și s-a făcut analist. Se plătea mai bine, erau mai multe televiziuni, și unele site-uri și publicații locale. Noua ofertă pe care o avea nu schimbă datele problemei, le îmbogățește. A acceptat TVG-ul. Nu s-a anunțat încă nimic oficial.

Pe Protopopescu îl surprinse invitația lui Bogdan Crețulescu, dar rar refuză un politician. De aceea a acceptat să se ducă la el acasă. Mai bine spus, la el la reședință. Pentru Protopopescu este esențial să fii ambidextru, nu numai să poți lua și cu stânga și cu dreapta, ci și să poți lua și de la stânga și de la dreapta eșicherului politic. N-ar rata în ruptul capului o înțelegere, indiferent cum e aceasta, la vedere sau la negru, iar acum simte miros de bani. Și are nas.

– Ia spune, cognac, whisky, votcă? îl întâmpină Crețulescu într-un halat de mătase.

Până și lui Protopopescu ținuta aceasta îi pare demodată. Pipa mai lipsește...

– Whisky.

– Bourbon sau scotch?

Lui Protopopescu și această pedanță i se pare la fel de demodată ca ținuta lejer-aristocratică a lui Crețulescu. Mai rămâne să-l întrebe și dacă vrea dulceață...

– Scotch, normal.

– Eu îl beau cu patru cuburi de gheață, spune Crețulescu în timp ce toarnă.

– Pune atât cât să plutească, încheie bucuros că poate termina acest dialog introductiv.

– Uite de ce te-am chemat. Știu că ești discret, așa că dacă nu o să te implici în proiect, o să te rog să rămână aici tot ce vorbim. Vreau să candidez la președinție și am nevoie de tine, până fac anunțul oficial, să încălzești puțin atmosfera.

– Cu deschiderea ta externă, poți ocupa orice post. De ce îți trebuie Cotroceniul?

Mirarea lui Protopopescu este sinceră. Văzuse multe și știa că președinția era o mare șansă, dar și o extraordinară vulnerabilitate. Dacă pierdeai, îți putea distruge tot viitorul politic. Crețulescu e încă tânăr și pare riscant să-și joace viitorul.

– Tocmai. Cine ai vrea să candideze, dacă nu un om ca mine? Dinozaurii din partid, nărăviți în rele mioritice, sau puștanii ăștia flămânzi? Eu mi-am servit țara și aici și în străinătate. Cred că e vremea mea, conchide Crețulescu.

– Nu te contrazic. Ai toate datele pentru o bună reprezentare a României, numai că știi bine că nu ajunge.

– O să am grijă să dau garanții beton și în străinătate și aici. Puterea cuvântului meu e bine cunoscută. Sunt un om mai mult decât onorabil.

– Bogdane, nimeni nu pune la îndoială calitățile tale. Ești portretul robot perfect pentru președinte, numai că știi bine, sunt și alți factori de putere, își intră Protopopescu în rolul care i se potrivește perfect.

– Știu. Mă pregătesc pentru asta din '90. Sistemul poate sta liniștit. Nu o să-l deranjez.

– E un război greu.

– Am o strategie foarte bine pusă la punct. Vreau să-mi fac o echipă puternică, cu oameni la vedere... și alții nu... Ești prima persoană pe care am căutat-o. Bineînțeles că înțelegerea noastră va fi complet mascată. Ce zici până aici? Te bagi?

– Mai concret. Ce trebuie să fac eu și ce oferi tu?

– Asta sună a o întrebare pe care mi-o pui, pentru că mă înregistrezi...

– Glumești?!

– Normal. Am dispozitive de bruiaj, spune Crețulescu în timp ce învârte cu zgomot paharul cu whisky și cuburi de gheață.

– E o întrebare care confirmă disponibilitatea mea de implicare, simte nevoia să precizeze Protopopescu.

– M-am gândit la tot. Am nevoie de experiența ta în media și în comunicare. Vreau să lansezi „pe surse" posibilitatea de a candida. Vreau să văd cum reacționează serviciile. În ceea ce privește modalitatea de onorare a serviciilor tale, vom înființa o firmă pe numele soției tale, undeva în provincie, pentru că e mai sigur, și o să vezi că din afacerile ei vei fi foarte mulțumit. Știi că nu rămân niciodată dator.

– Ok. Dar am și eu o condiție. Dacă nu îmi convine ceva, sau dacă văd că nu merge campania, să pot ieși oricând. Fără niciun fel de problemă.

– Ok, *deal*!

Cei doi bat palma și ciocnesc. Lângă un ciolan politic, totdeauna e un os consistent de ros. Asta e filozofia de viață pe care Protopopescu crede că o cunoaște doar el.

***

Alfred știe că nimeni nu iubește jurnaliștii. Politicienii sunt încurcați de ei și ar vrea să-i cumpere, afaceriștii nu vor să fie deranjați și preferă să-i sponsorizeze. Doar guvernul cumpără „la vedere" publicitate. E greu să rămâi independent. Poate de aceea nici publicul nu-i mai apreciază și a devenit suspicios.

Jurnaliștii nu se iubesc nici măcar între ei. Criza a făcut ravagii. Salariile au scăzut, s-au închis publicații. Nu există nici măcar o brumă de spirit de solidaritate sau breaslă. Fiecare e pe contul și condeiul propriu.

Alfred simte toate astea și încearcă să-i țină pe ai lui cât mai apropiați. Încă de când își proiectase televiziunea, gândise o sală mare de consiliu, unde să aibă loc aniversări și să participe toată lumea. El însuși nu a ratat vreuna.

Acum, angajații lui sunt surprinși. O a doua ședință în camera de consiliu într-un termen atât de scurt era ceva neobișnuit. De fapt, o ședință acolo e un lucru excepțional. Astăzi nu e ziua nimănui. Totuși, în aer plutește un sentiment de bine. Iar Greceanu are un aer relaxat, elvețian parcă, ceea ce dă senzația că de acum lucrurile vor merge ceas.

– Iată-ne din nou împreună, în formulă completă, mai devreme decât v-ați fi așteptat, de data aceasta cu vești foarte bune. Am întărit echipa cu două nume puternice din piață: Flavia Baron va fi adjuncta mea pe domeniul de investigație, iar Ion Protopopescu pe politic. Vine campania electorală și sunt două domenii unde trebuie să avem un cuvânt important de spus. Poziția lor în companie este legată direct de mine. Șefii de redacții rămân pe poziții și răspund în continuare în fața mea. Din mers vom stabili și delegări ale competenței. Vă rog să le dați celor doi tot concursul, să ne bucurăm că de acum fac parte din echipa noastră și să simtă cât mai repede că suntem o familie.

Alfred îi lasă pe ei să aleagă cine începe. Flavia rostește cu o voce pe care mulți o considerară irezistibilă:

– În filozofia chineză, în taoism, se spune că drumul de zece mii de li de sub picioare începe. Altfel spus, cu primul pas. Nu e un truism, e un adevăr profund pe care îl știți de fapt toți. Primul pas al meu în TVG sper să fie de bun augur. Vin cu sufletul deschis și cu toată experiența mea. Stau la dispoziția oricărui jurnalist care în ancheta lui are nevoie de un sfat. Puteți apela oricând la mine, dacă aveți nevoie de acces la o anumită sursă. Se știe că dețin una dintre cele mai voluminoase agende. O să vă solicit, de asemenea, pentru a crea mici echipe care să urmărească subiecte pe care le am în lucru. Știu că sunteți o televiziune unde cuvântul „frică" este interzis. Acesta este primul pas care duce la încheierea drumului spre succes. Vreau să știți că pentru mine succesul este un atribut de echipă, nu unul individual.

Protopopescu are un timbru comun:

– Independența acestei televiziuni m-a adus aici. Este o garanție suficientă pentru un jurnalist care lucrează de ani buni în politic, unde știți foarte bine că tentațiile sunt imense. Vine o vreme importantă, cea a campaniei electorale, unde cuvântul nostru trebuie să conteze. Nu prin implicarea de o parte sau alta a spectrului politic, ci prin poziționarea la agenda cetățeanului. Trebuie să fim o televiziune a cetățeanului, a poporului bine informat. Numele meu va întări imaginea de independență politică a acestui program. Vom acentua ideea că suntem o televiziune a oamenilor, nu a politicienilor. Vom face din postul nostru de televiziune un loc unde politicienii să-și dorească să fie prezenți. Să se spună că dacă nu apari la TVG nu exiști în politică. Noi vom face agenda politicienilor.

– Mulțumesc, Flavia! Mulțumesc, Nelu! Vă spun și acum, în mod oficial, bine ați venit! O să aveţi tot timpul să vă cunoaşteţi mai bine, şi aici şi la subredacţie.

Subredacția este numele pe care jurnaliștii l-au dat terasei de vizavi. De fapt, cred că nu există sediu de presă care să nu aibă o „subredacție" a lui, o cârciumă în apropiere, mai luxoasă sau mai populară, după bugetul ziariștilor și inspirația în afaceri a patronului locului de relaxare și de șuete.

Alfred continuă:

– Veștile bune nu se opresc aici. În urma unor demersuri pe care le-am făcut, televiziunea este stabilă financiar.

Entuziasmul este general: „Bine, *boss*!", „Bravo, *boss*!", „Asta e!" Starea de liniște și bucurie inundă instantaneu încăperea. Alfred continuă, fără urmă de teatrală înflăcărare:

– Mai mult, vom putea trece la un alt nivel, de dezvoltare și relansare a TVG. În acest sens, vă anunț că salariile voastre sunt conservate. Vă rog însă să ne pregătim și să facem un efort suplimentar, având în vedere pașii de dezvoltare pe care i-am imaginat.

– Pe aceiași bani, *boss*? Să știm și noi, să ne facem calcule... îndrăzni, fără a sări totuși calul, cel care la întâlnirea precedentă își afirmase încrederea totală în Alfred.

– Stai fără grijă. Imediat ce postul se dezvoltă, vom renegocia și salariile voastre, ale fiecăruia. Cine are obligații în plus, va primi bani în plus.

La nivelul salariilor din televiziunile similare. Strategia de dezvoltare va fi transparentă. Știți că de fiecare dată am fost deschis în fața voastră... Dragi colegi, vom pregăti un eveniment de relansare în forță a televiziunii. Aștept ca de obicei ideile voastre, pe care să le lăsați la secretariat. Tot ca de obicei, voi premia cele mai bune inițiative. De asemenea, aștept proiecte de emisiuni. Bineînțeles că vom pregăti și o nouă grilă de programe. Acum știți bine vorba mea de final: La treabă!

Un jurnalist fără entuziasm e un profesionist mort. Alfred privește cu bucurie licărirea din ochii angajaților săi, când începe să-i lumineze *display-ul* telefonului: BUTUMAN. Nu răspunde.

***

Pentru Alfred, K2 nu mai era demult doar abrevierea de la o probă olimpică de kaiac. Știe că e un loc de recepții al celui mai important serviciu secret. Mai știe că e pe malul lacului și că pe vremea lui Ceaușescu era casă de oaspeți. Dormiseră acolo figuri importante ale epocii. Nu mai fusese niciodată aici.

Personajul X îi spusese că e obligatoriu să fie prezent la chermeza oferită cu ocazia prezentării bilanțului anual la parlament. Să meargă el, nu să delege pe altcineva, așa cum obișnuia. Așa că se așteaptă să întâlnească parlamentari, generali, ofițeri la vedere, oameni de afaceri din sistem și alte fețe scorțoase.

Când porțile uriașe de metal se deschid, se gândește că n-are chef de nimic, cu atât mai puțin de o chestie ca asta. Șoferul este îndrumat unde să parcheze. Vrea să bifeze repede, să bea un whisky, aștia trebuie să aibă doar mărci bune, să schimbe ceva vorbe de complezență și gata. Aici s-or face jocurile, dar nu acum.

E surprins chiar de la intrare. E întâmpinat de o hostessă, care îi cere o carte de vizită. Nu are. Îi trece numele și adresa de *mail* pe un tabel. Ce dracu', ăștia nu au toate datele? A doua surpriză e mobila. E aceeași de pe vremea lui Ceaușescu. Văzuse ceva poze în Scânteia, când primise un lider african, că numai ăștia acceptau să se mai întâlnească cu el. Ceilalți îl evitau ca pe ciumă. Vaze chinezești, scaune tapițate, mese de lemn masiv, canapele.

Ia un pahar de whisky. Caută din ochi o prezență feminină pe care să o cunoască. Femeile oricum sunt mai agreabile decât apretații ăștia. Se uită și după personajul X. Nu e. Ajunsese oare prea devreme?

Nu scapă de un politician recunoscut pentru insistența lui. Și chiar libidoșenia lui. Îl expediază repede. Vede într-un colț o ziaristă și merge într-acolo. Ziaristele bârfesc mai mult ca femeile obișnuite, așa că o să afle măcar noile can-can-uri din piață. Se așează cu spatele la lume, să nu mai fie sâcâit de cine știe ce politician ahtiat după spațiu de antenă.

O bătaie pe umăr oprește dialogul care abia începuse. Butuman!

– Ce faci, *boss*? Hai, noroc!

– Un tupeu mai mare ca al tău nu am întâlnit în viața mea! reacționă Alfred. Vorbeam cu doamna...

– O iau ca pe un compliment. În presă și afaceri asta e principala calitate. Hai să avem un dialog amical. Drăguță, iartă-ne!

Curios, fata pleacă imediat.

– Hai să-i fac semn băiatului să ne aducă niște icre negre.

– Nu mănânc. Nu mai stau mult, e țâfnos Greceanu.

– Doar n-o să bei pe stomacul gol. Ți se suie la cap. Și la propriu și la figurat. Și dacă ți se suie la cap, faci greșeli. Și dacă faci greșeli, profită Butuman. Bea liniștit, glumeam. Ce, nu mai ai simțul umorului?

Amar – asta simte Alfred și nu de la ficat, nici de la fiere sau bilă. Își amintește pe loc de profesorul de socialism științific din facultate.

– Nu-mi amintesc să-l fi testat împreună vreodată...

– Nu erau condițiile. Acum alta e viața. Ia, zi un banc!

Un politruc care, neputând să ajungă activist, stresa studenții.

– N-am chef de glume. Mai ales cu tine...

– Hai mă, ce dracu', nu-i bine să fii nervos la masă. Face gaze.

Un infatuat pe care numai sistemul comunist putea să îl producă.

– Băi, vreau să te felicit că ai rezistat în breaslă. Pe bune!, zise Butuman, zâmbind larg și fals.

Implicarea într-un sistem care nu este bazat pe meritrocrație creează specimene care fac din putere singurul criteriu de existență.

A plecat din examen cu riscul de a pierde anul. Dar a venit Revoluția și a plecat profesorul. Dat afară de studenți.

– Hai, lasă mișto-ul. N-am niciun chef.

– Bă, n-am nicio idee cum ai făcut, da' poate îmi spui tu acum.

– Hai că plec.

– Stai, stai ! Fii rezonabil! Mai stai o secundă. O să vezi că poate ne înțelegem și o să bem și un pahar de vin. Oricum o să aflu cândva cum ai reușit, așa că nu asta e problema. Uite despre ce e vorba, îți propun o înțelegere.

– Ca aia de data trecută?

– Hai, bă, Grecene, ce dracu' o ții ca gaiamațu'? Nu mai fă așa, pe sensibilu'. Ce dracu', ai văzut tu ziarist sensibil? Hai, calmează-te și ascultă-mă puțin, să înțelegi despre ce e vorba. Suntem pe același domeniu și nu are rost să ne călcăm pe picioare. Pierdem amândoi concurându-ne fără cap. Putem alerga pe două culoare și să câștigăm amândoi. Despre asta e vorba!

– Să crezi tu că eu alerg pe aceeași pistă cu tine!

– Păi, n-ai de ales. Ai, băi, omule, puțintică răbdare și ascultă-mă un pic. Ai auzit de Săptămâna și Flacăra? Înainte de '89? Barbu și Păunescu se porcăiau unul pe altul ca să-și vândă revistele. Și dacă o făceau ăștia în comunism, de ce n-am face-o noi în capitalism?

Iarăși comunism...

– Nu văd legătura.

– E simplu, frățioare. Ne spargem dinții, ne dăm în gură unul altuia, artilerie grea, înjurături, mui, acuzații. Papagalii o să se uite când la mine, când la tine. Le dăm ce vor: scandal. Ei cu circul, noi cu banul. Facem *rating*, facem bani.

Pentru ăștia totul se închide la bani.

– E cusută cu ață albă...

– E pe dracu'! Toată lumea știe că suntem dușmani. În rest, liber la lovituri. Cu o singură excepție. Prietenul meu politician pe care vreau să-l văd președinte. Apropo, dacă batem palma, vine și la tine la televiziune. Dacă nu batem palma, n-o să-l vezi niciodată. Merge numai unde și când îi spun eu.

– Degeaba. Nu intru în nicio combinație cu tine.

– Ești un papagal! Crezi că dacă ți-ai salvat televiziunea, gata? O să-ți suflu totdeauna în spate, o să-mi simți respirația grea, o să fiu cu ochii pe tine. Un pas greșit și gata, jap! Din nou în mâna lui Butuman! Despre asta e vorba!

– Hai, pa!

Greceanu se întoarce și pleacă. A stat destul. Fata de la intrare îi zâmbește larg. Alfred are nevoie de aer. Așa că își trimite șoferul la plimbare și o ia pe jos. Ce căuta Butuman aici? Și unde era X, de ce nu apăruse?

***

Filip a învățat să conducă înainte să citească. Tatăl lui avea un volan cu pedale la calculator. Cum era liber, cum se juca. Și timp era destul, pentru că Alfred se plictisise de joc, își mai amintea de el doar din când în când, cu elan, e adevărat. Curios cum s-a legat numai de cursele de mașini. Avea o grămadă de alte jocuri, iar părinții nu-i interziseseră niciodată să stea la calculator. Dezvoltă inteligența, credeau ei în ciuda multiplelor teorii, unele aproape apocaliptice, despre dependență și alte nocivități. Ajunsese să se priceapă foarte bine, așa încât un prieten al tatălui i-a sugerat să-l ducă la karting.

Ce tare bate inima! Ca acum opt ani, când a venit prima oară aici. Plăcerea pentru mirosul de cauciuc încins a venit mai târziu.

– Ohooo, toată familia? N-ați fost în formula asta la antrenament de când l-ați adus de mână. Erai un țânc de cinci ani... cam atât!

– *Coach*, nu-i de glumă!

– Te-am tachinat și eu un pic, Filip. Hai, fugi și echipează-te! după care îl bătu camaraderește pe umăr.

Alfred are în minte o sumedenie de întrebări.

– Profesore, spune-mi ce-i cu kartul. Ați aflat ceva?

– Nu am putut descoperi nimic. Pentru siguranță, l-am trimis la Nantes. Acolo i-am și comandat unul nou. Trebuie să sosească în două săptămâni. O să vă rog să contribuiți și dumneavoastră cu o sumă, o diferență...

– Nicio problemă, să fie unul bun. Profesore, în cât timp va reveni Filip la parametrii lui maximi?

– Greu de spus... Facem o reacomodare cu traseul, cu vitezele... Deocamdată pe o altă mașină. Așteptăm kartul lui și va depinde după aceea doar de el cât de repede se obișnuiește cu ea. Apoi, pe circuit!

– Sezonul acesta?

– Nu știu, greu de crezut... Sezonul ăsta e compromis...

Când apăru Filip în noul echipament, ochii Odettei străluciră. E așa de frumușel! De fiecare dată când îl vede echipat, Alfred își amintește de copilărie. Avea o mașină cu un pilot mic de cauciuc. De fapt, un cap de pilot pe care îl demonta, îl punea pe deget și dormea cu el, ca să viseze frumos.

– Ok, Filip. Kartul te așteaptă pe pistă. Antrenamentul acesta este doar de încălzire și reacomodare. Facem câteva ture ușoare și apoi la sală pentru *stretching*. Te oprești după fiecare tură, pentru indicații. Hai! Începi ușor de tot. Fă-ți ritmul. Eu te cronometrez, spuse antrenorul.

Filip urcă, pornește motorul și apoi ridică brațul. Antrenorul merge calm spre mașină. Se întorc împreună.

Filip plânge.

– Nu pot să merg, nu pot, nu pot...

Odette îl îmbrățișează.

– Nu-i nicio problemă, puiul meu... E normal. Vrei să mergi la sală sau acasă?

Antrenorul mimează calmul.

– Mai bine mergeți acasă. Și așa avem două săptămâni până îi vine noul kart. Cred că trebuie să o reluăm încetișor.

Alfred decide că e timpul să plece cât mai repede:

– Filip, kartingul era cea mai mare pasiune a ta. O s-o regăsești. Hai acasă! Un bărbat ca tine, un pilot nu plânge! Dacă vrei, ne oprim pe drum undeva să luăm o înghețată. Odette, du-l la mașină, mă duc eu să-i iau hainele.

***

Inițial, Butuman a schimbat trei litere din numele unui important lanț și și-a numit hotelul astfel. Avocații l-au avertizat despre asemănare, dar: „E țara mea, eu fac ce vreau în ea. Să nu vină cineva, poate să fie și mama corporației, să-mi zică mie ce să fac!" Între timp, odată cu intrarea în Uniunea Europeană, a trebuit să se conformeze și, de-al naibii, i-a pus numele Butuman Tower, deși el nu pusese clădirii vreo cărămidă sau mistrie, ci o luase în contul unei datorii de la un fost activist care înșfăcase gratis o casă de patrimoniu, după Revoluție, folosind documente de moștenire false, o dărâmase și construise un bloc turn. Știa toate matrapazlâcurile pe care le făcuse cel de la care luase blocul, spăgile date pe la toate instituțiile, faptul că s-ar putea cândva sparge toată afacerea asta urât mirositoare, dar n-avea scrupule. El e cumpărător de bună credință.

Roz? se mirară jurnaliștii.

Rareori o conferință de presă produce surprize. De obicei, reporterii află dinainte, pe surse, despre ce se va vorbi. De multe ori, temele sunt date chiar de *staff-ul* organizatorului. Pentru a încălzi opinia publică, se spune. Acum toată lumea știe că Vlad Butuman va anunța înființarea unui nou partid.

Dar de ce a drapat totul în roz? Chiar și Butuman apăru într-un sacou roz.

– Vă mulțumesc că ați venit în număr atât de mare la această conferință de presă. Asta arată interesul deosebit de mare pentru subiectul pe care vi l-am propus. Aveți în mapele pe care vi le-am pregătit direcțiile de acțiune ale formațiunii politice pe care dorim să o înființăm. Nu este o inițiativă strict personală. Sunt singur la această conferință de presă pentru că urmează, după înregistrare și primul congres, să stabilim un grup de conducere. Mulți dintre dumneavostră mă cunosc foarte bine și știți că sunt un om de acțiune. Cu actuala clasă politică România este într-o fundătură. Este timpul să ieșim la lumină. Oamenii curați, de acțiune, din mediul antreprenorial, din universități, din... din... sectorul public, este timpul să nu mai stea pe margine. Este timpul să se implice. Este de înțeles de ce au stat deoparte până acum. Noi venim acum cu o alternativă. Partidul Inocenților. Prin inocenți, România se poate salva. Știm că nu va fi ușor, dar contăm pe forța inocenților. Intenționăm să facem un partid al tinerilor, care nu sunt implicați în niciun fel în tot ceea ce a maculat politicul în anii de după comunism. Sunt tineri care nu au cunoscut nenorocirea comunismului. Vom face un partid al oamenilor cu experiență, care și-au menținut de-a lungul anilor coloana vertebrală, indiferent de greutățile pe care le-au întâmpinat. România politică e îngropată în vinovății de tot felul. Noi suntem varianta nevinovată. Vom înființa mai întâi o fundație, care va redacta și progra-mul partidului. Este un *think-tank* care va oferi soluții tuturor marilor probleme ale României. Se va numi, logic, Fundația României Inocente. Toți cei care au sau pot propune soluții sunt așteptați aici. Vom face toți acești pași cu mare viteză, pentru a fi pregătiți pentru alegerile care se apropie. Vom fi un partid al elitelor, dar și al oamenilor obișnuiți. Cel care își face bine treaba în domeniul său, pentru noi reprezintă elita României. Vrem o Românie bazată pe meritocrație; nu pe clientelism, nepotism, afacerism și interese de tot felul, mai mult sau mai puțin obscure. Sigla noastră este un crin, simbolul floral al inocenței. România noastră înseamnă România copiilor noștri.

Sala de conferințe din hotelul lui Butuman este inundată de copii, la rândul lor îmbrăcați în roz, care oferiră câte un crin tuturor jurnaliștilor.

– Pentru noi, România trebuie să aibă o viziune pe termen lung, pe 20-30 de ani. Nu gândim, ca alții, de pe azi pe mâine. Nu puterea este obiectivul nostru principal, ci țara! Viitorul ei. Iar eu dau primul exemplu: se va afla la tipar și va fi gata în câteva săptămâni cartea mea autobiografică, „Drumul succesului meu". Este despre cum să-ți croiești cărare în afaceri, să-ți faci propria potecă, să ajungi la aleea cu numele tău, apoi să te extinzi la o stradă, pentru ca, în final, să circuli pe marile autostrăzi ale afacerilor. Voi împărtăși gratuit marea mea experiență pentru tinerii care doresc să devină antreprenori. Eu cred că pe ei stă România. Vă mai spun un secret: vom face demersurile pentru a cumpăra drepturile, astfel ca *My Way* să devină imnul partidului nostru. Cred că am vorbit destul. Haideți cu întrebările, pentru că citesc pe fețele dumneavoastră curiozitatea.

– De la Jurnalul sunt. Sunteți un om tânăr, aveți 40 de ani și v-ați gîndit să scrieți o carte autobiografică. Nu e prea devreme?

– E o întrebare foarte bună. Dar e doar primul volum. Fac acest lucru pentru tinerii care vor să intre în afaceri. Nu vreau să întâmpine greutățile prin care am trecut eu. Nimeni nu te ajută, nici măcar cu un sfat, când ești la început. Vreau să evite capcanele în care eu am căzut. Vreau să ardă etapele. România prosperă este a oamenilor prosperi. Și sper să ajung și la volumul cinci. Și să scriu unul și despre reușita în politică. Dar, haideți să vorbim mai puțin despre mine și mai mult despre proiecte.

– De la BTV...

– A angajat *management-ul* noi reporteri la televiziunea mea? Nu vă supărați, domnișoară, nu vă pot răspunde la nicio întrebare. Stiți, s-ar interpreta. Și ca să nu fiți supărată pe mine, vorbesc eu cu șeful dumneavoastră să vă dea o primă pentru curaj. Haideți, nu vă supărați, da?

– De la agenția de presă Flux. Ați organizat această conferință de presă în hotelul dumneavoastră. Ați venit singur. Bănuiesc că dumneavoastră veți finanța și partidul și fundația. Vom vedea cât de transparent, pentru că poate fi o oportunitate pentru a masca circuitul unor bani. Va fi un partid pentru un om?

– Sunt dezamăgit de această interpretare. Sunt chiar revoltat, dar de la agenția dumneavoastră nu mă miră. Totul va fi transparent. Inocența înseamnă transparență. Fiecare bănuț va fi transparent. Am spus puțin mai devreme, dar n-ați fost atent: am venit singur pentru că urmează să ne organizăm. Vor fi alegeri, vor fi funcții de conducere și oameni care vor transmite mesajele partidului. Nu fac un partid pentru mine. Mie nu îmi trebuie partid. Vine un om de succes cu o inițiativă și săriți pe el. De aia suntem unde suntem. Pentru că dăm în cap inițiativelor românești din cauza cine știe căror interese... străine. Eu știu bine ce trust multinațional vă plătește. Așa că vă rog să terminați cu orice fel de insinuări ipocrite. Eu vreau să trăiesc într-o Românie a încrederii și inițiativei. Și o s-o fac. Despre asta e vorba.

– De la TVG...

– Cu dumneavoastră o să vorbesc când o să vă plătiți impozitele. Mulțumesc.

***

Alfred are un obicei, de pe vremea când scria în ziar: citește tot. Acum și vede tot. Îl ajută extraordinara calitate de a citi sau asculta pe diagonală. Are o excelentă capacitate de sinteză și un excepțional simț al subiectelor. Identifică imediat un subiect sau o campanie la comandă și nu-și trimite niciodată jurnaliștii după cai verzi pe pereți și nici să fie slugile sau suportul de microfon ai cuiva. Biroul lui e plin de televizoare pe care rulează posturile de știri, inclusiv cele străine. Îl rugase pe Protopopescu să umble puțin la culoare, pentru că rozul îl călca pe nervi. BTV transmitea în direct conferința de presă.

– Incredibil ce tupeu are! Partidul Inocenților, auzi... Regele neîncoronat al inocenței, Butuman...

Flavia reacționează imediat.

– Alfie, eu am ceva despre băiatul ăsta, da e numai un capăt de ață. Nu pot să-l mai deșir, pentru că sunt prea cunoscută. N-ai un reporter de investigație bun, să-i dau pontul?

– Ba da! Am un tip excelent. Beton! Lucrez cu el încă de la începuturi...

– Păi, chemă-l acum.

– E un boem... Are tot timpul telefonul pe silențios. Lucrez cu el altfel. Are șase luni la dispoziție în care face ce vrea, dar trebuie să aducă o anchetă bombă. Și o face de fiecare dată. O să-l apelez. O să vadă că l-am sunat și apare el într-o zi sau două. Sau mă sună, dacă e departe.

Protopopescu se băgă și el în discuție:

– Alf, ți-l chem eu pe Butuman și o să ți-l fac praf!

– N-o să vină, spuse Greceanu cu un ușor oftat. Stai, uite că e fata noastră.

Cei trei urmăresc prezentarea reporterei TVG și reacția lui Butuman.

– Al dracu' Butuman!

***

Fericire! Psiho-orgasm! Zbor! Împlinire! Nimic nu mai contează. Flavia geme încetișor și tot trupul i se relaxează. Cu totul aiurea, își aminti că fusese odată cu un bărbat într-un apartament care, aflase după aceea, se închiria pentru sex. Patul scârția și asta, în loc s-o inhibe, o excita enorm. Gemea tare. În toiul partidei, auzi strigătele unei babe de deasupra: „Fir-ați ai dracu' cu fututul vostru! Nu vă mai săturați!" Zâmbește discret.

– Cred că ar trebui să găsești alte locuri unde să ne vedem. După ce îți anunți candidatura, o să fie o armată de *paparazzi* pe urma ta. Apropo, ce zici de Butuman?

– Nu l-am văzut. Mi s-a povestit. Nu știu ce să zic. Nu el este un pericol direct. Prietenul lui pe care îl susține și pe care vrea să-l vadă președinte, acolo trebuie să fim atenți. Să așteptăm și să vedem ce se alege de inițiativa lui.

– *Body*, e un tip, un american haios care a scris o carte, „Sun Tzu Was a Sissy". Stanley Bing îl cheamă. Ia la mișto toată „Arta războiului", care știi că e biblia oricărui manager care se vrea lider. Știi ce scrie? „Fiecare bătălie necesită o strategie adecvată, iar fiecare strategie are nevoie de arma potrivită. Sun Tzu bate câmpii pe acest subiect, însă revine mereu la aceeași idee de mototol, evitând de obicei o confruntare directă în favoarea unei lungi excursii în jurul muntelui, unde se mai și oprește pe drum pentru o felie de chec și o ceașcă de ceai."

– *Babe*, nu înțeleg ce vrei să spui...

– Ce te faci chinez? Doar n-o să stai ca papagalul să aștepți să vezi ce vrea el să facă. Hai să atacăm noi.

– Cum?

– Băi, iar ești *goofy* și îmi faci să-mi treacă toată euforia de după.

– *Sorry, babe.*

– Lasă că recuperezi mai târziu. Ce e așa de greu? Bagă tu patru, cinci oameni la el în partid. Nu se poate ca unul dintre ei să nu ajungă măcar în *middle management* și vei ști toate mișcările. Hai iar la Stanley Bing: „Spionii sunt buni pentru obținerea datelor și plantarea informațiilor false în tabăra dușmanului." Eu mă ocup să-l montez mai rău pe Greceanu. A făcut spume când a auzit că Butuman vrea să lanseze o carte. Eu cu strategia atacului, tu cu distrugerea apărării.

– De asta îmi plac mie femeile puternice...

– Ai grijă să îți placă mai mult puterea! Poate numai puterea, se pisici Flavia, după care se abandonă din nou trupului bărbatului politic din viața ei.

***

Mircea Duma e rockerul prin excelență. Nu cred să-l fi văzut vreodată cineva în costum. Îmbrăcat lejer, nu s-ar putea spune niciodată că e lălâu. La cei 48 de ani, pletele îi stau la fel de bine ca la 20. La fel și ținuta sport. E mai mult rocker prin mentalitate decât prin aspect. Non-conformist, anti-sistem, urăște verdictele, preferă îndoiala, autoritatea îi e incomodă, respiră libertatea. Fără ea, e sufocat.

Lucrează cu Alfred de pe vremea când i-a adus o anchetă pe care nu voia nimeni să i-o publice, ceva cu beciurile secrete ale Securității. Avusese o sursă care s-a răsucit de frică, n-a mai recunoscut nimic. A documentat în continuare subiectul și era cât pe ce să fie arestat pentru atentat la siguranța națională. Cu greu, dar a scăpat. A avut noroc de reacția organizațiilor internaționale, s-a aflat și în presă, l-au ajutat și niște ambasade. Totdeauna a avut un statut special, ăsta e modul lui de viață.

Ca de obicei, trece ca prin brânză prin anticamera lui Greceanu.

– Cinci luni jumătate, *boss-ule*! Sunt în termen.

– Panaramă, mie mi se păruse că a trecut mai mult de juma' de an.

– Îmi mai trebuie câteva zile și-ți aduc o bombă. I-o tragi lui Trifan.

Trifan e o legendă în lumea afacerilor. Despre ce învârte pe oriunde prin lume se știe puțin. Ce face în țară pare dincolo de orice ilegalitate sau scandal. Ar putea fi prezentat ca modelul ideal de antreprenor la orice *training* despre *business*.

– Dan Trifan? De ăsta n-a îndrăznit nimeni să se atingă.

– Tocmai! Am ceva despre banca lui de o să-l faci să-i treacă fiori pe șira spinării. Intri în istorie ca primul om care i-a tras-o lui Trifan.

– Bine, bine, abia aștept! Sper să merite.

– O să merite, fii sigur! Apropo, am nevoie de o suplimentare de fonduri. Pentru baruri și cazinouri, acolo umblu. Acum poți să-i decontezi dacă vrei, că ăștia dau și bon fiscal.

– Lasă miștoul. Du-te la Cati de la financiar și ia-ți cât îți trebuie, ca de obicei. Da' stai un pic. Te-am mai chemat pentru ceva.

Prin interfon, anunță secretara să o cheme pe Flavia. Între timp, îl informează pe Mircea despre reorganizare și cooptările lui Protopopescu și Baron.

– Bravo, *boss-ule*! Schimbăm liga. Să ne fie cu succes! reacționează Duma.

Flavia intră și, observând o persoană necunoscută, salută oficial:

– Domnule Greceanu, m-ați chemat...

– Lasă formalismele, Flavia. El este Mircea Duma, jurnalistul de anchete de care îți spuneam.

Mircea îi sărută mâna, gest neașteptat, și apoi o măsoară din cap până în picioare.

– Mircea, Flavia are o pistă pe care te rog s-o verifici.

Lui Mircea, *s*-ul îi sună a *z*.

– O adevărată plăcere!

Flavia se face că nu observă faptul că Mircea continuă să o scruteze:

– Am informația că organigrama, fișele de post și grila de program a BTV au fost făcute inițial de către un fost ofițer de securitate.

– Beton! Îl conexăm pe Butuman cu Securitatea. Ce știi mai mult? preia din aer Duma.

– Doar numele fostului ofițer, Radu Blîndu.

– Cu î din a?

– Cu î din i. Deșteptule... De aici devine treaba ta. Eu nu pot să mă implic pentru că sunt foarte cunoscută și am compromite ancheta.

– De aici mă ocup eu. Dă-mi doar capetele de informații pe care le ai. Și, dacă ești drăguță, și un *brief* cu intuițiile tale.

– Ok. Alfie, am și eu o rugăminte! Să fiu ținută la curent cu mersul investigației.

– Ce faci, *boss-ule*? Mi-ai pus șefă? Mie, care mă știi misogin?

– N-o lua personal, Mircea! E subiectul pe care ea l-a propus și cred că e dreptul ei să știe ce se întâmplă. În plus, aș vrea să vă împrieteniți. Nu se schimbă nimic. Tu n-ai șef.

– E în regulă, prietene... O să vă țin la curent pe amândoi, deodată.

– Mulțumesc, Flavia. Pregătește-i dosarul cât mai stau cu Mircea la o cafea.

După ce ieși Flavia, Alfred insistă:

– Te rog să urmărești foarte atent subiectul. Butuman a încercat să-mi ia prin metode neortodoxe televiziunea. Are un tupeu cum n-am mai întâlnit. Acum își lansează și o „carte". Să-i învețe pe alții să facă afaceri... Un bou. Merge și un cognac mic la cafea?

Nu s-au oprit la un singur cognac, așa că Alfred a ajuns foarte târziu acasă, după ce au bătut vreo două trei baruri.

***

Teatrul Național, Biserica Colțea, Palatul Suțu, Universitatea. Privirea lui Alfred se rotește din balconul Intercontinentalului în timp ce fumează și savurează un whisky cu gheață. Se oprește pentru o clipă pe acoperișul Teatrului Național. Acolo unde era Lăptăria lui Enache. „Iubito, hai, prin poarta nopții, / Să trecem și-o să-mi dai dreptate, / Să stăm măcar un ceas sau două, / La Lăptăria lui Enache." Acum nu mai este. Se reconstruiește...

Odette, și ea îmbrăcată în halat, bea o cremă de whisky și se uită undeva în zare spre

Unirii, poate cu gândul la situația amuzantă generată de surâsul discret și ușor complice al recepționerului, când soțul ei a dat numai buletinul lui la recepție și i-a văzut domiciliul în București. Prilej pentru ei de a face apoi glume și scenarii în lift.

– Ce nebunie a fost aici jos acum... douăzeci și patru de ani. Abia împlinisem 21, când am văzut mareea neagră... Student la filo... Mi-am luat majoratul american cu bastoane pe spate, că aveam plete și barbă.

Mi-am jurat atunci că niciodată n-o să lucrez pentru statul ăsta mineresc, se confesa ca pentru sine, Greceanu.

– Și eu... acasă la liceu... Tata, FSN-ist, deja intrase în politică, se bucura cu mama că bine le face la golani. Bine că și-o iau. Dacă erau în București, cred că ieșeau să pupe minerii și să le dea flori. Și să îi aplaude până li se aprind mâinile. Eu, ce să înțeleg? Am fost un copil până să te întâlnesc pe tine, intră în joc Odette, punându-și capul pe umărul lui.

– Știi ce ziceau, Odette? Că au venit să planteze panseluțe. Ce ticăloșie!

– Bine că copiii noștri nu au trăit așa ceva. Apropo, mă gândesc să-l duc pe Filip la psiholog. Să treacă peste trauma accidentului.

– Cum crezi tu că e mai bine. Dacă ai găsit un psiholog bun, hai să încercăm. Ce bine că nici tu nu ai trăit nebunia aia... Tu ai cunoscut Interul altfel, cu mine.

– Una dintre cele mai frumoase zile din viața mea...

Ochii ei strălucesc.

– Prima dintr-o serie lungă, nu-i așa? Ce paradox! Uite cum un loc poate fi și rai și infern.

– Ce frumos se vede Bucureștiul noaptea. Arată a oraș european. Sunt fericită că suntem aici, doar noi doi.

– Da. Centrul s-a făcut frumos. Să vezi, peste câțiva ani ce-o să mai alergăm după Filip prin cluburile de aici, pentru că pe Sofia n-o s-o las deloc.

– Uite! Și tata care zicea că tu nu ești deloc conservator și că ne place să trăim periculos.

Alfred o cunoscuse pe Odette pe scările din Casa de Cultură a Studenților. O casă de cultură de a cărui nume a râs mereu: Preoteasa. Întreba cine e preotul, dacă clădirea se cheamă așa. Activiștii studenților se făceau fie că nu îl aud, fie nu îl băgau în seamă. Sau îl turnau, dracu' știe! Preoteasa fusese un nomenclaturist comunist care a murit într-un accident de avion în Rusia. O delegație de comuniști români plecase să aniverseze cu frații lor sovietici 40 de ani de la Revoluția din Octombrie, care de fapt se sărbătorea în noiembrie, din cauza calendarelor iulian și gregorian. Avionul a căzut, Preoteasa a murit, restul au scăpat. Printre ei și Ceaușescu.

Odette stătea cu capul în palme și bocea pentru că altcineva pleca la Paris cu creațiile ei, la care mai adăugase vreo două rochii și câteva eșarfe. „Plângi de mi se rupe inima și nu vreau să mor de infarct. Dacă ieși cu mine la o cafea, îți promit că vom bea una și la Les Deux Magots." Acolo își și petrecură prima dimineață a lunii de miere. „Plus că, dacă mai stai pe treptele astea o să răcești și eu, student, n-am bani de aspirină.” Atunci a aflat că sunt la aceeași facultate, ea anul I, el anul terminal. „Ciudat, nu-mi scapă nicio fată frumoasă...” Zâmbi printre lacrimi și lui i se păru că plouă cu soare.

– Hai să lăsăm copiii acum, sunt pe mâini bune. Are grijă Rosalinda. Mai bine să ne gândim la noi. Am un cadou pentru tine, șopti Alfred.

– Altul?

Privirea lui Alfed se întunecă pentru o clipă. Simți din nou fix în plex pumnul lui Butuman din garaj, și privirea tâmpă a gealaților lui. Și zâmbetul lor cretin. Maschează bine, Odette nu simte nimic.

– Altul! Spune-mi, cum stai cu colecția? Cum ziceai că-i spui?

– Redivivus. Ni se potrivește. E gata în câteva zile.

– Așa! Excelent! Am vorbit cu Ionescu, regizorul de teatru care a mai montat prezentări de modă. A fost de acord să facă un spectacol pentru East Wintergarde, în Canary Warf.

– Fredy!!! Prezint colecția în cartierul de afaceri din Londra?

– Totul e aranjat. Ăsta e cadoul.

– Te iubesc!

***

Odette butonează telefonul. Așa face când e nervoasă, agitată, neliniștită, emoționată. Filip încearcă să-și amintească toate filmele americane în care a văzut sau se vorbește despre *shrink*. Când un copil ajunge la psiholog e precoce sau e dus cu capul?

Cabinetul e frumos. Un perete plin de cărți, canapea și fotolii de piele, un balansoar, pe pereți câteva desene în creion, multe flori. Pe Filip îl surprind markerul și o tablă magnetică albă, mare. Ce-o face cu ele?

Alexandru Iordăchescu intră cu zâmbetul pe buze. Atitudinea aceasta îl face să arate și mai frumos și mai tânăr. Pentru o clipă, Odette se întrebă dacă e suficient de experimentat. Numai că Iordăchescu e tobă de carte cu studii postuniversitare făcute la Harvard și Cambridge.

– Bine ați venit! Tu trebuie să fii Filip...

– Bună ziua, domnule doctor. Filip Greceanu.

Iordăchescu dă mâna bărbătește cu băiatul.

– Nu sunt doctor, Filip. Sunt terapeutul tău. Un prieten mai mare cu care vei reuși să treci peste accidentul pe care l-ai avut. Să încercăm să facem o fișă. Deci: Filip Greceanu, 14 ani, pilot de karting, elev, unde?

– Liceul Jean Monnet, clasa a VIII-a, interveni Odette.

– Distinsă doamnă, e ditamai flăcăul! Lăsați-l, vă rog, să-mi răspundă el. Doar trebuie să ne cunoaștem mai bine și, de ce nu, să ne împrietenim.

– Scuzați-mă..., spuse fâstâcită Odette.

– A, nu! Nu vă faceți probleme, așa fac toate mamele. Spuneți-mi, a avut ceva probleme de sănătate, când a fost mic, știu eu...?

– Nu, nimic. Doar o operație de apendicită.

– Ok... Filip, cum merge școala?

– Învăț foarte bine. Antrenorul de karting îmi cere tot timpul carnetul. N-aș avea voie să fac karting, dacă aș avea rezultate slabe la învățătură.

– Știu de la mama ta că ai avut un accident. Vrei să-mi vorbești despre el?

– Nu...

– Ok, ok... Spune-mi ce s-a întâmplat după aceea. Dormi bine? Se întâmplă să visezi urât?

– Domnule doctor, am fost la spital...

– Filip, nu sunt doctor. Tu ești sănătos acum. Fii atent! Știi că toți marii sportivi au un psiholog? Ei, acesta e și cazul tău. Eu sunt psihologul tău și împreună vom face echipă pentru a putea câștiga competiții din nou. Este ceea ce îți dorești și tu și antrenorul tău, nu e așa? Uite, și părinții tăi vor asta. D-aia ești cu mama aici.

– Cred că da. Visez urât și nu mai pot urca în *kart*. Nu știu de ce...

– E normal, după ce ai pățit. O s-o rezolvăm cu răbdare. Spune-mi, ți se întâmpla și înainte să nu poți dormi?

– Da. Înainte de concursuri.

– Emoțiile, Filip, sunt apanajul oricărui campion. Modul în care le controlează face diferența față de ceilalți sportivi. Spune-mi, ai câștigat curse? Știi gustul victoriei?

– Da. Știu cum e pe prima treaptă.

– Și nu vrei să simți din nou asta?

– Nu știu...

– Filip, te rog să mergi în anticameră și să stabilești cu asistenta mea o zi când să ne vedem săptămâna viitoare. În funcție de programul tău. Vine și mama ta imediat.

– Doamnă, nu e nimic grav, i se adresă Odettei imediat ce rămaseră singuri. În engleză se numește *post-traumatic stress disorder*. O s-o rezolvăm și o să revină și pe circuit, dacă într-adevăr își dorește asta. O să aplicăm o terapie legată de accident. În condiții de relaxare, îl vom face să își amintească accidentul. În aceste cazuri nu e bine să încerci să uiți. Vom încerca, poate, prin hipnoză.

– Hipnoza nu e periculoasă? Nu știu, la vârsta lui... Mai târziu nu vor fi urmări?

– Stați liniștită, nu vă faceți griji. Nu e așa cum vă imaginați. E doar o tehnică de relaxare. O să vă țin la curent cu totul. Aveți încredere că o să fie bine. Sper să terminăm și cât mai repede. Filip e un băiat isteț. La asistenta mea sunt contractele pe care trebuie să le semnați și dumneavoastră și copilul.

– Bine... Ne vedem săptămâna viitoare...

– Săptămâna viitoare aș vrea să fiu numai eu cu el. Îl puteți aduce, vă puteți face și alte treburi până să îl luați. A, și încă ceva! Aveți grijă de el, înconjurați-l cu căldură în familie, dar nu exagerați. Totul în limitele normalului, ca și înainte.

– Bine, am înțeles! O să-i spun și soțului.

– Sărut-mâinile și îmbrățișați-l pe Filip!

***

Lui Ciolpan i se potrivește mănușă apelativul „tovarășe Ciolpan”. A fost întotdeauna sigur că numele său rezonează cu autoritatea. Adevărul e că și acum îi place când cineva i se adresează cu „domnule senator”. Nu te-ai mira dacă la vreuna dintre firmele pe care le are, cineva i-ar spune „tovarășe manager”. A considerat întotdeauna că ștaiful social nu are preț.

5.000 de lire – Remus Ciolpan i-a plătit fără să clipească, pentru a lua cina într-o capsulă privată din London Eye. A venit la Londra să vadă colecția fiicei și profită de prilej pentru a-l invita la masă pe Robert Banu. Știa că oricât ar fi el de britanic, nu va refuza o propunere de acest gen. Nu i-ar permite educația. Robert Banu este acum mai mult englez decât român. Aș paria că septuagenarul acesta simpatic nu ratează niciun ceai de ora cinci.

– Nu vreau să consideri că este o chestiune de epatare. În fața ta, nici nu mi-aș permite. Noi, acasă, am rămas cu unele sechele. Aici, în capsulă, mi se pare mai privat, mai sigur. Plus că nu ne poate deranja nimeni.

Adevărul este că Ciolpan nu se simte bine în roată. Urăște să mănânce la înălțime. L-a învățat mă-sa de mic să mănânce doar la masă, niciodată în picioare și să mestece încet.

– Sper să merite pentru tine această... întâlnire. Banii pe care i-ai dat nu sunt chiar de colea, pentru *dining*. Nu îți pune prea multe speranțe însă.

Accentul englez nu-l surprinde pe Ciolpan. Omul este plecat de o veșnicie.

– Am preferat să ne vedem aici, pentru că mâine la prezentarea Odettei va fi agitație mare. Așa, avem timp, mâncăm, bem un vin...

– Îmbinăm utilul cu plăcutul. Nu paria însă pe util. Știi că m-am ferit să fac afaceri în România. Nu sunteți deloc predictibili. Prefer să investesc prin alte părți, chiar și în Africa.

Ciolpan nu este aici să piardă:

– La o primă vedere, ai dreptate. De aceea vreau să-ți prezint mai clar lucrurile. Tu nu calci prin România. Lucrurile nu sunt așa cum par la suprafață. Dă-mi voie să te introduc eu în substanța lor. O să înțelegi că nu mai e nicio legătură cu comunismul.

– Părinții mei s-ar bucura, Dumnezeu să-i odihnească! Pe mine mă interesează mai puțin. În afară de limbă, nu am nicio legătură cu România. Însă ascult atent. Totdeauna e bine să afli lucruri noi.

– Îți înțeleg sentimentele. Ce, crezi că pe mine nu mă doare în cur de țara asta de căcat? Iartă-mi limbajul.

– Nu te formaliza. Nu te uita la mine ca la ușa de biserică.

– Vreau să vorbim de afaceri. Afacerile sunt afaceri peste tot. Am învățat și noi destul de repede. Uite, după '89 au fost cam 45.000 de aleși. Dintre ei, doar până în 200 contăm. La diferite niveluri, mai mari sau mai mici; național, regional sau local. Pentru România e bine. Afacerile, la noi, sunt transpartinice. E ca și cum am fi în roata aceasta. La putere ești când sus, când jos. Roata se învârte cu tine. Asta înseamnă că banul merge. Cât ești în roată, ești în joc. Cât ești în joc, ești în bani. Așa că nu contează de unde vii. Asta am învățat. Asta e puterea! Dacă nu prinzi loc, nu ești nici sus, nici jos. Ești nicăieri!

– Sună așa balcanic ce spui...

– Da' ce crezi, că istoria schimbă ceva pe la noi? De aia am venit să-ți propun să investești cu mine. Acum sunt în opoziție, dar în curând vin la putere. Acum ei au totul, va veni vremea când totul trece la noi. Plus că e mai sigur să intri în afaceri în România cu opoziția.

– Da' nu spuneai că nu contează?

– Pe numere mari nu contează. Cu mine e bine că nu bate la ochi. Au început și la noi cercetări legate de oameni de afaceri. Dar pe putere. Au căzut chiar și unii care au avut forța să dea și la putere și la opoziție. E un val. O să avem grijă să treacă. Nu e în interesul nimănui.

– Spune mai specific. Cum vezi tu oportunitățile de investiție în România? Mie mi se pare un haos și un blocaj. Uită-te la Roșia Montană.

– Asta e când se face gălăgie. Totul trebuie făcut în liniște și mascat. Altfel, te trezești cu fel de fel de interese și se alege praful. Vorbesc de interese și interne și externe. Dracu' știe dacă în spatele mișcărilor ecologiste n-or fi rușii. Noi trebuie să ne vedem de afacerile noastre discret. Pe mâna mea se merge pe burtă. Așa se fac banii. Am posibilități uriașe pe două domenii: în Deltă și pe lemn.

– Am auzit că și cu lemnul sunt acum probleme la voi...

– Lasă, tati! Foc de paie... Nimeni nu vorbește de copaci, ci de lemn ca marfă. Loc pentru noi, căcălău. Tati, mie îmi plac virginele.

– Mai poți?

– Pădurile virgine. Sunt totdeauna oportunități. Important e să le vezi și să le folosești la timpul lor. Au fost lichidările de întreprinderi, jocurile de ajutorare, bombele bancare, retrocedările, drepturile litigioase, curentul electric ieftin, gazul ieftin, nimic n-am ratat.

– Bun. Da' corupția? Șpaga? Comisionul, cum îl numiți voi. Asta e o problemă care nu știi când îți poate produce probleme. Dacă au căzut giganți ca Microsoft, ce garanții pot avea?

– Pe mine! Cu mine nu trebuie dat șpagă. Banul la vedere, dar discret.

– Nu știu, de ce m-aș lega la cap cu România?

– Nu cu România, repet, cu mine. Pentru că știu și pot să fac bani, la fel ca și tine. Și pentru că nu am scrupule când e vorba de bani. Tati, am scos babe afară din casă fără să clipesc. Am dat copii afară din țară fără să-mi tresară un mușchi. De douășcinci de ani, mă învârt în roata asta și știu să o fac.

– Am nevoie de un timp de gândire... Trebuie să mă mai gândesc... Iar dacă am să mă hotărăsc, am nevoie de un milion de date concrete...

– Sper din toată inima să accepți să lucrăm împreună. O maximă garanție pot să-ți ofer. Și o fac din poziția de senator, de reprezentant al primei puteri. Aceea că în România și peste prima și peste a treia putere – justiția –, se află o altă putere: banul, domnule Banu!

Partea a III-a

Aici totul e bazat pe subordonare

Odette a început designul în facultate. Avea talent la desen, o vreme se gândise să se facă arhitectă, dar tatăl nici n-a vrut să audă: „Ce să faci cu Arhitectura? Ăștia nu mai construiesc nimic! Eu nu te țin acasă să stai degeaba! Du-te la filologie, se intră și mai ușor! Lasă că nu face fiecare ce vrea în viață!" A început ca *hobby* la Casa de Cultură a Studenților și cu hainele create de ea profesoara ei a plecat la un concurs în Franța. Chiar dacă se schimbase regimul, obiceiurile se ștergeau greu.

Aflată pe podium, înconjurată de manechinele sale pentru poza de final, Odette se gândește că un asemenea spectacol nu s-ar fi putut organiza în România. Avusese un nod în gât pe tot timpul prezentării, dar triumful a descătușat-o și iat-o cu lacrimi de bucurie care riscă să-i strice machiajul. Decorul îi depășise orice imaginație și nu se așteptase nicicum la o audiență atât de mare. Lume bună, de calitate.

Se aranjează rapid pentru că urmează interviul pentru televiziunea lui Alfred, care transmisese în direct spectacolul. În ochii ei, până și fata care îi ia interviul pare că radiază.

– Doamnă Greceanu, un adevărat triumf!

– Spune-mi, te rog, Odette...

– Cum vă simțiți?

– Extraordinar! Am avut niște emoții fabuloase... Să vii tu, un creator din România, în centrul de afaceri londonez și să ai un asemenea triumf, o asemenea primire, este ceva de-a dreptul fabulos! După cum știi, a trecut o vreme de când n-am mai creat ceva atât de spectaculos, de aceea și emoțiile... Întâlnirea cu *highlife-ul* londonez este de vis. Vreau să-i mulțumesc și reputatului regizor Ionescu, care a adus un plus de eleganță și rafinament acestei prezentări, bazată ea însăși pe eleganță și rafinament. Și, bineînțeles, fetelor, care au fost ravisante. Mă simt ca și cum aș fi pe One Canada Tower.

– De ce Redivivus?

– Cum am spus și mai devreme, nu am mai creat ceva de amploare de... ceva vreme. Au fost condiții pe care nu vreau să le discut. De aceea Redivivus. Certificatul de renaștere în lumea mare a modei.

Alfred urmărește totul din spatele cameramanului. Ochii săi strălucesc parcă mai puternic chiar și decât cei ai Odettei. O posibilă definiție a fericirii.

***

Greceanu decise să lanseze ancheta lui Mircea. Citise dosarul atent, ronțăind semințe. E un nărav despre care știe că e prost, dar nu se poate dezbăra. Așa făcea și când scria editoriale. Până la urmă, ce? Alții mestecă gumă, fumează, bat mătănii, sau cine știe ce mai fac atunci când sunt stresați...

Se află în regie, ca întotdeauna când se difuzează ceva de maximă importanță. Și-a păstrat obiceiul acesta chiar de când își deschisese televiziunea, cu mult entuziasm și niște aparate casate în Occident, dar funcționale, pe care le achiziționase cu ajutorul unei fundații din țările nordice, care sprijinea democrația în țările fost comuniste.

Crainica jurnalului arată, ca de obicei, impecabil:

– Stimați telespectatori, iată acum o știre bombă, prezentată în exclusivitate de postul nostru de televiziune. Omul de afaceri Dan Trifan intenționează să-și tranzacționeze banca unei cunoscute multinaționale. Ce surprinde în această afacere este modul netransparent în care această presupusă operațiune se desfășoară. În condițiile actualelor turbulențe de pe piața financiar bancară europeană, mișcarea pe care importantul om de afaceri o intenționează în legătură cu Trifan Bank poate stârni îngrijorarea numeroșilor acționari ai băncii, cetățeni români. Postul nostru de televiziune a intrat în posesia documentului semnat între Trifan Bank și consorțiul bancar. Documentul pe care îl deținem nu prevede nimic despre protecția acționariatului român și nimic despre protecția depozitelor pe care cetățenii români le dețin în această bancă. Mai mult, în document se prevede ca viitoarea bancă să poată repatria sumele din România. Trifan Bank a fost înființată de cunoscutul om de afaceri Dan Trifan și și-a constituit capitalul prin atragerea în acționariat a cetățenilor români. Aproximativ trei milioane de români sunt acționari, în diferite procente, la Trifan Bank. În zilele următoare, vom prezenta o amplă anchetă în legătură cu enigmatica tranzacție a uneia dintre cele mai de încredere bănci din România. Omul de afaceri Dan Trifan nu a putut fi contactat, aflându-se la vânătoare în Kenya.

Secretara pătrunde furtunos în regie:

– *Boss*, e nenorocire! Ne cad telefoanele! Primim deja sute de mesaje.

– Afișați tot timpul pe ecran numerele de telefon și sms. Puneți și adresă de mail. Următorul buletin de știri se deschide cu știrea asta. Măriți numărul de contacte pentru telespectatori. Începe balul!

***

Dan Trifan e un vânător înrăit, ar împușca orice. În fiecare an, vine cel puțin trei săptămâni în Kenya. O face discret, n-are Facebook sau Instagram, așa că nu pot fi văzute pozele cu trofee, care să irite apărătorii animalelor.

Stă pe terasă, înconjurat de prieteni și femei frumoase și cea mai mare plăcere este să vadă cum maimuțele îi fură banane de pe masă. De multe ori se gândește dacă nu cumva fac așa și angajații lui prin diferite colțuri ale lumii. Se relaxează, obosit de atâtea drumuri cu avionul și atâtea nopți dormite prin camere luxoase de hotel.

Numai că mica lui reverie e întreruptă de bodyguardul lui, care îi aduce telefonul. Când se află în sălbăticie, îi ține loc și de secretar. Avu grijă ca acest moment să nu strice atmosfera veselă, stropită din belșug cu coctailuri exotice:

– *I'm sorry for this inconvenience. I have to speak in romanian for a few moments. It's something personal. Our deal is still on.*

Trifan vorbește engleza cu un ușor accent, indefinibil, așa cum o face și cu celelalte limbi în care e fluent: germană, italiană, franceză, greacă, rusă, turcă, arabă. Obișnuiește să spună că e la fel de poliglot ca Dimitrie Cantemir, dacă faci abstracție de limbile vechi: persană, latină și greacă. Își trage cascheta de explorator mai pe ochi și începe în română, mai mult mormăit:

– Crează toate condițiile să nu se facă coadă în fața. Nicăieri. Unde nu e loc, băgați-i în birouri. Lăsați-i să retragă câți bani vor. Aveți grijă ca bancomatele să fie pline. Hai mă, directorii știu ce au de făcut. Dă-mi-l pe Greceanu pe privat, peste o oră, la siestă. A! Tot atunci, mai înainte pe Chin.

– *Back to our business!* anunță vesel, în timp ce îi aruncă bodyguardului telefonul.

Pentru Trifan, atunci când se află în Kenya, *business* înseamnă mâncare bună, fructe exotice, băuturi fine și, chiar dacă are 70 de ani, femei frumoase care să îmbine toate cele trei calități: bune, exotice, fine.

Este petrecere și în biroul lui Greceanu de la TVG.

– Alf, Mircea merită o primă babană. E o adevărată furtună. N-am mai văzut așa ceva de la căderea Bancorex. Trifan a rezolvat-o cumva, pentru moment. Nu sunt cozi la filiale, dar informațiile mele arată că au început retrageri masive. Trebuie să gândim atent următorii pași. Aș căuta pentru asta doi analiști bancari puternici. Fac chiar eu *talk-show*-ul, cu sprijinul oamenilor tăi de economic, se oferi Protopopescu.

– Ok, Nelule! Vezi dacă găsești vreun europarlamentar, nu știu... vreun comisar european, cineva de la BNR, te ajută Monica, ea are intrare acolo. Asta ar da greutate.

– E greu de crezut că se va băga cineva. Încercăm.

Flavia simte nevoia să intervină. Intuiției ei de femeie hârșâită în anchete nu-i pică bine această atmosferă festivistă:

– Cred că Nelu are dreptate. Oficialii vor rămâne în rezervă. Alfie, știi bine, Trifan e o legendă intangibilă, un inovator în afaceri, totdeauna cu un pas înaintea celorlalți...

Atunci intră secretara cu telefonul și anunță: „Trifan!”. Alfred simte nevoia să-l lase pe *speaker*.

– Domnule Greceanu, o să fiu scurt și la obiect. Sunt la siestă și nu-mi place să mi-o stric. Dacă trăiai în altă țară, te dădeam în judecată și te ruinam și pe tine și toate generațiile tale următoare. Suntem în România și decât să dai pe cineva în judecată mai bine te lipsești. Durează un secol. Sunt prea bătrân să aștept să-mi obțin dreptatea acolo.

– Poftim? Avem dovezi beton, care susțin ancheta...

– Ai pe dracu'! Un protocol, un draft de precontract, un *deal* care nu produce efecte juridice imediate, o înțelegere care se folosește frecvent în *business-ul* internațional pentru a produce oportunități pentru ambii parteneri. Nu stau eu acum să te învăț economie.

– Specialiștii noștri economici cred altceva...

– Domnule Greceanu, n-are rost să te cerți cu mine. Sunt prea bătrân ca să mai am timp să ne împăcăm. Știi bine că n-am pierdut niciun proces în viața mea, indiferent de instanțe și țări. Uite care e treaba, mă costă mai ieftin să bag publicitate la tine. Trifan Bank este dispusă să cumpere publicitate la TVG de două milioane de euro, plus minus. Ar trebui să fii mândru la GRP-ul pe care îl are televiziunea ta. Eu bag suma asta la marile televiziuni europene. Du-te acum cu directorul tău economic la Chin Hyun Ji, directorul meu economic de la Trifan Bank, și faceți actele și mediaplanul. Vreau să intre publicitatea chiar din seara asta. Spotul ți-l dă el. O zi bună!

În hamacul în care se leagănă, Trifan își aminti că a învățat vânătoarea împușcând porci mistreți.

***

Delta Dunării e frumoasă oricând. Acum însă, în toamna asta nici răcoaroasă, nici călduroasă, e de-a dreptul fermecătoare. Ceea ce îl făcu pe Robert Banu să îi pară rău că nu venise până acum. Fusese undeva și reticența lui față de România...

Fără să fie un călător înrăit, umblase cam peste tot în lumea asta, invitat de diferiți parteneri de afaceri. Făcuse și un tur prin Delta Amazonului, dar aici avea o senzație specială. O fi venind de undeva din rădăcini, acelea ascunse de ape?

Robert avusese norocul ca părinții lui să fi plecat imediat ce au simțit pericolul comunismului sovietic. Avea 6 ani când a părăsit țara, prea puțin să-și mai amintească ceva. Mai târziu, a plâns când a citit „Jurnalul fericirii", de care a făcut rost în samizdat, imediat ce a auzit lectura acestuia la Europa Liberă. A cerut să fie miruns ortodox, deși se simțise în deplină comuniune spirituală și în biserica anglicană, la care trecuseră ai săi. Ai lui nu-i spuseseră mai nimic despre țara pe care o lăsaseră în urmă, iar în mintea lui era un fel de Ierusalim ceresc. Ajunsese acum pescar în paradis.

De pe șalupa lui, Ciolpan aruncă, cum auzise că se zice prin locurile astea, bățul în apă. Și mulinează.

– Ce minunăție! Habar n-aveam că poate fi așa frumos. Păcat că nu o promovați suficient.

– Și prea multă promovare strică, zice atoateștiutor Ciolpan. Trebuie zone de umbră în care să te poți mișca. Dacă e aglomerație, nu mai e loc, rostește plin de el, în vreme ce saltă o știucă. Nici măcar la pește. Frumooos, îl punem pe grătar când ajungem.

– Și când te gândești câtă pușcărie s-a făcut aici...

– Tot de aia! Spațiu mare, lume puțină, lagăr în natură. Da' hai să nu ne stricăm nici ziua, nici partida. Mâine te duc să faci poze. Am o barcă specială. Pelicani, egrete...

– Mă gândeam la rudele mele...

– Fiecare cu destinul lui... Pfiu! Uite, a fost atac și am scăpat-o. Diferența dintre știuca din barcă și aia din baltă e în lansete, nu în opțiunea ei. Ambele au mușcat.

– Rudele mele n-au avut nici măcar opțiunea peștelui. Aceea de a mușca sau nu...

– Așa ne întristăm de tot. Hai să-ți zic un banc. Se potrivește. Se duce Bulă la bunică-su în pușcărie: „Ce ai făcut, tataie?" „Am pescuit fără permis." „Și cât ai luat?" „20 de ani." „Las-o dracu'! Ai mai făcut ceva..." „Am pescuit cu dinamită." „Păi și ce?" „Am prins trei știuci de treizeci de centimetri, doi șalăi de cincizeci și patru scafandri de unu șaptezeci." Ha, ha! E tare, nu? Hai să bem o votcă!

– E cam... tare...

– Votca sau bancul? Toți beau votcă aici, tati. Pufoaică, nu d-asta de-a noastră, de lux. Hai să mergem în alt loc. Poate trage mai bine.

– Amândouă...

– Să facem o convenție! Uite, eu ți-am promis că nu vorbim deloc afaceri. Tati, hai să nu vorbim nici politică! Nici măcar de aia comunistă. Sunt sătul de căcatul ăsta de politică până peste gât. Ca de țară! Dacă n-aș face bani, aș ieși. M-aș duce undeva pe o insulă, să pescuiesc la ocean. Fii atent aici! Diseară când ne trotilăm nițel, îl chem pe unu cu acordeonul să ne cânte *La Chilia-n port*! Îi plăcea lui Ștefan Iordache. Hai noroc!

Soarele apune încet pe luciul apei. Pentru Ciolpan e frumos. Pentru Robert, apusul e totdeauna trist.

***

Într-unul dintre colțurile opuse peretelui cu televizoare, Alfred are un aparat de radio, un tranzistor cum i se spunea pe vremuri, care contrastează cu restul mobilierului. E un conservator, îl păstrează pentru că la el asculta Europa Liberă, Vocea Americii și mai apoi BBC, Deutche Welle și posturile private, mai întâi studențești, care au apărut la București, mai ales RFI și cel la care veniseră foști redactori de la München și dădea și muzică bună.

Sentimental cum e, acasă păstrează prima lui mașină de scris. În pod are fel de fel de lucruri de pe unde a fost. Sunt aruncați pe undeva și adidașii din Piața Universității și de la toate marșurile civice. Dar mai e un motiv pentru care îi ține, cu ei era încălțat atunci când a obținut prima finanțare externă. Occidentul investea în presa liberă și în promovarea societății deschise în țările fost comuniste. Ce vremuri...

Greceanu se foiește dintr-o parte în alta a biroului. La început pe Flavia o enerva obiceiul acesta. De o vreme, a amuza, habar n-avea de ce. Când se întorce spre peretele cu monitoare, Alfred privește în gol. De când televiziunile de știri se înmulțiseră ca ciupercile, peretele e plin. Flavia se uită și ea la ele și se întreabă ce-o fi fost înainte acolo. Protopopescu e serios, ca de obicei.

– Ce facem deci cu campania Trifan Bank?

– Alfie, e o reușită totală. Prezența lor în calupurile noastre publicitare va aduce și alți clienți importanți, spune Flavia.

– Nu de asta v-am chemat. De sărbătorit, sărbătorim la final. Vreau să ne consultăm asupra campaniei, cum o încheiem? Nelu?...

– Dacă ar fi după mine, eu aș merge mai departe. A plătit publicitate de două milioane. Bun! Clipurile publicitare sunt una, curg. Campania e alta, curge și ea.

– E prea românește treaba asta! Trifan n-o s-o înghită, mi se pare periculos. Prea pe muchie de cuțit, sări Flavia.

– Păstrăm aparența de echilibru. Chem doi analiști, unul care să-i ia apărarea și celălalt care să-l facă praf. Ceva tot e acolo. A scos prea repede două milioane. Ce ne-a dat Duma pare beton.

– Nu despre asta e vorba. Nu vom avea poziția lui. Omul ăsta cere bani grei pentru interviuri. Nu va părea deontologic fără el.

– Tocmai asta e! insistă Protopopescu. Hai să-l forțăm să iasă la noi. Ăsta e pasul doi. Rupem tot. Ne facem o notorietate cum n-are nimeni. Eu unul aș forța, dar e decizia ta, Alf.

Alfred se așează pe colțul biroului.

– Tu ce zici, Flavia?

– Eu sunt rezervată... Foarte rezervată. Dan Trifan e prea puternic. E un nume în toată lumea. Se mișcă printre marii oameni de afaceri europeni. Nu e conexat politic. În România vine rar. Mi-e să nu declanșăm un tsunami...

– Îi lansăm o invitație pentru un interviu, simultan cu continuarea campaniei. Un interviu cu Trifan rupe audiența.

– Asta da, așa e... Butuman încearcă de ani buni să obțină un interviu și nu poate, spuse Flavia mai mult reflectând.

– În cazul ăsta, continuăm, se hotărî Alfred. Nelu, dă-i drumul la *talk-show* și trimite-i invitația pentru interviu la secretara de la *holding*. Poate fi și telefonic, știm că nu e în țară. Hai să vedem ce iese.

***

Talk-show-ul a ieșit exact cum și-au propus. Transcriptul s-a dus aproape instantaneu pe mail-ul lui Trifan:

Analist 1:

În piața financiar bancară, asemenea tranzacții sunt ceva obișnuit. Un asemenea *joint venture* poate însemna o intenție de dezvoltare pe piața internă. Poate o repoziționare pe spațiu mai larg, regional. Nu putem specula nimic, până când nu vom avea pozițiile oficiale ale prezumtivilor parteneri.

Ion Protopopescu:

Asistăm însă, din informațiile noastre, la retrageri importante de capital, mascate, e adevărat, de către bancă. Tot din informațiile noastre, cei mai mulți acționari se gândesc să vândă.

Analist 2:

Asemenea turbulențe sunt anormale în sistemul bancar, iar secretomania lui Dan Trifan le amplifică.

Ion Protopopescu:

Noi i-am lansat invitația la interviu, dar nu avem niciun răspuns.

Analist 1:

Dan Trifan este cunoscut ca un om de afaceri discret.

Analist 2:

Numai numele și reputația lui Dan Trifan nu vor fi suficiente în acest caz. Vom putea asista, și nu mă feresc de cuvinte, la o posibilă prăbușire de răsunet. Iar aici va trebui să găsim o responsabilitate și la statul român, care nu poate lăsa lucrurile de capul lor. Chiar banca centrală ar trebui să intervină rapid. Dan Trifan a fost protejat de oficialii români prin faptul că, speriați probabil de notorietatea sa, nu l-au supus unui control atent.

Analist 1:

Nu pot fi de acord cu partenerul meu de dialog. Ne aflăm în spațiul afacerilor private, guvernate de principiul pieții. Statul nu are ce căuta aici. Dacă vrem un stat neo-liberal, și spre asta tindem, principiul liberal trebuie aplicat în primul rând în lumea afacerilor. Trifan Bank este o afacere privată.

Analist 2:

Cu bani adunați de la români, nu uitați!

Ion Protopopescu:

Mai am o informație, verificată pe surse, credibilă sută la sută. Cunoscutul bancher Van der Hoffen va fi director general la Trifan Bank, ceea ce arată că negocierile sunt destul de avansate.

Analist 1:

Poate fi exact ceea ce am spus eu. O întărire a poziției Trifan Bank. Acționarii și deponenții ar trebui să stea liniștiți.

Analist 2:

Eu cred că ar trebui să se îngrijoreze. S-ar putea să se găsească cu conturile din România goale, iar acționarii cu hârtii fără valoare. Eu, dacă aș fi acționar, aș vinde acum, cât mai e timp. N-aș lăsa să se stingă lumina înainte să ies din cameră.

(...)

Mailul transcriptului l-a pus pe Trifan nu numai pe gânduri, dar și pe drum. Cine e băiețașul ăsta de mă pune pe drumuri? I-am citit dosarul într-un minut. Îi fac zdrențe și pe el și televiziunea lui de doi bani... Da' mai întâi să calmez acționarii. Îmi fac timp și pentru el, l-am convocat azi la 12. Până atunci totul va fi rezolvat. Să-l văd și eu la față pe băiețașul ăsta! Să-i bag pe gât cherosenul consumat!

Să recapitulăm: Adunarea generală, convocată; lichiditățile scoase de la prima oră, să pot cumpăra oricât; de mașină la aeroport s-a ocupat secretara; la unu, un prânz frugal și rapid; la trei, culoar de zbor înapoi.

Chiar, sunt curios să văd dacă vinde cineva. Le fac ofertă cu un leu peste prețul pieții pe acțiune. Acum e opt, diseară sunt înapoi în savană.

***

Faptul că e singur la consultație îi mărește starea de neliniște. I s-a spus că nu are voie cu telefon sau tabletă, ceea ce e și mai nasol. Se gândește la lucruri care ar putea să îl amuze. De exemplu, poveștile tatei despre imaginația românilor, plexiglasul colorat peste tubul alb-negru al televizorului, ca să dea impresia de televizor color, sticlele de plastic care odată ajunse în țară au fost transformate în sifoane. Chiar, de ce nu mai sunt sifoane?

În cabinet, Filip observă că rododendronul își schimbase locul. O fi o chestie de *feng shui*, gândi jucăuș. Cum o găsi omul acesta calea să mă facă bine? Eu vreau să urc din nou la volan, dar nu mai pot. Să vin aici și să vorbesc cu un străin cu ce ajută?

Nu tresare când aude vocea lui Iordăchescu. Îi place timbrul său.

– Așează-te întins pe canapea, Filip.

– Mă simt ciudat pe canapea. Am mai văzut și eu filme cu... ciudați...

– Putem renunța la canapea, ai dreptate. E mai bună pentru oamenii mari și ciudățeniile lor. Cum ești tu cel mai relaxat? Cum îți place să stai acasă?

– Am un balansoar...

– Am și eu unul acasă. Hai, stai aici, pe scaun... Filip, ne vedem singuri pentru că e mai bine așa. Vom atinge și subiecte pe care nu ai vrea, cred, să le știe mama. Când tu simți că e nevoie să vină și mama la ședințele noastre, îmi spui. Tot ce vreau de la tine este să fii cât mai relaxat și cât mai deschis. Important este ca de aici să pleci de fiecare dată cât mai ușurat. Ce zici?

– Ok...

– Ai luat vreodată droguri?

Deși pusă brusc, întrebarea nu are un asemenea efect asupra lui Filip.

– Nu.

– Nici măcar o țigară?

– Nici măcar. Am colegi care fumează, unii au încercat și iarbă. Eu nu, nu m-a interesat.

– Cu fete ai fost?

Întrebările sunt deosebit de intime, dar Filip nu se simte deloc incomod.

– Puștoaicele și tocilarele sunt cuminți, iar celelalte merg cu băieți mai mari. Merg e un fel de a spune... Fac sex oral de la 12 ani și rămân virgine până la 16. E de fiță. Știu o gagică care a facut-o și cu șoferul lui tac-su, să nu-i spună. Știu că băieții încep pe la 14. Eu nu am făcut-o încă...

– Prietenii tăi cum sunt?

– La fel ca mine. Aduși cu mașina la școală. Luați cu mașina. Duși la „alte activități". Eu am noroc că îmi place kartingul. Am un coleg pe care taică-su îl duce cu forța la tenis. Cică are talent, da' lui nu-i place neam. Satisfacție, ioc! Mai are și o prietenă care face mișto de el. Îi zice Becker. Cică mai bine s-ar apuca de Texas hold'em.

– Tu joci?

– Din când în când, pe calculator. Fără bani.

– Hai să vorbim un pic de accident. Ce s-a întâmplat?

– Nu știu. Nu pot să mă gândesc la asta. Mi-e groază de ce s-ar fi putut întâmpla. Fără să am vreo vină, cred. Am găsit pe net că un copil din Argentina, de 11 ani, a murit într-o cursă pe cartodromul Baradero. Groaznic! Îl chema Ramiro Tot. Au făcut și un clip pentru el. Parcă m-am văzut pe mine.

– Hai să vedem clipul.

Iordăchescu deschide laptopul și caută pe Youtube. Proiectează clipul pe tabla magnetică.

– Ce simți când îl vezi pe Ramiro? Teamă?

– Nu. Ură! Neajutorare!

– Și când te gândești la accident?

– Nu știu!

***

Alfred Greceanu așteaptă oarecum liniștit în anticamera lui Trifan. Are starea aceea din studenție, când trebuia să meargă la miliție cu mașina de scris, să bată în fața organului un text pe care îl primea acolo. Știa că n-are nimic de ascuns, dar plutea în aer un sentiment de vinovație. Sentimentul de culpă că exiști și ai o mașină de scris, pe care oricum o luasei cu aprobare.

Nu-l surprinsese convocarea și ajunsese la fix. Ceasurile de pe perete arată orele în diferite colțuri ale lumii. Ăsta o avea mania ceasurilor, ca Odette pe cea a covorașelor.

Când îl primește Trifan, cel de la București e la 12:30. Jumătatea de oră în care a așteptat în anticameră îl iritase pe Alfred, dar nu a avut ce face. Trifan se adâncește adânc în fotoliul său.

– Dacă ți-ai dorit să mă cunoști, ai reușit! Dar să știi că acesta nu e un motiv să fii mulțumit. Ai reușit să mă faci să mă sui în avion să vin urgent în țară. Asta nu-i nicio scofală. Acum două ore intenționam să te distrug. Până la urmă, parcă mi-ai fi și simpatic. Ți-a tremurat glezna când ai intrat pe mocheta asta. Se vede că n-ai intrat niciodată într-un hotel de șapte stele. Doar acolo e mocheta așa adâncă. Obișnuiesc să mă uit la prezumtivii parteneri cum calcă, să văd dacă au calitate și vână. Pariez că atunci când ești într-un restaurant, te mai uiți la prețuri... Te salvează tinerețea. Fii foarte atent acum, pentru tine, pentru cultura ta generală, pentru că pariez că e ultimul dialog împreună. Am rezolvat totul repede. Am propus fiecărui acționar să vândă imediat. Știi ceva? N-a vândut nimeni, deși eu aveam toți banii pregătiți. Toți! Asta poți s-o spui la televiziunea aia a ta. Vezi că îți las și banii de publicitate pentru că vreau să înveți ce înseamnă puterea bazată pe onestitate. Și gata! Lecția s-a terminat! La revedere, că sunt pe fugă. Trebuie să mă întorc la elefanții mei și tu la vânătoarea ta de subiecte de doi lei. Ai grijă să nu ne mai întâlnim! O singură dată las vânatul să scape. Ai avut noroc că azi ai fost căprioară. Data viitoare o să mă port ca și cum ai fi un porc mistreț. Și eu nu ratez niciodată! Pufff! Face, simulând trasul cu pușca. Și o să am grijă și să te pârlesc! Pa, te conduce cineva din anticameră.

Imediat ce ieși, Trifan pune mâna pe telefon:

– Vezi că ți l-am iertat! Ar trebui totuși să ai o discuție cu el, să înțeleagă raporturile de putere. Pentru că altfel îi va fi rău, foarte rău! Hai, *bye bye*!

Abia în stradă, Greceanu își dădu seama că nu apucase să spună nici măcar un cuvânt.

***

Alfred pierduse pletele de altădată, nu și spiritul lor. Pentru că nu mai avea timp, poate nici răbdare să asculte ce e nou, rămăsese la muzica din tinerețe. I se părea că e conservator și ajunsese să facă rare excepții, doar când „clasicii" scoteau un album. Ca AC/DC, care îi răsună acum în mașină. Îi place încă împotrivirea oricărui fel de autoritate, chiar și a lui însăși. Mai luptă împotriva *establishment-ului*, e încă greu de așezat în șabloane prefabricate. Un rebel, asta vrea să fie.

De aceea este deranjat de faptul că fusese convocat de personajul X. Dar merge acolo mult mai relaxat decât la întâlnirea cu Trifan. Niciodată nu i-a plăcut să fie la ordin. În armată, cu două zile înainte liberare, l-a salutat la mișto pe un ofițer cu mâna stângă și i-a urat armată grea toată viața, pentru că el scapă. A ajuns în arest. Din solidaritate cu el, camarazii au ieșit la apelul de seară fără grade și însemnele de terist, acelea pe care le aveau numai cei care făceau armata redusă, pentru că intraseră la facultate. Ofițerii i-au băgat degrabă în dormitor să nu iasă scandal în toată unitatea. Colegii de la arte plastice s-au apucat să deseneze nuduri pe pereți. I-au dat drumul din arest, au văruit, au mușamalizat tot scandalul, dar apucaseră să-l tundă la zero. Alfred făcuse armata la Comandamentul Trupelor de Securitate și acum viața îl aduse lângă un securist.

Oare ce-o fi vrând? Semiîntunericul din birou nu mai pare așa de neprietenos.

– Nu te mai așeza, că e groasă!

– Ce vreți să spuneți? se miră Greceanu.

– Copile, nu face pe naivul cu mine! Încă nu m-ai văzut nervos și nici nu-ți doresc asta.

– Da' chiar nu înțeleg. Dacă e ceva, ziceți-o direct.

– Direct, zici? Ce te-a mâncat în cur să-i faci măgăria aia lui Trifan?

– Ce măgărie? N-a fost nicio măgărie. Nu l-am șantajat, cum fac alții.

– Da' i-ai luat banii și nu te-ai ținut de cuvânt. Ăsta-i un căcat! Puturos!

– Nu i-am promis nimic. Nu i-am cerut eu să bage publicitate la mine...

– La tine? Poate la mine! Copile, uiți unde te afli!

– Da' ați zis că eu rămân la butoane. Că televiziunea îmi rămâne și eu voi decide...

– Așa și este. Da' nu înțeleg, ce dracu' nu înțelegi? Înainte să te mănânce în cur, scarpină te sau vino la mine că te rezolv... Știi tu cum!

– Ce faceți? Mă amenințați?

– Băi, copile, te credeam mai perspicace. Nu mă dezamăgi! Aici totul e bazat pe subordonare.

– Dar mi-ați garantat libertatea. Libertatea celei de-a patra puteri...

– Băi, ești idiot? Nu mă mai întrerupe. Singura ta garanție sunt eu. Dincolo de prima, a doua, a treia și a patra putere suntem noi. Noi suntem deasupra puterilor în stat. Noi suntem și dedesubtul puterilor în stat. Noi suntem și înăuntrul puterilor în stat. Noi suntem peste tot. Așa că zi mersi că ești cu noi. Și ești cu noi pentru că așa vreau eu. Acu' ai înțeles?

Greceanu tace.

– Nu te uita la mine ca vițelul! Când e vorba de bani mulți sau personalități, sau chiar personaje, vii înainte și mă informezi. Îmi raportezi. Înțeles?

Oftatul lui Alfred vine de undeva din stomac:

– Am înțeles... să trăiți...

– Stai jos acum! Ți-a trecut glonțul pe la ureche, ori eu tocmai asta nu vreau să se întâmple. Eu nu las cadavre pe frontul de luptă, chiar dacă frontul e invizibil. Să știi și tu copile: frontul nu se vede, oamenii nu se văd, da' cadavrele da. Și ești prea tânăr să fii un cadavru ambulant. Și mai ales, ești al meu! Hai, bei un whisky? Să-ți dea puțină culoare în obraji.

Alfred își aminti, cine știe de ce, o poezie a lui Mircea Dinescu în care decojea o portocală și descoperea o balerină.

– Sunt cu mașina, bâigui.

– Cheamă șoferul să te ia. Hai, bea ! Nu știu ce i-ai făcut lui Trifan, da' te-a iertat. Putea să te spulbere. Hai, mă, ia o gură, avem lucruri importante de vorbit. Te-ai apucat de tenis?

– Nu încă...

– Păi, fă-o! Și dă-i drumu și cu terenul. Ce-ți spun eu și Septimiu trebuie să execuți. E spre binele tău. Ia-le ca metode de perfecționare. Hai noroc!

În timp ce ciocnesc, scoate parcă de nicăieri un dosar.

– Uite aici un subiect bombă... Da' ai grijă să nu-l fâsâi ca pe ăla cu Trifan. Vorbim despre afaceri în petrol. Rechini mari! Citește-l în liniște.

Lucrează cu Flavia. De fapt, poți să mai bagi pe cine mai vrei tu în anchetă, numai să fie de încredere. Trebuie aruncat pe piață în pre-campania electorală. Ai tot timpul. Vii la mine când e gata, până să-l arunci pe post.

Alfred este deja resemnat. Altă dată l-ar fi excitat un pont, indiferent de unde venea, chiar servit de băieți.

– Înțeles!

– Hai noroc! Să trăim!

***

Alfred urcă în mașină, își aprinde o țigară și trage cu putere un fum. Șoferul, deși nefumător, nu deschide geamul. Se cunosc demult, de când îl ajuta pe Alfred la distribuția ziarului studențesc prin București. A fost alături de el de când avea o cămăruță în Casa de Cultură a Studenților. L-a văzut când avea să închirieze mai târziu tot etajul și apoi să-și construiască propriul sediu.

I-a rămas fidel, lucru pe care Alfred îl apreciază cel mai mult. E între ei o relație de încredere mai mult decât de prietenie.

– Mergem la Sofia!

În condiții normale, ar fi întrebat: „În Bulgaria?" Alfred ar fi spus iar: „Băi, de câte ori ți-am zis că nu știi să faci glume?" Alfred mai trage adânc două fumuri, de parcă ar vrea să topească țigara cu totul, apoi lasă geamul.

– Pune Judas Priest – *Here Come the Tears*.

La clubul hipic, profesorul este surprins când îl vede:

– Domnule Greceanu? Ați venit să călăriți? Vă pregătesc un cal.

– Nu, mulțumesc. Nu am chef azi.

Sofia e la manej.

– *Sophie*! *Surprise*! Am venit eu să te duc acasă!

– Hai, mai stai, te roog! Lion Heart abia-i bucuros. Haai! Nu-i strica bucuria... A lui, dacă nu te gândești la mine...

– Ce prostii vorbești? Cum să nu mă gândesc la tine?

– Tati, călăresc. Nu vreau să ne certăm, spuse fetița păstrându-și mereu poziția perfectă pe cal.

– Nici eu, ferească Dumnezeu!

– Tre' să mergem să-l luăm pe Filip? Că altfel nu veneai. Mai lasă-mă un pic, te roog!

– Stai cât vrei, puiule. Eu am venit pentru tine. Uite, călărim împreună. Profesore, aduceți-mi și mie un cal, oricare.

În timp ce își trage cizmele de călărie, se adresează copilei:

– Dacă vei călări mai corect ca mine, te duc în spate, în galop până la mașină.

– Să fii sigur! spuse Sofia râzând, trecându-și calul de la trap la canter.

***

Serile împreună la masă sunt o regulă la care Odette n-ar renunța în niciun chip. Chiar dacă se întâmplă să fi mâncat până să vină, stă cu un pahar în față până cinează și el. O consideră o dovadă de afecțiune și tandrețe.

Pe veranda dinspre lac sunt două șezlonguri unde stau când nopțile sunt călduroase. Beau gin tonic, bloody-mary sau vin și ascultă Pink Floyd, Deep Purple, Rolling Stones, Uriah Heep sau blues. Și vorbesc. E locul unde Alfred se debrifează, se leapădă de tot ce a fost peste zi. Obișnuiesc să-și spună, parafrază la sloganul hippie: „Astăzi e prima zi din restul vieții tale." Își presară tacticos tutunul în găvanul pipei. Obișnuiește să îl miroasă înainte. Adulmecă esența lui. Are un tutun nou acum. I l-a dat cadou Mircea. Obișnuiește să facă asemenea gesturi, fără un eveniment anume.

– Să-i spui Rosalindei să ne facă mâine niște caracatiță. Am chef să mănânc ceva bun. Și scoici, dacă tot se duce după caracatiță.

– Ce-i cu tine, Fredy? Pari îngândurat...

Tutunul e bun.

– Nimic. Sunt doar obosit. Ție cum îți merge?

– Excelent, după lansarea de la Londra! Curg comenzile, iar la castingul de modele e înghesuială. Vin fete din ce în ce mai frumoase. Și inspirația mea e maximă.

– Mă bucur că e bine...

– Ce-i cu tine, totuși? Nu ești în apele tale.

Pufăie elegant.

– Nimic, ți-am zis. Oboseala. Auzi? Trebuie să avem grijă de Sofia. Am fost azi la ea la călărie și mi se pare că se simte neglijată.

– Ce vrei să spui?

– Nu știu. Mi se pare că are impresia că ne ocupăm mai mult de Filip. S-ar putea să mă înșel.

– Mă ocup eu... Mă miră, ei doi se înțeleg așa bine. Nu-ți face mai multe griji decât trebuie. Numai asta te frământă? Hai sus, dacă zici că ești obosit...

În pat, Odette e de o senzualitate deosebită. E un amestec de femeie și fetiță, între care oscilează instictiv, spre uimirea și plăcerea exhaustivă a bărbatului pe care îl iubește, care la rândul lui se simte succesiv suveran și supus. Pentru Alfred, abandonul în brațele ei este absolut.

– Fredy, spune-mi ce e cu tine. Dacă nici după ce facem dragoste nu te cunosc... Îmi ascunzi ceva?

– Nu sunt în apele mele. Mă stresează lansarea televiziunii...

– Aiurea! Pentru tine asta e floare la ureche. Ce nu vrei să-mi spui?

– N-ai cum să mă ajuți. Nu vreau să te mai încarc și pe tine...

– Încearcă!

– Am nimerit din lac în puț. Mi-am luat scatoalce inimaginabile după campania cu Trifan.

– Da' parcă te văzuseși cu el și nu era deloc grav.

Alfred aproape și uitase că o sunase după întâlnirea cu Trifan. Așa buimac ieșise de acolo.

– Nu de la el, ci de la finanțatori. Am scăpat de Butuman și am dat peste un întreg sistem. Nu știu cum o s-o scot la capăt. Ăștia o să mă înece.

Pentru Alfred, înecul este spaima supremă. Când avea vreo 18 ani, îi ghicise o țigancă în palmă că dacă nu moare până în 50 înecat, o să trăiască mult de tot. Spusese 50 și asta îi rămase pe creier, dracu' știe de ce...

– Nu există sistem infailibil.

– Ăsta este, Odette!

– Dar ai garanții...

– Tocmai, aia e... Garanțiile astea nu valorează nimic. Apă chioară...

– Dacă ți-au dat garanții false, păcălește-i și tu. Spune ca ei și fă ca tine. Ia-le banii, restul nu te interesează.

– Nu e așa simplu. Cu ăștia nu merge așa. Nu știi tu, tu nu-i cunoști pe ăștia...

– Nu-i cunosc, pentru că nu vrei tu să-i cunosc, spune Odette cu un ton aspru, dar care n-avea nici cea mai mică urmă de reproș.

– Nu pot... să te las să-i cunoști. Nici măcar nu pot să vorbesc despre ei. Nici măcar cu tine. Înțelege, e o situație mai specială...

– Ei, o să găsești tu o soluție. Hai, culcă-te... Ai nevoie de odihnă. Vezi că mâine plec mai devreme. Și după-masă merg cu Filip la psiho. Face hipnoză.

***

Alo! Hai, să trăiești, Ioane!

... Poți să vorbești?

... Fii atent aici! Băi, am nevoie de tine urgent la Timișoara. Tre' să țin diseară un discurs la Universitate și vreau să-l scriem împreună. E important, pot câștiga tineretul.

... Stai, mă, cuminte, că ajungi diseară la emisiune. Doar n-o să fie emisiunea lui Protopopescu fără Protopopescu. Nu s-a mai văzut așa ceva în istoria televiziunii și nu ne-om apuca noi acu' s-o scriem. Băi, noi avem de scris istoria reală.

... Stai, mă, liniștit... Vii cu elicopterul și te întorci cu el. Aranjez eu...

... Hai, că mai am ceva important de vorbit cu tine.

... *Face to face*, obligatoriu.

... Hai că ne vedem...

... Zbor ușor!

... Ciao!

Ce stranie potriveală. Dialogul între Crețulescu și Protopopescu se poartă tocmai când Greceanu se informează despre stadiul achiziției elicopterului pentru televiziunea lui.

E dimineață și i s-a părut ciudat că Alfred l-a chemat așa devreme. Gândul îi zboară iar la Crețulescu. De ce nu stabilesc online? Să ridici un elicopter dus-întors, pentru o discuție și un discurs? Treaba lui... Cum aruncă politicienii cu bani ca *flyere-le* din elicopter...

Secretara îi spune lui Alfred că a fost achiziționat în *leasing*, așa cum a cerut. Până și pilotul a fost angajat, fără să-l mai deranjeze pe el, s-a rezolvat de la HR. Greceanu pare mulțumit și soarbe din cafeaua irish, pe care tocmai o primise. Cam puțin whisky, după gustul lui.

Secretara continuă și îi confirmă că artiștii vin toți, s-au semnat contractele cu ei și s-au luat toate aprobările și de la primărie și de la Interne, iar acum se lucrează la promo-ul de relansare a postului.

– Să-l vezi și tu, Nelule, înaintea mea, vreau să fie o chestie *di granda*! conchise Alfred.

– Sigur că da, Alf, stai liniștit. Mă ocup eu sută la sută. Am convenit doar că relansarea asta e ce n-a văzut Micul Paris. Elicopterul e aici și ăsta e lucrul cel mai important. Facem un promo tare cu imagini din aer. Nimeni nu are așa ceva. Gândesc eu un embrion și îi punem pe băieți să facă un clip mișto. Sunt tineri și au idei tari. Mergi pe mâna lor, așa zic. După ce sunt și eu mulțumit, ți-l arăt și ție. Azi am ceva treabă. Vin direct la emisiune. Zbor! Te-am pupat!

Se spune că oamenii de afaceri stau între două avioane. Uite un jurnalist care stă între două elicoptere, gândi Protopopescu despre sine.

***

A învățat de la bunica ei că femeia ține familia. Ea i-a hotărât și numele. Tatăl nu ar fi acceptat în ruptul capului un nume cu rezonanțe „capitaliste". N-a avut de ales. Bunica a insistat în memoria surorii ei, pe care a pierdut-o de mică. Era o femeie de toată isprava, care a prins monarhia. „Odette, mamă, asta cu familia e celula de bază a societății e o porcărie. Ce treabă are societatea cu familia ta? Tu să ții casa, mamă! Bărbații sunt aiuriți, au momente când o mai iau și razna. Dacă bărbatul e stâlpul casei, femeia e temelia."

Se măritase de tânără și își crescuse copiii singură, pentru că bărbatul i-a murit pe Frontul de Est. Și n-a avut viață ușoară după ce au venit rușii. Deși femeie cu carte, a trebuit să trăiască din croitorie. N-a purtat niciodată ochelari și și-a dus toată viața cu ochii în mașina de cusut și gândul în istorie.

Pe drum, își mai aminti și că o coafeză îi spusese că bărbații sunt pătrați și femeile rotunde. Și citise undeva că bărbații sunt de pe Marte și femeile de pe Venus.

Personajul X își lăsă nelipsiții ochelari fumurii pe nas și deschide larg brațele a îmbrățișare, fără a se ridica de pe scaun. Ochii Odettei strălucesc, dar de revoltă.

– Te avertizez! Lasă-mi bărbatul în pace!

Personajul X trage scaunul cu zgomot. Ochelarii sunt din nou la locul lor.

– Tot ce-am făcut a fost spre binele lui.

– L-ai amenințat.

– L-am pus în gardă. E mai bine să ia o palmă de la mine, decât un pumn din altă parte.

Abia acum Odette se așeză. Stă pe scaun, fără pic de relaxare.

– Nu mă interesează tacticile tale. Tot ceea ce vreau este să am liniște acasă.

– Păi, asta vreau și eu, liniște.

– Cum? Prin presiune, prin strânsul mâinii cu ușa? Nu uita că Fredy nu e oricine. E bărbatul meu. Să te porți așa cu agenții tăi, mai mult sau mai puțin acoperiți, nu cu el!

Personajul X se afundă în scaun, poate pentru a masca iritarea.

– Da' știi că ai tupeu, fetițo? Vii la mine în birou și mai ai puțin și bați cu pumnul în masă. I-auzi? Ia du-te tu și fii leoaică în altă parte! Hai! Am cristalul de pe masă sensibil.

Odette își mută un picior peste altul. Mișcarea îi scoate în evidență genunchii perfecți.

– Nu uita că am CD-ul cu tine și cu Isabelle! Poate nu mai știi că era minoră. Și, poate, nu mai ții minte că, din ce se vede, pare mai mult viol decât futut. Așa că nu-mi fute mie creierii, că nu mă sperii! A, și încă ceva: nu s-a prescris...

– Ohooo, mă amenințí...

– Așa cum și tu îl amenințí pe Fredy...

– Băi fetițo, tu ești dusă cu pluta? Nu m-ai rugat tu să-l ajut?

– Să vă ajutați, că și ție îți convine relația asta. Ai la îndemână o televiziune. Îți ajunge, nu sări calul! Nu-i cere să ți-o așeze pe tava ta cazonă.

– Nu sări tu calul, că rămâi în aer! Iete șahista... Metodele mele sunt metodele mele. Nu vii tu să-mi spui cum să-mi fac eu treaba. Și nu uita că bărbac-tu nu e singurul cu televiziune pe planeta asta. Așa că mai scutește-mă...

– Așa o să-ți zic și eu când o să-ți mai curgă balele după vreun manechin de-al meu.

Personajul X se ridică și se duce spre un frigider mascat în perete.

– Hai să ne răcorim... Am înțeles ce vrei.

Odette acceptă paharul de limonadă rece.

– Și?

– O să ai un soț pentru liniștea voastră... a familiei. Da' fii atentă aici! Să nu te mai prind că vii la mine cu căcatul ăla de înregistrare, să mă amenințí. Ține minte un lucru, fetițo, pentru că ți-l spun pentru prima și ultima oară. Eu nu exist! Eu sunt un concept, un mecanism al unui sistem, pot fi deodată și viu și mort. Nu juca zaruri cu sistemul! O să mă prefac că n-am auzit nimic de nicio înregistrare. Asta așa, de dragul tău.

Lui Odette întâlnirea îi păru că se termină remiză. Există remiză în jocul cu sistemul?

***

Vlad Butuman are separeul lui de restaurant, ospătarul lui, țuica lui preferată, „mizilicul" favorit și, invariabil, aceeași muzică. Lăutărească. Atunci când o ia pe ulei, cântă, mai bine zis zbiară. A plătit odată cei mai buni lăutari, cel mai bun pe fiecare instrument, le-a dat onorariul maxim, a închiriat un studio și i-a pus să facă o înregistrare exclusiv pentru el. Lăutarii au acceptat. Țiganul cântă și cu mama dușmanului, dacă-i bine plătit. Așa că Butuman ascultă înregistrările de atunci, toate cântecele lui preferate. Când se matrafoxează, îl auzi spunând: „Să moară mama! Așa de mișto cântă ăștia, că-ți vine să dai bani și la difuzor!"

Odată, a urcat o trupă de lăutari într-un copac, un platan zdravăn, pentru că sunt urâți și îi strică buna-dispoziție. S-au urcat țiganii, cu tot cu instrumente, cel mai greu s-au chinuit cu țambalul, și au cântat de acolo, spre surpriza celor ajunși mai târziu la petrecere, care nu înțelegeau de unde vine muzica.

Clienții au tabieturi, iar obiceiul lui Butuman este să poarte discuții la restaurant. De fapt, se simte în separeu mai bine ca acasă. Profesorul nu e obișnuit cu cârciumile. Preferă bibliotecile. Mai ales că aici e fum și el nu fumează. Fără să se sinchisească, Butuman spune o poveste pe care o istorisește tuturor, deși nu cred că-i pasă cuiva. Zice că de la taică-su a învățat să nu fugă după tramvaie – bine, că nu mai merge cu tramvaiul din adolescență –, să nu alerge după femei – „Lasă, că vin ele la mine..." –, și să se împrietenească cu ospătarii. Ăsta e momentul când, de obicei, zbiară după ospătar: „Prieteneeeee!"

– Profesore, acu', după țuică, zi-mi de carte. Da' s-o rezolvăm repede, că mi-e o foame de lup și-o sete de cămilă.

Profesorul e modest, se vede după îmbrăcăminte. Dar e un tip tobă de carte. Când e să meargă la o bere cu colegii sau discipolii, o face doar la o terasă de lângă facultate, ieftină și populară, printre studenți mai ales. Cu Butuman, nu are relaxarea obișnuită de acolo. Chiar nu-i place, dar n-are ce face.

– Păi, e cum ați spus. I-am pus pe cei mai buni doi studenți ai mei s-o scrie și eu am corectat-o cu mâna mea.

– Bun. Cu titlul meu, da? „Drumul succesului meu".

– Exact! Și cu tot ce ați vrut să transmiteți, până la virgulă. Am respectat întocmai synopsisul pe care mi l-ați dictat.

– E, și cum e? Cum ți se pare? Cum a ieșit?

– Păi, v-o trimit pe mail. Să-i dați o privire, un bun de tipar.

– N-am timp s-o citesc. Eu trebuie să muncesc.

Butuman apăsă soneria cu un gest de parcă tot timpul din lume ar dispărea instantaneu.

– Zi-mi, facem istorie?

– Ei, chiar istorie nu facem. Poate trebuia mai mult, dar n-ați vrut.

– Stai, stai!

Ospătarul e obișnuit ca atunci când intră să fie liniște. Al naibii Butuman, parcă are un ceas cu cuc care îl anunță.

– Comandați, șefu! Vinul l-am adus după capul meu.

– Bravo, bravo! Ești perspicace. Așa îmi place. Profesore, cred că ar trebui să scriu și poezie. Ce zici? Hai, lasă vinul, dă-i drumul la grătar și lasă-ne că avem de vorbit. Despre asta este vorba!

– E gata în douăzeci de minute, e bine?

– Excelent!

Ospătarul iese, întrebându-se dacă și-a pornit Butuman cronometrul interior.

– Unde rămăsesem?

– Ziceam că-i bine scrisă cartea, da' poate se putea mai mult. Din culise, clou-ri, mai multe ponturi. La experiența dumneavoastră de afaceri... Ehe! Așa am fi intrat în istorie...

– Așa am fi intrat în pușcărie, râde Butuman. Mai bine scriu un denunț decât să spun tot ce știu. Hai noroc! Pentru carte! Profesore, eu prefer să scriu cărți afară, nu la mititica. Hi, hi! Mai și ajungi la mâna unui judecător care zice că nu e operă științifică.

– Să trăiți! ciocnește și profesorul.

– Apropo de opera științifică, ai verificat bine? Sper că nu e niciun loc unde să putem fi acuzați de plagiat. Nu vezi? Niciun titlu universitar nu mai poți lua liniștit, din cauza boilor ăstora din așa-zisa presă.

– Nicio grijă! Am verificat cu toate softurile pe care le am la dispoziție. Le-am amestecat așa bine că nu-și poate da seama nimeni de nimic, nici măcar președintele secției economice de la Academie.

– Profesore, eu nu vreau să fac din cartea asta o lucrare de doctorat. Vreau un *best-seller*. Despre asta e vorba!

– Va fi! răspunde convingător profesorul.

– Să fii sigur! Chit că cumpăr eu singur două tiraje. Să ne mai aducă băiatu' ăsta niște gheață.

Apropo de bani, uite aici. E îndestulător și pentru tine și pentru băieți. De banii ăștia poate scrii și o recenzie în Revista Economică...

– Mai încape vorbă, dom' Butuman?

Vlad Butuman apăsă din nou soneria și ospătarul intră ușor panicat. Încă nu era gata comanda. Din fericire, voia numai niște gheață. Este încins nu numai de la țuică, ci mai ales de la ideea de a fi un scriitor de succes.

***

Părinții proiectează asupra copiilor toate visurile pe care nu și le-au împlinit. Copiii proiectează asupra părinților temerile, neliniștile, emoțiile. Un purice ar fi părut uriaș pe lângă inima Odettei, iar nodul din gât este de-a dreptul gordian.

– Domnule psiholog, vă rog, vreau să fiu și eu cu el la hipnoză.

– Dragă doamnă, înțelegeți că e imposibil.

– Vă rog, nu pot altfel. Am înțeles că ați dorit ședințe numai cu el. Erau obișnuite. Acum nu pot. Mi-e frică să-l las singur. Vă rog! Insist! Ce să fac să vă conving?

– Filip e un copil puternic și responsabil, v-am mai spus. Nu vă faceți nicio grijă.

– Nu pentru el îmi fac griji, ci pentru mine. Nu o să rezist să nu fiu cu el.

Odette își frământă degetele, mai să le rupă. Degete superbe, observă psihologul.

– Vi s-ar părea o prostie să vă spun că mă pricep la oameni? încearcă Iordăchescu să o liniștească. Uite, ați zâmbit puțin... Relaxați-vă.

– Nu cred că pot...

Odette se oprește din frământatul mâinilor. Nu poate opri tremurul acestora.

– Nu pot să mă ocup și de dumneavoastră. Am deja un client, pe Filip. Lăsând gluma la o parte, rar am întâlnit femei atât de puternice ca dumneavoastră. Și pariez că Filip vă seamănă leit.

– Asta așa e...

– V-am zis că mă pricep. Iar ați zâmbit. Serios, chiar vă admir. Stați liniștită aici, beți un ceai de sunătoare cu colega mea și noi o să terminăm destul de repede.

Alexandru Iordăchescu o lăsă pe Odette în anticameră și intră în cabinet pentru ședința de hipnoză cu Filip.

– Filip, stai aici, întins. Ți-am spus, o să facem hipnoterapie.

– Da. Știu. Hipnoză. Am mai văzut la televizor. Sunt pregătit.

– Alea sunt scamatorii, Filip. Noi o să facem un lucru serios. O să ajungem, după ce ne relaxăm bine de tot, să vedem ce s-a întâmplat la cursa ta. Hai să punem niște muzică.

Iordăchescu pune muzică de relaxare.

– După procedeu o să stăm de vorbă. O să stabilim cum facem să revii repede la volan. Hai, închide ochii... Respiră... Așa... Calm... Acum ne concentrăm asupra capului... Respirăm... E bine... Suntem relaxați... Ne gândim la cap... Respirăm... Adânc... Mai adânc... E bine... Acum ne concentrăm asupra brațelor... Respirăm... Calm... Respirăm... Bine... Filip, ridică brațul...

Filip ridică brațul. Doarme.

– Așa... Respirăm adânc... Filip, ne pregătim de concurs... Punem costumul... L-ai potrivit bine?

– Da. Îmi vine bine. Casca... mă ține un pic...

– Ce faci acum?

– Mi-o reglez singur. Așa cum abia mi-a arătat *coach*. Acum e bine. Comod.

– Bine... Suntem la start...

Vocea lui Iordăchescu se aude egal și cald, Filip respiră regulat în somnul hipnotic.

– Sunt primul, dar îmi tremură mâinile...

– De ce? Doar acum?

– Așa pățesc întotdeauna. Da' mi trece. Când se pune verde.

– Bine, Filip... Start. Plecăm... Povestește...

– A întâia, a doua, a treia, iau curba în a patra, am un kart în siaj, am grijă să țin trasa, a cincea, a șasea, merg la blană, îi țin la respect. Gata prima tură. E din ce în ce mai bine. Trasele sunt din ce în ce mai bune. Controlez. Mi-e bine în cursă.

– La ce te gândești acum?

– La nimic... Conduc. Kartul răspunde. Sunt atent la ce e în spate. Ăștia doi forțează. O să riște... Nu-i nimic. Risc și eu la nevoie. Sunt sigur pe mine. Îi prind eu la cotitură. Nu mă fac ei pe mine. N-au cum. Vine curba strânsă. Închid unghiul. Iar pedala la fund. Vine următoarea curbă. O știu pe dinafară. Unul vrea să mă facă pe exterior. Îl las. Iau interiorul. Îmi taie fața. Frână. Kartul nu răspunde! Nu răspunde!

– Ușor, Filip, ușor... 9... 8... 7... 6... 5... 4... 3... 2... 1... Trezește-te, Filip. Ia un ceai.

– Mulțumesc.

– Gata... Cum îți e?

– Bine, mi-e bine...

– Vezi? Imaginile îți sunt clare acum. Tu n-ai avut nicio vină. La un moment dat, mașina n-a mai răspuns. Eu zic că, în curând, o să revii pe pistă. Uite, o să-ți dau un CD cu muzică de relaxare. O să te învăț ședința viitoare niște tehnici de respirație pe care să le faci acasă. Acum ești obosit. Sunt exerciții pe care le faci ușor. O să-ți perfecționeze concentrarea. O să te ajute și în curse. Spune-mi, cum te simți acum?

– Parcă sunt mai relaxat... mai liniștit...

– Bun. Hai s-o chemăm și pe mama ta să-i spunem și ei. Mai devreme era speriată de parcă te operam pe creier.

***

Pe *display-ul* lui Alfred apare Odette. Cum e singur în mașină, îl lasă pe boxe.

– Da, Odette... Uite, pe drumuri, cu lansarea... Cum?... Eram sigur... Sărăcuțul Filip. Ce a mai spus psihologul?... Asta e bine... Bine... Vorbim acasă... Și eu!... Pa, pa!

Îl apelează pe antrenorul de karting.

– Profesore, n-ai mai dat niciun semn cu kartul ăla...

– Tocmai voiam să vă sun...

– Gând la gând, cu bucurie...

– De la Nantes avem un răspuns foarte evaziv. Nu pot confirma nicio defecțiune în mod concret. Așa că... rămâne ca-n tren... Ce face Filip?

Ca-n tren pe dracu'! Nu-mi place cu trenul, gândi Alfred.

– Bine. Terapie. În curând revine la antrenamente. Haideți că ne mai auzim, acum sunt în trafic.

Alfred închide telefonul. Al dracu', Butuman...

***

Revede din ce în ce mai rar modul cum a răzbit singură în viață. Acum se estompează chiar și imaginile din diferite colțuri ale lumii, din camere luxoase de hotel, din restaurante somptuoase sau baruri cochete. Doar figura tatălui nu i se șterge. S-a dus până s-ajungă la adolescență. A apucat, slavă Domnului, să-și pună amprenta. Profesor de franceză, a vorbit cu ea exclusiv în limba lui Moliere, de mică. Cu acces la fondul secret al Bibliotecii Universitare, aducea acasă cărți pe care nu le putea citi oricine. Cărți interzise de cenzura comunistă. Așa l-a găsit pe Eliade și s-a îndrăgostit de filozofia orientală.

Mama ei venea dintr-o familie burgheză, nu a înțeles comunismul și a preferat să stea acasă, să aibă grijă de copil. Să fie casnică, cum se spunea în regim. Mai târziu, mama n-a înțeles-o nici pe ea, nici drumul ei. Așa că vorbesc destul de rar, când li se face dor, dar îi trimite regulat bani. Acum ea are grijă.

Când se îmbracă, Flavia este mult mai *sexy* decât atunci când se dezbracă. Are mișcări încete, de femeie satisfăcută, este un adevărat spectacol de *streaptease* derulat pe invers. Pe Crețulescu îl scot din minți mișcările lascive și exacte ale degetelor ei așezându-și pedant fiecare obiect de îmbrăcăminte. E iarăși excitat.

– *Babe*, chiar nu mai stai?

– Băi, iar ești *goofy*, știi că mă seacă chestiile astea...

– Încercam și eu, spune mai mult mormăit.

– Pe bune, am o întâlnire importantă. E vorba de-o anchetă.

– Bine, bine. Vezi că ne vedem abia săptămâna viitoare. Plec în Rusia pentru câteva întâlniri. Pregătesc terenul.

– Ai grijă! Lao Zi scrie așa: „Cel ce-n vechime se pricepea să-l urmeze pe Tao, era tainic și ascuns, misterios și pătrunzător, era adânc și de neînțeles." Ai grijă, așadar! Du-te, e o vizită importantă. Dar ai grijă să nu se afle.

– *Babe*, nu-s chiar așa de *goofy*! E o vizită sută la sută privată. Și secretă. Clandestină. Acoperită. Și... cum mai vrei tu.

– Ziceam și eu, răspunde Flavia, în timp ce își conturează buzele.

– Stai liniștită. Totul e pus la punct. Avion charter pregătit de ei. Plec de pe aeroport privat. Noaptea, fără tam-tam. Delegație mică.

– Delegație?

Rujul rămâne în aer.

– Trebuie. Prietenul meu care a lucrat la externe pe spațiul sovietic, îl știi tu, translatorul și Ion Protopopescu.

– Protopopescu?! Ai încredere în el?

– Da. Lucrează pentru mine. Dovadă că l-am adus cu elicopterul la Timișoara și, chiar dacă lucrați împreună, n-ai aflat.

– Eu nu stau să văd ce face Protopopescu, tu fă cum crezi.

Flavia se concentrează la oglindă.

– *Babe*, n-am motive să mă îndoiesc. Face treabă bună. Și se pricepe și la politică externă.

– Nu mă bag, *Body*. E jocul tău, e campania ta. Tu decizi. Cu cine te vezi acolo?

– Vreo doi specialiști pe spațiul românesc, ceva oameni de afaceri și un consilier al președintelui. Totul pe fugă. Nu e timp mult. Două zile. Nici nu pot lipsi mai mult, ar bate la ochi.

– Fii atent la garanții. Să nu te depășească. Vezi că ai de dat și peste ocean.

– Știu. Nu deranjez *establishment-ul*. Îl fac doar să înțeleagă că prin mine poate merge uns. Voi ști să țin balanța între Moscova și Washington. Fără să știe nici unii, nici alții...

– Vezi că jocul ăsta e periculos. Să nu te arzi.

Gata, rujul e perfect.

– Singura șansă să câștig Cotroceniul sunt garanțiile de care ziceai tu. Ori pe astea trebuie să la am și de la Est, și de la Vest, și din intern.

– Asta cam așa e. Dar vezi ca în grija asta față de puterile mari, să nu te înfunde cele mici.

***

Pe Alfred îl enervase întotdeauna faptul că un concert televizat nu se auzea la fel de bine la televizor ca în sală. De aceea și-a angajat mai mulți ingineri de sunet. Se amuza copios la bancul care circula între ei. Cică un pui de iepure și unul de șarpe, amândoi orbi și orfani, se întâlnesc în pădure. La care, împiedicându-se unul de altul, zic să se pipăie, să „vadă" fiecare ce sunt. Primul, șarpele: „Ai urechi mari, ai blănița moale, ai codiță mică... Ești iepurele!" Apoi, iepurele: „Urechi n-ai, mâini n-ai, coloană vertebrală n-ai... Ești inginerul de sunet!"

Scena din fața Ateneului e uriașă. Dacă ar fi știut că vine atâta lume, ar fi așezat-o perpendicular pe Calea Victoriei, mai sus de Palat. Și așa, circulația s-a blocat de la înghesuială.

Spectacolul de relansare a TVG e grandios, așa cum și l-a dorit. E timpul să iasă pe scenă. Sonorizarea e perfectă, microfonul e excelent, așa că nu trebuie să urle în el. Totuși, fără să își dea seama, o face. Adrenalina.

– Bună seara, prieteni! TVG vă aduce cel mai tare concert din țară! Noi suntem cea mai tare televiziune din țară! Voi sunteți cei mai tari prieteni! Noi suntem primii! Voi sunteți primii! Noi suntem primii care vă oferă premiu o mașină cu care veți pleca pe loc! Iat-o!

Reflectoarele luminează podiumul pe care se află mașina de lux. N-o înfășurase în fundă, pentru că îl enerva. Vocea revine la normal. Cumva și bătăile inimii lui.

– Cheile din mâna mea vor ajunge la unul dintre voi chiar în această seară. Succes! Noi suntem prima televiziune care are un elicopter! Iată-l!

Reflectoarele se mută în aer, urmărind zborul circular. Cu tot zgomotul, Alfred se aude în continuare foarte bine.

– Din el se vor arunca *flyerele* cu care veți participa la tragerea la sorți!

Elicopterul începe să împrăștie *flyerele*. Mulțimea țipă isteric și e o îmbulzeală de nedescris. Ca la pomană.

– Succes, prieteni! TVG este televiziunea voastră! TVG este prietenul vostru! TVG este televiziunea românilor! TVG este adevărata televiziune a poporului! Și singura! E timpul nostru! E timpul vostru! E timpul de distracție, prieteni! Hai la distracție! Aici! Acum! Totul e gratis! Totul cu TVG! Berea e gratis! Pe bune! Să bem! Și trupa e gratis! Bere Gratis!

Primul lucru pe care îl face după ieșirea de pe scenă, este să meargă în carul de reportaj să vadă cum se aude la televizor. Era perfect. Reușise.

Ceva mai târziu, un reporter relatează:

– După cum vedeți, în acest moment spectacolul prilejuit de relansarea postului TVG continuă. Mii de persoane se bucură de excepționalul eveniment. Îi rog acum pe colegii mei să focalizeze asupra acoperișului actualului sediu al Ministerului de Interne. De acolo, elicopterul, care aparține postului nostru și în care se află deținătorul TVG, Alfred Greceanu, va zbura către Snagov, unde este organizată petrecerea oficială, la care sunt invitate personalități politice, diplomatice și culturale. TVG scrie o nouă istorie, iar noi vom prezenta toată noaptea imagini de la aceste evenimente.

Camera rămâne un timp pe elicopter. Alfred reface peste ani o punte cu zborul lui Ceaușescu, care îi adusese lui libertatea și dictatorului moartea.

***

De câte biografii inventaseră împreună, aproape că nu mai știau cine sunt cu adevărat. Par legați de fire invizibile și de tabieturi asemenea. Niciunul dintre ei nu s-a gândit vreodată la pensie, dar nici la moarte. Dovadă de egoism, de aceea n-au fost căsătoriți niciodată și s-au ferit să aibă copii. Au împărțit multe de-a lungul vremii: pat, cărți, femei, misiuni... Vorbesc des la telefon, pătimind împreună la meciurile echipelor cu care țin: Dinamo București – doar au plătit cotizație – și Zürich – pentru că acolo a jucat Marcel Răducanu. Își mai recomandă unul altuia filme sau seriale de spionaj și se amuză că scenariștii români nu au ouă să scrie unul, pentru că marfă ar avea, slavă Domnului!

La Vevey și la București, în cele două reședințe oarecum similare, televizoarele sunt pe același post, TVG.

– Ce zici, mă? Are tupeu băiețașu! Să zbori cu elicopterul de pe CC la Snagov? Ca ciuruitul? Aroganță! spune în receptor vocea din Elveția.

– Ăsta e farmecul lui, îi răspunde vocea din România.

– Nu-i deloc naiv. La Snagov pe cine a adus?

– Nu știu, dar am auzit că vor fi și președintele și premierul. E chiar un succes să îi ai pe amândoi în aceeași încăpere. Să vedem...

– Bă, puștiul are tupeu maxim. Îmi place!

– Și mie îmi place copilul. Ți-am zis, are un farmec al lui...

– Promite.

– Așa-i. O să am eu grijă să nu moară speranță. Îl țin eu pe drumul nostru. Nu e prima certitudine pe care o construiesc.

– Așa să faci! Ți-am zis, îmi place puștiul.

Partea a IV-a

A patra putere

În viață a încercat să facă totul treptat, cu credite și muncă multă. Mai întâi apartament, mașină, vacanță în Turcia, apoi casă la curte, Jeep, o ieșire pe Coasta de Azur, după aceea vilă la malul lacului, case de vacanță, mașini de lux, șalupă, concedii în locuri exotice, mici investiții în exterior... Și acum, iată-l aici!

A încercat, pe cât a putut, sa rămână modest, impresionat de stilul de viață al unui manager român dintr-o multinațională. L-a cunoscut la ceva vreme după Revoluție, când era interesat de achiziția aparaturii pentru un studio TV. Omul l-a invitat la Intercontinental. Atunci a văzut prima oară cum se plătește cu cardul. S-a mirat când, la final, oferindu-se să-l conducă acasă, a văzut că circulă cu o Dacie. „Nu pot să vin în țara mea, unde oamenii sunt săraci, cu limuzina de la firmă. Așa că mașina asta a bătut de multe ori drumul București – Viena. De sărbători, vin cu ea burdușită de dulciuri pentru copiii din blocul în care mai stau aici. Nu o să-ți vină să crezi, dar nu m-am mutat din apartamentul în care locuiam înainte. Trebuie să le dau șpagă vameșilor care cred că fac bișniță."

La masă, aflase o poveste care, dacă n-ar fi fost adevărată, ai fi putut-o considera-o gogonată. Managerul lui a observat că mănâncă la prânz la un restaurant alăturat celui în care mergeau toți colegii lui, vizavi de clădirea de birouri. L-a chemat și l-a întrebat dacă nu îi ajunge salariul. I-a explicat că nu e nicio problemă, numai că lui îi place foarte mult puiul, iar în restaurantul de lângă este gătit mai bine. În țară, în comunism, atunci când găsea pui, trebuia să-l păstreze pentru copii. Directorul a aranjat ca puiul să-i fie adus de la restaurantul de alături, ca să fie la prânz cu colegii lui. Și i-a mărit și salariul.

Smokingul stă impecabil pe Alfred. Așa a fost pe scenă, așa și în elicopter. În vila de protocol a lui Ceaușescu, radiază. Pe vremuri, pentru oamenii obișnuiți Snagovul era doar un pachet de țigări, pentru locuitorii satelor de aici o comună liniștită. Până a venit Ceaușescu cu ideea să o facă și mai liniștită și a dărâmat o grămadă de case să nu fie el deranjat la lac.

Alfred poartă papion, se gândește la idolul lui de după Revoluție. A ales unul mai puțin extravagant. Aici e loc de eleganță, își spuse. Deși la cât se dezvoltase zona lacului Snagov după căderea comunismului, mai degrabă ajunsese un loc al opulenței obținută prin jaf politic. Pe mica scenă, bandul cântă *cafe concert* de calitate. la microfonul. Sonorizarea este excelentă – a avut un fix cu asta în seara aceasta.

– Vreau să mulțumesc în mod oficial tuturor personalităților care au dorit să fie alături de noi la acest important moment al relansării postului. Nu voi vorbi mult pentru că vreau să las televiziunea și emisiunile sale să vorbească. TVG va fi o tribună de exprimare a tuturor opiniilor, un loc de analiză a lumii în care trăim, un spațiu serios al divertismentului tv. Eu vă doresc petrecere frumoasă și vizionare plăcută a programelor noastre. Și pentru că se află aici prim-ministrul și președintele, o să-i invit să vă adreseze câteva cuvinte. Fac precizarea că acum suntem în direct pentru toată țara.

Prim-ministrul e îmbrăcat ca de obicei, la patru ace. Nu poartă însă cravată, ceea ce îi dă un aer sportiv și prietenos. Alfred s-a gândit că a făcut-o special pentru a nu fi „la cravată", ca președintele. Ce rivalitate...

– Vreau să salut cu toată sinceritatea relansarea postului TVG. O asemenea dezvoltare în industria media, o asemenea infuzie de capital înseamnă și o dezvoltare economică în general. Orice dezvoltare economică este o bucurie pentru oricare guvern. Și mă gândesc aici nu numai la plata taxelor și impozitelor, ci și la alte oportunități de dezvoltare pe orizontală. Îmi manifest speranța ca TVG să reliefeze obiectiv activitatea guvernului. Într-o piață plină de televiziuni profund implicate politic, sper că TVG va face o notă distinctă. Aștept prima invitație pentru un dialog obiectiv, fără critici absurde și insinuări de orice fel. După cum bine știți, eu refuz invitațiile la televiziuni care procedează critic, fără obiect. Așadar, succes!

– Mulțumim prim-ministrului. Doamnelor și domnilor, distinși invitați, președintele!

– Domnule Greceanu, vă urez succes! Compatrioți și distinși ambasadori, vă mărturisesc că depolitizarea televiziunii publice este una dintre promisiunile electorale pe care n-am reușit să o îndeplinesc. Și, din nefericire, din cauza diferitelor interese politice și a avantajelor politicianiste, nici nu cred că o voi putea duce la îndeplinire până la finalul mandatului meu. E un regret pe care vi-l împărtășesc. Vă întrebați de ce vorbesc de televiziunea publică la relansarea unui post privat? Pentru că, așa cum am înțeles, TVG își asumă o misiune publică. De aceea vreau să vă felicit și să vă doresc să rezistați. Și mai ales, să vă țineți departe de jocurile politice. Fiți ceea ce vă doriți să fiți: a patra putere!

Președinte, deși știe că nu mai are dreptul la niciun mandat, nu e un om învins. Are siguranța celui care a aflat multe, nu vrea să predea armele și este obsedat de faptul că, până la urmă, reformele pe care le-a încercat și nu a reușit să le ducă la capăt vor trebui realizate. Pentru asta, este în stare să găsească orice soluție politică în viitor.

Alfred mulțumește președintelui și le urează poftă bună și spor la distracție invitaților.

Noaptea îl prinde cu bunul lui prieten Mircea la masă, la un pahar de vorbă. Se simte ca la spartul nunții, când, în sfârșit, mirele, după ce a plătit ospătarii, poate bea și el liniștit un șpriț. Alfred savurează succesul odată cu băutura. Îi plac în egală măsură amândouă.

– Ce zici, Mircea?

– Ce să zic... Băutură bună, fină... Persoane bune, mai mult sau mai puțin fine. E o reușită, Alfred.

– Bem și noi în liniște, ca pe vremuri. Băi, credeai că-i aduc la un loc pe președinte și premier?

– Aiurea! Aș fi făcut pariu, și știi că le am cu astea. Bine că nu m-am aruncat, că l-aș fi pierdut. Asta da lovitură! Le-ai dat-o peste gură.

– He! He! Cred că Butuman face spume...

– Băi, da ce-ți veni cu Gârneață, vorba lui Caragiu? Ce-ți veni cu Butuman?

– Băi, parcă e o fantomă care mă urmărește tot timpul...

– Așa tare te-a marcat?

– Ăsta e un ticălos patentat. Mai e și megaloman. El, cu genunchii lui tari... Băi sunt sigur că n-o să se lase. De aia vreau să-l distrug eu înainte să mă poată termina el. „Despre asta e vorba!"

– Haha, vorba lui, remarcă Mircea. Uite, mâine am întâlnire cu securistul de care vorbea Flavia. Voiam să-ți spun după, dacă avem ceva...

– Ce bine! Ține-mă la curent cu fiecare pas. Auzi, știu că am băut ceva, da' te rog să fii puțin atent. Am un dosar tare pe petrol pe care vreau să-l arunc pe piață în timpul pre-campaniei.

– Oho! Bănuiesc că aici e grangurime gârlă, și din politică și din afaceri.

– Întocmai.

– De unde îl ai? întrebă Mircea cu o inflexiune care arătă mai degrabă că încearcă marea cu degetul.

– Mircea... rosti Alfred mai mult șăgalnic decât dojenitor.

– Glumeam, mă. Sursa e bună?

– E beton! Fii atent. Vreau să lucrezi neapărat în dosarul ăsta. O s-o facă și Flavia, da' vreau să văd ce găsești tu.

– Am refuzat eu vreodată un dosar de presă promițător? Da' ce? N-ai încredere în ea?

– La întrebarea asta nu pot să-ți răspund nici cu da, nici cu nu.

– Da' cum ai adus la tine bucățica asta?

– Asta poate o s-o afli vreodată...

***

Când îl vezi prima oară pe Mircea, crezi că e un motociclist înrăit. Numai că, bietul de el, habar n-are să meargă nici măcar pe bicicletă. N-a vrut taică-su să-i cumpere în copilărie, de teamă să nu-l accidenteze vreun șofer neatent. Așa că, mijlocul de transport cu cele mai puține roți pe care a mers este tricicleta. Pe vremea lui, trotineta nu era mijloc de transport.

Securistul îl aștepteaptă în cafenea, la masa pe care i-o indicase. Îl identifică imediat. Venise cu ceva emoții, pentru că e specialist în gafe. Odată, în practica agricolă studențească, într-o dimineață, cu ochii cârpiți de somn, înjurând în gând că la singurul spălător nu e lumină – apa rece nu era o problemă, așa era și acasă, opreau apa caldă mereu –, se răsti la un individ cu bască: „Mai schimbă în morții mă-tii becurile, că ne rupem gâturile pe aici!" Omul, blocat, răspunse cu o voce subțire: „Eu sunt profesorul de socialism științific..." A plecat repede de acolo, fără să se mai spele. Profesorul confundat cu electricianul nu s-a răzbunat. I-a dat în examen nota pe care a meritat-o. Adevărul e că, de frică, a și învățat mai mult decât avea nevoie. Așa a scăpat de socialism științific, de socialism avea să scape ceva mai târziu.

Nici nu apucă să se așeze că e luat în primire:

– Te văd mai neconformist, așa...

– Nu-mi place să fiu scrobit...

– Ai venit însoțit?

– Mă credeți prost? Dacă sunt îmbrăcat lejer, nu înseamnă că sunt și lejer la minte.

Pentru o clipă, lui Mircea îi trecuse prin cap să cânte refrenul lui Pittiș – „Nu contează cât de lung am părul, important e ce și cum gândesc" –, dar se gândi că, la cât de rigid pare interlocutorul lui, și pe afară și pe interior, o să se ridice să plece. Îl amuză însă contrastul dintre aspectul și ocupația lui și nume, Radu Blîndu. Parcă ar fi un leu pe care l-ar chema Bobiță.

– Păi, vezi că ne fixează unul din dreapta. Nu te întoarce brusc!

– Adevărul e că e și greu să nu ieșim în evidență. Unul îmbrăcat sport cu unul cu cravată. Mă uit mai târziu și vă zic dacă mă cunoaște. Hai la temă... După cum v-am spus, eu sunt ziarist de investigație.

– Așa, și? Eu nu mai sunt în sistem. Nici la Rezerviști nu sunt. Nu mă interesează. Nu poți mânca amintiri. De trăit din ele nici atât. Iar eu nu sunt omul care să trăiască doar din pensie, oricât e ea de mare și de specială. Da' nici atât de ipocrit să mă reangajez în sistem.

– Nu mă interesează ce ați făcut la unitatea de analiză a Securității, apoi SRI...

– Domnule, eu am fost operativ. Nu mă poate trage nimeni la răspundere. Eu mi-am servit țara. Nu poate nimeni să vorbească, care nu a cunoscut tensiunea pe teren. Am apărat interesul național cu prețul vieții.

– Interesul unui stat totalitar, dictatorial și apoi al unui stat clientelar al nomenclaturii din eșalonul doi.

– Domnule, uite ce e. Statul nu poate exista fără noi. Nu rezistă.

– Săracu' stat...

– Nu fi ironic, că nu-ți permit! Asta e obrăznicie. Noi am apărat țara. Și o mai facem încă. Fiecare cum putem și cum ne pricepem.

În ciuda nervozității evidente, vocea lui Radu Blîndu păstrează un ton egal.

– Biata țară... insistă Duma.

– Țara e mai mult decât statul. Numai noi știm să definim interesul național. Numai pentru noi interesul național e peste interesul personal. Asta în timp ce voi nu vă vedeți decât de propriul interes. La mâna voastră s-ar fi ales praful. Uite cum ați dus în derizoriu noțiunea de ofițer acoperit. Nu pot să vă las să faceți asta și cu noțiunea de interes național.

– Stați ușor că n-am venit să ne certăm și nici să facem filozofia securității statului. Vreau să discutăm ceva concret și foarte prezent. Bine că atunci când vă enervați, nu ridicați tonul, chiar că ați fi atras atenția ăluia din dreapta. Apropo, nu-l cunosc.

– Bun, ziceai că ai ceva pentru mine. De aia am venit. Acum, fiecare trăim din ce facem în prezent.

– Am niște informații, bine verificate. Noi, ziariștii, suntem ca juriștii, *audiatur et altera pars*.

– Eu știam că-i ziceți dreptul la replică.

– Stați că n-am ajuns acolo. Încă nu scoatem pe piață ce avem... Și acum vă spun ce avem. Avem asta: grila de program și organigrama televiziunii lui Butuman au fost făcute de dumneavoastră.

– He! Și dacă ar fi adevărat, e un contract încheiat. Dar, atenție! Sunteți pe terenul supozițiilor. Nicio organizație nu se crează de un singur om.

– Am plusat... Îmi place să joc. Reformulez: grila de program și organigrama BTV au fost făcute sub directa dumneavoastră coordonare. Cu mână liberă totală.

– Nu plusezi. Blufezi. Și mie îmi place să joc. Și dacă ar fi așa, ce?

– Jucați la cacealma, da' cu mine nu ține. Vă propun să jucăm la pace. Știți foarte bine că, și dacă n-aș avea nimic, da' am, un scandal în care să fie implicat Butuman și dumneavoastră nu vă omoară, da' va lăsa urme... În schimb, un scandal în care e implicat Butuman și un oarecare securist nu vă atinge. Nu sunteți jucător de *all-in*. Vă propun o soluție *win-win*.

– Dacă nu mă pui să trădez, te ascult. Altfel, mă ridic și plec. Oameni ca noi nu au trădat nici măcar în '89.

Cărțile sunt pe masă. Va juca la inspirație, pentru că nu are experiență cu ăștia. Pe ăla care a vrut să-l racoleze în facultate l-a înjurat de mamă și s-a scuzat apoi că e beat. N-a pățit nimic, pentru că a venit Revoluția.

***

Într-o vreme, la insistența unui prieten din copilărie, deschiseseră împreună o firmă de construcții. S-a enervat când și-a dat seama că e furat. „Bă, dacă eu fur statul, iar voi furați de la mine, înseamnă că furați statul. Or asta, Hristosul mamelor voastre, se poate doar în comunism, iar noi suntem în capitalism!" Și-a ieșit din pepeni când a văzut că îl fură și inginerii, nu numai muncitorii. I-a spus prietenului său să rezolve asta, că el nu se scoală la șapte dimineața să fie pe șantier, că nu d-aia și-a făcut firmă. Când a văzut că nu se schimbă nimic, și-a vândut partea unui concurent, care apoi a falimentat societatea de construcții. Al dracu', Butuman!

„Acum am partidul meu. E tot ceea îmi mai lipsea. Acum trebuie să mă concentrez pe obiective. Voi rămâne în spate și voi coordona totul. Totdeauna mi-a plăcut să fiu în poziția a doua, aici e cel mai sigur. Acum trebuie să am grijă de candidatul meu. Pentru asta trebuie disciplină. Ordine, disciplină siguranță și vom reuși. Voi reuși! Anihilarea potențialilor contracandidați. Pentru asta trebuie bani. Atragerea cercurilor de influență. Pentru asta trebuie persuasiune. Cooptarea unor parteneri puternici. Pentru asta trebuie încredere.

Bani, persuasiune, încredere. Voi reuși! Serviciile sunt la mine. Sunt de prea multă vreme în branșă să pot fi păcălit. Aici trebuie discreție.

Politicienii sunt fragili. Sunt fraier de abordabili. Și ușor de cumpărat. Aici trebuie doar să le arăți că ai putere.

Puterea! Apoi, Dubai!Despre asta e vorba!", la asta gândea în drum spre șantier.

Vlad Butuman pe schelă e o adevărată apariție. Nici măcar nu poartă cască.

– Ce dracu', bă? Chiar vrei să te înjur de mamă? Știi că nu-mi place. Ce morții mă-tii întârzii atât? Bă, te bag în pușcărie! Ce căcat nu înțelegi?

– Șefu, știți cum e, întârzieri obiective... Să moară măiculița mea, răspunde șeful de șantier cu un aer mai degrabă de ospătar decât de zidar.

– Care mă-ta mă, că-i moartă? Ți-am zis că nu-mi place să înjur de mamă. Bă, la cât am construit eu în țara asta, nu mă duci tu de nas. Bă, tu uiți că am avut și firmă de construcții?

– Stați, șefu, nu mă luați așa tare, că mi se întărește mortarul.

– Bă, lasă gargara asta de doi lei, că ți-o bag pe gât. Nu mă fac pe mine alți angajați ai mei: politicieni, jurnaliști, oameni de afaceri. Bă, îți torn beton pe gât! Gâtu mă-tii...

– Stați, șefu...

– Bă, e ultima oară cand îți spun! Și, fii atent, e ultima oară când vin aici! Dacă până la termen nu e gata, o încurci. Niciun minut în plus. Bă, de la sediu partidului meu, ăsta la care te căcâi tu, trebuie să plece candidatul meu, de ziua lui, cu artificii. Despre asta e vorba! Eu îi fac aniversare și pe stadion, dacă vreau. Așa că vezi că te zidesc în beci, nu ăla domnesc, până ajungi să mănânci tencuială. Ai înțeles?

***

Nu i-au plăcut niciodată sporturile individuale. A jucat fotbal, baschet, volei și handbal. S-a apucat de toate cu entuziasm și știe câte ceva din fiecare. Schiază și patinează bine, dar pentru el sunt de agrement, nu sporturi.

Sporturi individuale „practica" în copilărie în timpul Olimpiadei. Avea o gașcă de prieteni și țineau calendarul cu strictețe, ce vedeau la televizor jucau și ei în curtea școlii. Cu un băț aruncau sulița, cu o piatră greutatea, rezolvaseră și aruncarea discului cu două capace umplute cu nisip și prinse din belșug cu scoci de la mama unui copil care lucra într-o fabrică la ambalare. Mai toate mamele lucrau într-o fabrică, doar locuiau într-un cartier muncitoresc. Cu scociul n-au fost probleme, s-au supărat mamele care au rămas fără capace, pentru că puștii le tăiaseră mânerele. Una dintre ele chiar și-a pedepsit copilul și l-a scos de la „Olimpiadă", pentru că nu era la prima pățanie. Îi mai stricase un material vișiniu, pentru a-și face din stofa ei și un cearceaf alb steag pentru echipa de fotbal favorită. Cearșaful ca cearșaful, dar materialul costase ceva.

Azi moare după snooker. Un sport de lorzi, aristocrat, deși acum îl joacă și chinezii. I se pare extraordinar cum jucătorul își recunoaște greșeala, chiar dacă nu o vede arbitrul. Îi place Turul Franței. De Formula 1 s-a molipsit și cel mic. A vrut la un moment dat să-și facă un canal de sport, dar și-a dat seama că l-ar costa mult și nu-i chiar pe primele locuri ale agendei sale.

Alfred Greceanu începe să-și învețe lecțiile. Spre norocul lui, și-a găsit un antrenor de tenis care i-a fost coleg în liceu. E mult spus că au fost prieteni. Tenisul i se părea lui Alfred un sport singuratic, acum îi învăță colegialitatea și prietenia. Încet, încet, va descoperi odată cu mișcările și micile secrete tactice și alte înțelesuri ale tenisului. De exemplu, de ce oameni de afaceri, patroni și politicieni îl practică.

– Stai tot timpul pe vârfuri. Așa... După lovitură, ține racheta în față și mâna stângă pe ea. Așa, nu uita asta... Când eu lovesc mingea, tu deja iei mâna stângă de pe rachetă și pregătești lovitura. Bravo! Mâna se duce peste umăr. Vezi ce bine ai lovit?... Hai, din nou. Bun așa... Nu uita! Piciorul stâng în față la lovitura de dreapta. Piciorul drept în față la rever. Bine. Pauză, Alfred. E timpul pentru o scurtă odihnă.

Alfred se bucură de timpul de odihnă, ca și de întâlnirea cu vechiul său coleg:

– Habar n-ai ce surpriză a fost pentru mine să te găsesc aici. Una e să începi să joci tenis la 45 de ani cu un fost coleg și alta e cu un străin. M-ai alergat ceva...

– Tenisul înseamnă și picioare, nu numai mână. Stai jos și respiră bine.

– Și... ce-ai făcut? Nu mai știu nimic de tine de când te-ai transferat la liceul sportiv, îl întrebă în timp ce mușca dintr-o banană.

– Ei! M-am accidentat și n-am mai putut să continui tenisul de performanță.

– La tenis? se miră nedisimulat Alfred.

– Ei, la tenis... La menisc, la o miuță cu băieții, răspunde amuzat antrenorul.

– Păcat...

– Nu-i chiar așa păcat. Oricum nu aveam la vremea aia atâția bani să merg la turnee. În România nu erau deloc. Acum e mult mai ușor pentru copii. Sunt o grămadă de *challenger-uri*. Dar să știi că nici din antrenorat nu se trăiește rău. Da' tu de ce te-ai apucat de tenis la vârsta asta?

– E util în lumea în care mă mișc... Am o televiziune pe care o dezvolt ca afacere. Intru în lumea selectă. Ori, tu știi mai bine, aici la teren se poartă cele mai bune discuții. Așa că am venit să învăț.

– Nu fac din tine campion, da' un jucător onorabil da. În maxim trei – patru luni. Depinde de tine. Hai pe teren! Ai reținut prizele?

Alfred prinde repede.

– Da. Muchia din dreapta la 45 de grade de la octogon pentru lovitura de dreapta, muchia de vizavi pentru rever. Priza de la rever la serviciu...

– Și mișcarea continuă la serviciu. O singură mișcare, da? Așa cum înveți acum, așa o să faci tot timpul. Și lovești mingea în punctul maxim.

În timp ce returnează mingile care îi vin de peste fileu, iar mici broboane de transpirație i se preling pe tricoul alb impecabil, Alfred se întreabă dacă va ajunge vreodată să înțeleagă dreapta inversă a lui Federer.

***

Deși și-a schimbat statutul social odată cu propria sa emisiune, Protopopescu nu a renunțat la restaurantul preferat. Ospătarul lucrase pe vremuri la Athénée și Lido și păstrase relele năravuri din comunism, umflând și azi notele. Pe Protopopescu îl amuză și uneori îi spune că iar se păcălește, că a uitat să pună o cafea sau o apă. Ospătarul o adaugă cu pixul și dă vina pe pensia care se apropie. Aici nu vezi factură niciodată. Bucătarul gătește și el ca pe vremuri, porții mari și grase. Pe Protopopescu îl enervează noile restaurante cu porții mici și fițoase, așezate în farfurie de parcă ar fi picturi, nu mâncăruri, după care pleci de la masă mai flămând decât ai venit.

Politicianul încearcă să mănânce puțin, ține regim, spre amuzamentul lui Protopopescu, care i-a spus că o face să nu-i rămână costumele mici, din zgârcenie.

– Cum faci, mă, că ne vedem doar la prânz? Nu mă lași să mănânc și eu liniștit, rosti Protopopescu cu gura plină.

– Las-o dracu', Ioane! N-am mai vorbit de o grămadă de vreme. Dinainte să te duci la TVG. De când cu mirositul...

– Ce faci, mă, acum, dezgropi morții? Sunt la masă. Da' ce mă miră asta la un politician? Ironia lui Protopopescu taie mult mai bine decât cuțitul de pe masă.

– Stai mă, n-o lua chiar așa, zice politicianul, nehotărându-se dacă să bea o gură de apă sau să ia din ciorba de legume încă fierbinte.

– Păi cum s-o iau, doar te-am lăsat în pace, cum am promis.

– Nu asta e treaba... Am o rugăminte la tine. Ascultă-mă puțin și nu mă întrerupe. Băi, de când cu chestia aia cu puțitul a corupt, nu mă mai cheamă nimeni. Și nici partidul nu mă mai trimite. Pe vremuri, când erau în căcat, mă sculau din izmene să merg la televizor. Aveam legenda de cel mai bun comunicator. Mi s-a dus buhul că plimb vorbele în gură mai ceva ca apa cu sare la gargară. Nu te mint, că era și cea mai mare mândrie a mea. Acu'... pe dracu'! Ies din joc.

– Și ce vrei de la mine?

– Să mă chemi tu. Ne știm de atâta vreme. Știi că sunt fezabil. Bagă-mă la loc în joc. Ce dracu', n-am niciun chef să rămân pe afară.

– Stai așa. S-au schimbat regulile jocului. Acum am *talk-show*-ul meu. Nu mă mai cheamă alții. Băi, apropo, știi cum le spun producătorii la ăștia care vin tot timpul în studiouri și își dau cu părerea despre orice? Venibili.

– Penibili?

– Nu, mă. Venibili, adică gata să vină oricând și să vorbească fără să întrebe de subiect. Că sunt și penibili, asta e altă chestie.

– Bine, mă. Sunt gata să fiu venibil la tine. Nu mai apar și lumea mă uită.

– Stai că nu e așa ușor, îl tempereazǎ Protopopescu, care mușcă cu aceeași poftă și din pâine și din friptura de vită la care trecuse deja.

– Cum nu-i ușor? Doar cotizez de atâta timp. Încă nu ai făcut tu pe cât ți-am dat eu...

– Stai așa. Ce e asta?

Protopopescu se înroșește, însă nu de la condimente. Continuă:

– Îmi faci tu mie contabilitatea? Nu sări calul! Nu-mi cere socoteală că eu zic că am făcut destule pentru tine până acum. Suntem la zero. Acum joc la o altă ligă și scorul e mai mare.

– Băi, ce dracu', ajungem la d-astea? Sunt solvabil, mă. Da' n-am chiar acum. Intru iar în joc și ne socotim noi mai încolo.

– Băi, nici la curve nu mergi pe datorie. Când era foamete în România, când nu se găsea carne, știi cine mânca? Corbu și Șarona, labradorii lui Ceaușescu. Băi, știi ce suntem noi, a patra putere? Noi nu suntem câinele de pază al democrației, suntem dobermanii de casă ai democrației. Și trebuie să mâncăm. Ori pe datorie nu îmi dă nici aici. Ai înțeles?

– Credeam că ne înțelegem, se moaie politicianul ca o chiflă în ciorbă.

– Păi, ne înțelegem. Vino când ești pregătit. Acum lasă-mă să înfulec. Ăsta e obiceiul meu. Mănânc bine, ca să pot înghiți seara toate rahaturile pe care le debitați voi la televizor. Noroc că am stomac bun.

***

La București, biroul lui Alfred e mare. Ajunsese așa prin dărâmarea unui zid. Se opusese inițial, dar până la urmă l-a convins Odette. Mai bine să fie decât să lipsească. A rezolvat un perete cu televizoare. Cineva a făcut mișto de el și a zis că parcă ar fi la CNA. Pe peretele opus, a pus afișe de filme. De curând și le-a completat cu unul superb cu Charlie Chaplin, pe care l-a cumpărat de la Vevey, atunci când fusese la Zürich să se vadă cu Philippe, protectorul său financiar. Chiar, ce-o mai face?

Nu-și mai aduce aminte cine îl sfătuise, dar Alfred îl transformase în obicei. Nu vorbește niciodată cu oamenii din televiziunea lui între patru ochi. Are totdeauna grijă să fie și o a treia persoană, un martor. Comunică extrem de rar pe mail, așa cum obișnuiesc diferiți manageri de companii. De fapt, nici în birou nu îi place să stea. Obișnuiește să spună că să te duci la serviciu ca la birou e o cazna. Mai bine cauți altceva care să-ți placă sau stai acasă. Citește, urmărește seriale sau fă altceva folositor.

Excepția de la regulă e Mircea, iar Flavia, cu instinctul ei mai degrabă de prădător decât de femeie, remarcă asta:

– Numai noi doi? Dacă nu mă înșel, și sigur nu mă înșel, am o memorie elefantină, e prima oară când discutăm singuri.

– Ce te miră?

– Sunt surprinsă. Știu că nu ai încredere în mine, având în vedere cum am ajuns aici.

– Exagerezi...

Flavia nu este sigură dacă Alfred devine sincer sau este doar plin de tact.

– Confucius spune că știința înseamnă să cunoști oamenii. Crede-mă, mă pricep la oameni, și mai ales la bărbați.

– Îți place filozofia chineză? Văd că faci deseori trimiteri.

– Nu numai. Cultura orientală în general. Dar mai ales îmi place să scriu. Treaba asta cu anchetele înseamnă adrenalină, nu spun că nu mă excită. Sufletul meu e însă în scris. Da' spune-mi, de ce m-ai chemat?

– Trebuie să demarăm o anchetă în afacerile cu petrol. Uite aici dosarul.

– Aha! Sarcină de serviciu. Alfie, de ce nu lucrezi cu Duma?

– El are altă treabă acum. E concentrat pe treaba cu Blîndu. Aici e complicat, trebuie să explodeze în pre-campanie.

– Alfie, dă-mi voie să nu te cred pe de-a întregul.

– De ce?

– Te-ai fâsticit. Pe bune, chiar ai încredere în mine?

– Hai să zicem altfel. Sunt gata să semnez un cec în alb.

– Ok. N-o să te dezamăgesc.

Telefonul lui Alfred sună.

Birourile dintr-o bancă sunt toate la fel, oriunde în lume, indiferent cu ce monede ar lucra titularii. Cel de la Zürich, al lui Philippe nu face excepție. De ce s-ar încălca regulile chiar în inima financiară a lumii? Așa că, să vezi un om în fața unui laptop, tastând cu atenție, este exact ceea ce te aștepți.

„Ia să vedem conturile lui Alfred...

Oho! Uns! Se alimentează excelent. Era de așteptat.

Ia să schimbăm codul de numere al contului din Elveția. Scapă de impozit. Doar i-am spus când a fost aici că sunt doctor în a nu plăti taxe oriunde pe mapamond. Cheltuielile cumpătate fac investițiile mai bune.

Ia să-i facem și un *off-shore* în Panama. Ce-o să se mai mire! Parcă îl aud: Ce pana mea să caut în Panama? O să-i povestesc o lecție pe care am învățat-o de la unul dintre profesorii mei din Universitatea Internațională din Geneva. Aveam în hol un bust. Acum holurile facultăților sunt pline de tablouri cu grafice sau imagini motivaționale. Profesorul ne-a spus că îi dă notă fără examinare celui care știe al cui e bustul. Habar n-am avut niciunul. Profesorul ne-a spus că cele mai bine ascunse lucruri sunt cele la vedere. Așa e. S-a dus vremea seifurilor din perete. E vremea conturilor de pe *wall*.

Bun, să-i spun să-l păstreze pentru operațiuni speciale. A, și că impozitul e trei sute de dolari. O să mă întrebe dacă pe lună. Hi, hi, o să-i spun că pe an!

Să-i păstrez și Antilele ca *back-up*.

Ia, să-l sun!", se gândi Philippe.

Flavia remarcase bucuria lui Alfred când s-a uitat pe *display*-ul telefonului.

***

Începe să se obișnuiască cu cabinetul, cu rododendronul care își schimbase poziția, cu atmosfera. Filip se simte legat de Alexandru Iordăchescu într-un fel pe care nu poate să-l definească. Sunt ca niște fire invizibile, îl simte ca un frate mai mare, e ca un pod între ei pe care nu-l are nici cu maică-sa, nici cu taică-su. Acolo e dragoste, aici o fi încredere?

– Filip, ia spune-mi, cum te descurci cu exercițiile de respirație pe care ți le-am dat? Îți plac? îl întrebă la începutul ședinței de terapie.

– Muzica chiar mă relaxează. Iar tehnicile de respirație nu îmi mai par așa grele.

– Te vor ajuta cu siguranță. Ia spune-mi, cum merge școala?

– La școală e bine, n-am avut probleme.

– Vrei un sandviș?

– Am trimis mai devreme șoferul să-mi aducă o pizza la școală. Mama nu știe, că cică să mănânc sănătos...

– Nu mănânci la cantină? Am auzit că aveți un *chef* celebru care gătește la voi la liceu.

Liceul lor, de copii de bani gata, situat în cartierul nomenclaturii de altădată, are, nu se poate altfel, un bucătar făcut celebru de diferite emisiuni de televiziune, unul dintre cei mai buni din București.

– Nu totdeauna. Uneori. Mai mergem să ne batem cu broccoli.

– Ce să faceți?

– Să ne batem cu broccoli. Doar nu să-l mâncăm. Arătați-mi mie copilul căruia îi place brocoli și îl mănânc.

– Pe broccoli sau pe copil?

– Pe amândoi. Ce să facem dacă ai noștri vor să ne bage broccoli pe gât? Asta nu putem să o înghițim.

– Hai că ești chiar simpatic. Mă bucur că ți-a revenit simțul umorului. Ăsta e un semn bun. Spune-mi, crezi că ești gata să revii pe pistă?

– Adică să mă întorc la antrenamente?

– Exact.

– Nu-i prea repede?

– Eu zic că nu. Reîncepi antrenamentele și noi continuăm ședințele. Și vedem cum evoluează lucrurile. Ce zici?

– Aș încerca, da' cu o condiție. Pot să pun și eu o condiție? întreabă, ezitant, copilul.

– Dacă e rezonabilă. Nu ca bătaia cu broccoli.

– Puteți veni cu mine la primul antrenament? Mi-ar face bine... Vă rog.

– Bine, Filip, da... Uite, în loc de ședința viitoare mergem la antrenament. Anunț-o pe mama ta.

O nerăbdare încă temătoare se poate citi pe chipul copilului. Psihologul vede dincolo de aceasta.

***

Odette se simte în biroul lui Alfred ca acasă. Cu diferența că nu sunt covoare sau inscripții cu *home, sweet home*. „Să nu văd covorașe sau inscripții", spuse Alfred, când ea ținuse morțiș să-i aranjeze biroul. Îi ajungeau cele de acasă. Nu scăpase însă de un glob pământesc suspendat, care se învârtea. „Aduce energie pozitivă", insistase Odette, iar el nici măcar nu încercase să își găsească energia să o contrazică. Luase asta ca semnul implacabil că nu te poți opune nevestei, așa cum nu poți s-o faci la trecerea timpului.

Odette stă relaxată în fotoliul lui Alfred.

– L-am ales nu cu mâna, ci cu fundul meu, spuse, râzând. Excelentă idee să vorbim aici.

E mult mai simplu și pentru tine, sunt primele vorbe pe care i le adresă secretarei.

– Știu programul lui șefu' pe de rost. Acum e liniște, el e plecat și nu se mai întoarce azi. Nici de aici din înăuntru nu vine nimeni, că i-am anunțat că nu-l mai găsesc. Doar să nu sune vreun telefon, da' răspund de aici.

– Bei un gin tonic cu mine?

Odette se înfige în bar cu o naturalețe plină de eleganță.

– Hai să bem o gură. Fredy are numai băuturi de calitate la protocol. Pe răspunderea mea. Stai că ți-l pregătesc cum știu eu. Și la telefon nu te miroase nimeni.

– Sărut-mâna!

Secretara își aminti o întâmplare nostimă. Cel care se ocupa de administrativ a venit cu ideea de a pune un automat de bere în hol. Spunea că ar fi foarte rentabil. „În televiziunea asta a mea se bea în fiecare birou și nu mai pun la socoteală și fiecare cârciumă de lângă, transformată în subredacție. Asta ar mai rămâne, să se bea în hol", răbufnise amuzat Alfred. Secretara ia o gură de gin și zâmbește.

– Ia spune-mi, ce-ai făcut? E gata lista? Hai s-o discutăm. Ți-am zis că vreau să fac o chestie de amploare. Odată face Fredy 45 de ani.

– Șefa, mi-au ieșit cam mulți... 150.

– Nu-i problemă. O să rezerv clubul pentru 200 de persoane. 150 de pe listă, 30 sunt fetele mele, mai păstrăm vreo 20 de rezervă. Cine știe cine mai apare? Vreo față simandicoasă, ceva...

– Totdeauna apar la aglomerație. Uitați lista.

Odette citește și rămâne mască.

– Da' ce ai făcut? Mi i-ai pus pe categorii? Politicieni, oameni de afaceri...

– Să vă fie mai ușor. Șefa, vedeți că la fiecare am și scris câte ceva. Pe pișcotari și sacoșari nu i-am pus, da' bine că sunt ceva locuri de rezervă.

– Cine-s ăia?

– Jurnaliști care vânează evenimente importante pentru a pune la sacoșă. Îi știe toată presa, da' unii sunt importanți și nu-i poți evita. De ăștia nu scăpați, mai ales că e bufet suedez. Oricum, mă ocup eu să-i selectez, la sânge.

– Ia să vedem. Hai să începem cu politicienii. La ăsta de ce-ai scris „scârbos"?

– Păi așa e, șefa. Un infatuat, un grețos, un plin de el...

– Să le spun fetelor mele să-l ocolească. Aici, la oameni de afaceri, la ăsta ai scris „milog".

– E un scârțar de ultimă speță. Ăsta la petreceri își întoarce buzunarele pe dos ca să arate că n-are bani. Un plângăcios, că e criză și sărăcește. Un terchea-berchea. Aveți grijă să nu aburească vreuna din fete.

Odette răsfoiește tabelele cu aerul cu care privește un album de modă de prost gust. Sau un insectar.

– Atunci de ce-i chemăm pe toți ăștia? Că văd că e plin de epitete...Atârnător, libidinos, fățarnic...

– Așa dă bine, să fie toți ăștia. Nu e petrecere de fițe fără ei. Acum știți cum e: e petrecere, da' e și obligație. Lăsați că o să-i fie bine șefului. Doar vă ocupați dumneavoastră.

– Bine, atunci. Auzi? Da’ să ai grijă să distrugi lista asta, că dacă o vede careva nu mai vorbim cu nimeni în târg.

– Mai e ceva, ce facem cu Flavia?

– Cum adică ce facem cu Flavia?

– Păi e și ziua ei. E născută odată cu șefu. Și ea face 45.

– Păi întreab-o dacă nu vrea s-o facă cu noi. Pe mine nu mă deranjează. Numai să nu-i spună nimic lui Fredy. Dacă vrea să își aducă și ea ceva invitați, s-o facă. Acum 20 sau 30 de oameni în plus nu mai contează. Vezi dacă vrea să dea și ea vreun ban. De fapt... Nici asta nu contează. Singurul lucru care contează e să nu afle Fredy.

– Vorba aia: unde merge mia, merge și suta. Totdeauna ați fost o doamnă, șefa. Vorbesc și vă țin la curent.

A păstra un secret între două femei pare de cele mai multe ori de domeniul absurdului. Însă pe cele două, apropiate ca vârstă, le leagă un lucru: grija de Alfred.

***

Genericul emisiunii lui Protopopescu e spectaculos, dar cam egocentric. El insistase să fie astfel. Încercase să se opună un editor de montaj, dar și-a luat o înjurătură printre dinți și și-a dat seama că nu e bine să ți-l faci dușman. Chiar dacă n-a spus-o niciodată franc, îi dădea o doză de adrenalină, peste aceea de a se afla în direct.

Emisiunea lui începe cu un monolog. Regizorul e ca un pilot american la joasă înălțime, pentru a nu rata cumva vreun moment în care să intre aplauze sau râsete. Protopopescu e foarte scrupulos la capitolul ăsta.

– Clasa politică se află într-o disoluție evidentă. Se înființează partide și partidulețe, se desprind din partide diferite aripi sau aripioare: aripa tânără, aripa bătrână, aripa democrată, aripa conservatoare, aripa novatoare, aripa zburătoare...

Râsete.

– Cu atâtea aripi, mai că îți vine să te întrebi de nu cumva politica noastră este pândită de gripa aviară. De streche.

Aplauze.

– Politicieni de toate soiurile își clocesc în găoace micile lor partide și imediat, ca în reclamă, le aruncă în sus și strigă: „Zboară, puiule, zboară!"

Râsete.

– Noi însă știm că nu tot ce zboară se mănâncă. Și că pericolul cel mai mare care te pândește în politică e să-ți zboare fulgii. Bună seara, doamnelor și domnișoarelor! Bună seara, domnilor!

Aplauze. Regizorul se relaxează. De acum totul e pe mâna lui Protopopescu. Are două butoane pe pupitru, de unde comandă aplauze și râsete.

– Invitatul meu din această seară este Bogdan Crețulescu.

Aplauze. Bogdan Crețulescu intră și se așază pe canapeaua din fața biroului de la care vorbește Protopopescu.

– Bună seara!

– Bună seara dumneavoastră, spectatorilor și, bineînțeles, telespectatorilor!

– Sunteți un lup bătrân al politicii, deși sunteți un om tânăr pentru politică, aveți 55 de ani...

– Matur mai degrabă, aș spune. Sau, ca să fiu în ton cu deschiderea dumneavoastră, copt pentru politică. Mai sunt unii lupi tineri care se cred pregătiți pentru politică. Îi vezi la 40 de ani că vor funcțiile cele mai importante...

– O să se frigă, o să fie mâncați fripți. – Râsete – Chiar, ce-i graba asta în politică? Un bătrân nărăvit în politică i-a numit „cârlani".

– Mă miră și pe mine. Politica este o artă a compromisului și a răbdării. Orice forțare, o ardere a etapelor în politică vă spun eu că este falimentară. Și înfrângerea în politică este foarte dureroasă.

– Ați intrat în politică imediat după Revoluție. Sunteți un om cu experiență, un om care ați văzut multe. De aceea aș vrea să ne folosim în seara aceasta de expertiza dumneavoastră. Cum vedeți scena politică actuală?

– Vă dați seama că nu pot fi în totalitate obiectiv. Sunt totuși membru al unui partid politic. Mai degrabă cred că aici ar trebui să se exprime un analist...

– Lăsați că și ăștia umblă cu cioara vopsită. Mai repede, chiar ei sunt cioara vopsită.

Aplauzele răsună la semn, iar Protopopescu continuă satisfăcut:

– Sunt băgați în partide politice până peste gât, bine că nu sunt băgați în altceva...

Râsete.

– Bine, cu rezerva de mai devreme, o să încerc o privire succintă. În țara nostră, din nefericire, liniile ideologice nu sunt marcate. De aceea, nu vorbim despre programe și proiecte, ci despre oameni. De aceea este posibilă migrația politică, uneori în masă...

– Păi cum: noi, democrații...noi, socialiștii... noi, liberalii... noi, democrat-liberalii... noi, social-liberalii... noi, social-democrat-liberalii... noi, liber-schimbiștii...

Aplauze.

– Ați sesizat foarte bine și reacția publicului este evidentă, încearcă Crețulescu să împuște doi iepuri deodată, bunăvoința moderatorului și a audienței. Din cauza acestor ambiguități ideologice, la noi înțelegerile politice se fac, așa cum ați remarcat, stânga cu stânga, dreapta cu dreapta, stânga cu dreapta și dreapta cu stânga...

– Băi, frate, parcă toți politicienii ați fi ambidextri. Apucați-vă, nene, de *snooker*!

Aplauze.

– De aceea, echilibrul real politic este imposibil de obținut... continuă Crețulescu imperturbabil.

– Echilibrul politic înseamnă echilibrul politicianului pe scaun, fie că e de bar sau parlamentar.

Aplauze.

Protopopescu continuă fără să se întrerupă:

– Critica e evidentă și o face toată lumea, de la presă la *insiderii* politici. Soluții, haideți să vorbim de soluții, că de astea nu vorbește nimeni...

– Despre asta voiam să vă spun, dar m-ați întrerupt...

– Da. Obișnuiesc. Îmi și permit, indiferent de invitat, punctează Protopopescu.

– Continuând, cred că am identificat o soluție pentru o așezare a climatului politic într-un mod performant de dezvoltare și a eliminării clivajelor de orice fel. De asemenea, cred că se poate ajunge la o întărire a instituțiilor statului, și nu vorbesc de cele de forță, ci de cele democratice. O țară puternică este aceea care are instituții puternice. Vreau să scot din structura statului instituțional micul interes politic. Doar așa vom avea o țară mare.

– Și cum intenționați să faceți asta?

– Vă anunț în premieră și în exclusivitate că intenționez să candidez la președinție. De fapt nu intenționez, sunt hotărât să candidez la președinție.

– Asta e o știre! Doamnelor, domnișoarelor și domnilor, Bogdan Crețulescu! Din seara aceasta, candidat la președinție!

***

Palatul Parlamentului, Casa Poporului cum e cunoscută mai degrabă, e o monstruozitate.

Românul snob se laudă că e a doua clădire din lume după Pentagon. O tâmpenie! E grea ca dracu', cea mai grea din lume, costă o căruță de bani să o întreții, mai are și nouă etaje subterane, de parcă toți cei care vin aici ar fi speriați de bombe. Străinii vin să o viziteze și să-și facă poze, ca și cum s-ar înghesui să-l vadă pe Lenin îmbălsămat. Spiritul lui Ceaușescu umblă din plin pe aici. E în aproape toți politicienii care își fac veacul pe holurile acestea, unii de mandate bune. Cum dracu' să nu ajungi megaloman într-o clădire ca asta?

Pe Ciolpan îl găsești fie la bufet, unul dintre ele, fie la restaurant, fie la biroul lui sau cel de grup parlamentar și, din când în când, în sală.

Telefonul îl prinde pe hol. „Ciolpan, bună ziua!... Sunt la senat, domnule Banu, dar vă ascult. Îmi pare bine că m-ați sunat... Da, da, stați liniștit, cu dumneavoastră pot vorbi oricând... Poftiți?... Repetați, aici pe hol e un semnal prost... Ce dacă suntem la Parlament, credeți că contează?... Cât sunt de senator, nu pot vorbi la telefon... Da, asta e chiar o veste bună... Haideți să nu dezvoltăm pe telefon... Săptămâna viitoare vin la Londra și stabilim toate amănuntele... Sigur că da, nu vă faceți nicio grijă, totul va fi pregătit... Poate pregătesc și o întâlnire cu românii de la Londra, că acum la noi se poartă apropierea de diaspora... Mă puteți ajuta cu asta?... Excelent, nici nu îndrăzneam să îndrăznesc... Oricum, am și eu pe cineva la ambasadă, eu l-am trimis acolo. O să se ocupe și el... Da, e foarte bine cum spuneți dumneavoastră... Sigur... Sigur... În regulă... Ne vedem la Londra... Să trăiți! Am onoarea!"

Pumnul strâns și gestul de victorie a la Hagi.

***

Când a venit din orașul ei moldovenesc în București, a mirat-o inflația de coregionale în presă. Fete care se foloseau și de buh și de farmece pentru a reuși. Așa că a preferat să aibă eticheta de frumusețe greu abordabilă. Numai ideea de trofeu în vitrina potentaților post-revoluționari o dezgusta. Așa că a preferat să-și aleagă ea victime, iar ei să fie fericiți că sunt devorați.

Când Flavia se ridică de pe el, trupul lui Bogdan încă vibrează. Ea se lasă ușor pe spate, unde își are țigările. El respiră sacadat, aspiră voluptuos aerul. Înainte să-și aprindă țigara, îl sărută ușor pe gât, iar Bogdan tresare din nou.

– *Babe*, abia acum îmi dau seama ce dor mi-a fost de tine.

– Hai mă, las-o-n pana mea... Știi că nu ține vrăjeala asta ieftină.

– Voiam să spun că mi-ai lipsit, chiar aș fi avut nevoie la ruși de intuiția ta.

Aici, flerul diplomatic al lui Crețulescu funcționează și reacția este cea așteptată: ochii ei se fac și mai mari decât sunt și strălucesc.

– Asta-i altă mâncare de pește...

– Una peste alta, cred că a fost bine. Am și primit un tricou cu portretul lui Putin. Ți-am adus și ție păpușile Matrioșka și un samovar.

– Eu credeam că-mi aduci un kalașnikov. Lasă cadourile, zi-mi ce ai făcut?

În extazul în care se află, Crețulescu nu prinde ironia.

– Păi s-o luăm sistematic. Specialiștii pe spațiul românesc sunt beton. Știu tot ce se întâmplă și privesc cu maximă atenție. Nu știu de unde au atâtea informații...

– Cum de unde? Ești *goofy*? Tu crezi că KGB-ul s-a destructurat? S-a reformat, *Body*. Ca și serviciile noastre.

– Voiau să știe care sunt planurile mele cu țara.

– Păi, vezi că asta o să te întrebe și americanii. Ce le-ai spus?

– Ce convenisem cu tine înainte să plec. Nimic mai mult. Am rămas foarte rezervat.

– Bun. Protopopescu?

– Nu s-a implicat foarte mult. M-a ajutat cu fișele celor cu care m-am întâlnit. Chiar se pricepe. Pe el l-a interesat mai mult întâlnirea de afaceri. Are niște interese în producția de armament. Ceva cu optică, laser, n-am intrat în amănunte cu el. Nici nu m-am băgat.

– Mai bine. Oligarhii cum s-au purtat?

– În nota generală. Se simte că acolo totul e coordonat politic...

– Parcă la noi nu...

– Au nevoie de siguranță. Deja au început să închidă unele afaceri de la noi. Criza îi afectează și pe ei. Prețul la petrol și gaz, chestii de astea. Au nevoie de noi ca debușeu. Cer garanțiile de la nivelul cel mai înalt, altfel nu-i interesează.

– Nimic nou. Te așteptai la asta. Zi-mi de Kremlin.

– Parcă mi-a ținut un curs de istorie. Nu știu cum sunt consilierii noștri de la Cotroceni, da' ăsta era tare de tot. Mi-a spus că la Yalta creionul roșu al anglo-americanilor trecea toată Moldova la ruși, da' n-au vrut ei. Și că l-au decorat pe rege ca să nu-l omorâm, cum au făcut ei cu țarul.

– Înseamnă că ciuruitul i-a călcat rău pe bombeu.

– Eurasiatismul e doctrina lor geopolitică. Ne vor tampon. Da' hai să-ți mai zic una, că tot îți plac citatele. Ia fii atentă ce mi-a zis consilierul: Nikita Hrușciov – „Poți renunța la orice, la țigări, la femei, la votcă, la absolut orice, dar niciodată la putere."

***

Radu Blîndu e un produs sută la sută al aparatului de Securitate, începând cu liceul militar. N-a strălucit niciodată, dar nici mediocru n-a fost. E harnic și asta contează în informații. Știe sistemul în toate intestinele sale. Mai știe un lucru, să se facă folositor, așa și-a croit drum în carieră. E un util.

Ceea ce lui Mircea i se pare caraghios, *apv-iștii* – acronimul de la armată pe viață – folosesc cu rigurozitate și chiar solemnitate un limbaj cazon: ei nu merg, se deplasează; nu mănâncă, servesc masa; dimineața e deșteptarea, nu trezirea; seara e stingerea, nu culcarea; nu spun „Bună ziua", ci „Să trăiți"; nu ies la pensie, ci trec în rezervă, iar generalii nici în rezervă nu trec, ci în retragere.

Doi bărbați în costume, unul de stofă și celălat de denim, plimbă câinii în parc. Privit de la distanță, mai repede Mircea Duma pare cel plimbat.

– Habar n-am ce v-a venit să mă chemați cu câinele. Abia am făcut rost de el. Am emoții de abia pot să mă concentrez. Eu n-am avut în viața mea câine.

Radu Blîndu pare o prelungire firească a patrupedului.

– Noi, care am lucrat în operativ, știm cel mai bine. Asta e cea mai bună acoperire. Am aplicat-o și înainte de '89. Ăsta e al patrulea câine pe care-l am. Pe el l-am învățat să latre când trag într-un fel anume de lesă. Nu pot fi interceptat în niciun fel. Vocea nu se aude peste lătrat. Nu mai fi așa crispat, văd că e cuminte.

– Abia aștept să terminăm discuția și să-l duc sănătos înapoi. Mă omoară stăpâna lui dacă pățește ceva. Sincer, mie mi se pare că sunteți prea suspicios...

– Dacă voi accepta să colaborăm, asta înseamnă că o vom face în condițiile mele. De aia am rezistat atât. Ăștia de azi mă studiază la Academia Națională de Informații, da' nu se dă numele meu. Sunt clasic. Cazurile mele sunt studii de caz.

– Mai știu și eu ceva, din cărțile lui Coruț, cu contraspionaj.

– Contraspionaj pe dracu'. Ăla a lucrat în armată. Știi care e diferența între contraspionaj și contrainformații?

– Habar n-am.

– N-ai făcut armata?

– Ba da. Am terminat caporal.

– Contrainformațiile erau la Apărare, C.I.-stul de la tine din armată. Contraspionajul era la Securitate, la noi. Eu și colegii mei nu suntem oameni, suntem legende, noi nu avem CV. Noi suntem eroi. În străinătate, ofițerii de *intelligence* sunt eroi. La orice nivel al statului, abia așteaptă să se vorbească cu ei. Iar cine o face, o consideră o mare onoare.

– Mulțumesc pentru lecția de introducere în sistemele de securitate, dar aș vrea să trecem la subiect... Acceptați oferta noastră?

Radu Blîndu își trage câinele de lesă și acesta începe să latre imediat. Asta irită câinele „lui Mircea".

– Da, vom lucra împreună. Însă voi lucra numai cu tine. Și nu uita ce am stabilit, nu mă implicați în niciun fel în cazul Butuman. Folosiți informațiile cum știți, dar fără mine.

– Am înțeles de data trecută, nu trădați, spune Mircea în timp ce încearcă să-și țină în frâu câinele.

– Contractul meu cu Butuman s-a încheiat demult, dar în *intelligence* e vital să nu faci daune cu mâna ta în câmpul tactic unde ai acționat. Habar n-ai câți s-au întors cu inima în batistă să-și ceară iertare. Da' asta-i altă socoteală. Faceți ce vreți cu Butuman, da' aveți grijă: uneori e mai bine să păstrezi informația decât să o folosești. Sau să știi când să o folosești. Chestiune de *timing*.

– Mă mai pricep și eu, zice ușurat Mircea, pentru că animalul se relaxase.

– Apropo de priceput, vezi că în spatele șefului tău stă unul de-ai noștri. Asta așa... pentru tine. De început de colaborare.

Mircea, mai să scape lesa din mână

***

Nimic nu părea să-i strice Personajului X seara de puzzle. Avea pasiunea asta demult, de când nici nu ajunseseră în România. Le aducea din străinătate și le-a colecționat până n-a mai avut loc de ele. Apoi le-a demontat și donat unor case de copii. Nu-i plăceau copiii, dar era înnebunit după semnificația gestului. Le-ar fi dat unor case de bătrâni, dar ura bătrânețea.

Telefonul lui Ghica pică cum nu se poate mai nepotrivit.

– Dă repede pe SRF Info. Re-pe-de! E groasă!

– Stai, stai, că trebuie să schimb satelitul. Da' ce arde așa? Ești panicat de parcă s-a depreciat francu'.

– Băi, las-o, că nu-i loc de caterincă. Beatrice a fost omorâtă în centrul orașului!

– Beatrice a noastră?!

– Exact!

– Mamă!!! Ce?! Cum?! Ce știi?

– Nimic, doar ce spune la televizor. Împușcată prima oară în cap, apoi în inimă de trei ori. În fața unei biserici.

– Biata de ea... L-au prins?

– Aiurea! Tipu-i profi. Era mascat. Martorul s-a speriat și a fugit. Nu poate da nici măcar semnalmente.

– Băi, dar tu ce crezi?

– Nu știu... După *modus operandi* poate fi orice. Serviciile? Albanezii? Un client dezaxat? Reglare de conturi sau operațiune...

– Deocamdată n-avem ce face decât să ne mulțumim cu ce avem de la televizor... Dau și eu drumul imediat... Mâine rezolv ceva treburi în țară și poimâine sunt la tine, la Vevey.

– Între timp, fac și eu ceva săpături... Până vii, o să am ceva și de la sursa mea din poliție. Îi dau și eu drumul la o anchetă discretă. Tu vezi ce găsești pe acasă.

– Săraca fată... Ce soartă! Dacă așa i-a fost să fie, Dumnezeu s-o odihnească! Dacă însă are legătură cu noi, Dumnezeu să-i ferească pe băieții ăia, le promit eu vremuri grele... Doamne păzește-ne!

– Dumnezeu s-o ierte! Doamne ajută!

Septimiu Ghica și personajul X trăiseră o viață întreagă de parcă n-ar fi avut niciun Dumnezeu. Acum invocau divinitatea.

***

Dormitorul Sofiei e mare, deși ei nu i-a plăcut de la început așa. „Lasă, o să crești, trebuie să ai loc pentru pantofi și haine", i-a spus mama. A reușit să o convingă să îi facă pereții în gri, roz prăfuit și alb. Mai are conturul unui cal pe tavan. „Cai verzi pe pereți...", s-a revoltat Odette. „Mamă, visurile trebuie să stea mai aproape de cer", au fost cuvintele care au lăsat-o fără replică și pe Alfred fără aer. Profunzimea unui copil de unsprezece ani. Nici de steluțe nu a scăpat. „Dacă vrei cer, îl facem", a hotărât mama.

Pereții sunt acum plini de afișe cu Hannah Montana, Justin Bieber și Camp Rock. Aici, taică-su nu a avut nimic de zis, îi place rockul. Într-un colț, și-a amenajat un fel de cartier cu puzzle-uri tridimensionale pe care adoră să le construiască. O admiră pe Sam din *Spioanele* și îi place să se machieze. A început cu pudriera spioanelor și machiajele din revista *Sabrina*. Acum, mama o lasă să folosească rujul și rimelul, dar numai acasă.

Patul e de fapt un baldachin. Pare coborât din desenele cu Barbie. Încă nu s-a plictisit de el. E mare, comod și plin de jucării de pluș. Știe că a crescut, dar nu îi vine să se despartă de ele. Aici stă tolănită.

De ce numai Filip să aibă Facebook? Ce dacă are 14 ani? Și eu sunt mare! Parcă trebuie neapărat să mă lase mama și tata... Fac ce vreau. Îmi creez un cont fals. N-o să-l găsească ei. N-o să mă prindă... Little Sophie... Sună haios!...

Telefon sau e-mail... Mai bine mail... Ia să-mi fac și o adresă de mail *fake*... I-a uite ce ușor e! Bun. Gen: feminin... Data nașterii... Trebuie să am 13 ani?... Pun și aici una falsă... Parolă... Să confirm pe mail codul, ok...

Și acum, să punem poze! Uite, asta cu mine prințesă. Ia Disneyland... Asta de la mare... Concertul lui Justin Bieber... La Moșu în Laponia, și gata. E suficient de *cool*! A! Și eu călărind...

***

Odette urăște sauna, parcă aici nu are aer. La fel și saloanele de masaj, unde se simte încorsetată. Nu este nici calustrofobă, nici exagerat de pudică, îi place însă să aibă libertate de mișcare. Când era mică, cea mai grea pedeapsă i se părea aceea de a fi închisă în baie. Tatăl ei a observat asta și o aplica destul de des. Plângea pe înfundate, să nu o audă și astfel să iasă cât mai repede de acolo.

Când îl vede pe personajul X dezbrăcat, masat de orientala lui preferată, Odette simte o avalanșă de repulsie. Se abține... Nu este prima oară când intră în spa-ul lui personal, dar e o premieră faptul că o convocase aici. Își dorește să evadeze cât mai repede.

– Ce naiba îți veni să mă chemi aici? Și mai ales așa dimineață?

– Aici mă relaxez eu când sunt tensionat. Apoi... pot gândi limpede.

– Auzi? Mă interesează pe mine de tensiunea ta ca de curentul alternativ. Am și eu treburile mele. Ce s-a întâmplat?

– E un lucru important. Mai bine te așezi.

Personajul X vorbește cu ochii închiși și ignoră tonul arțăgos al lui Odette. Știe ce va urma.

– Dacă era important, vorbeam între patru ochi, încearcă Odette să mențină controlul dialogului.

– Ea habar n-are română... Beatrice a fost omorâtă în Elveția.

Odette se prăbușește pe canapea. Deși e moale, are senzația că a căzut direct pe caldarâm.

– De unde știi?

– Am văzut azi noapte la SRF. Mă tot uit să văd ce se mai întâmplă la bursă, de când cu francul ăsta.

– Cum s-a întâmplat?

– A fost asasinată în plină stradă. Cred că mergea la salon. A fost împușcată în cap. Apoi în inimă, de trei ori.

Odette izbucnește în plâns. Copilărise cu Beatrice, se maturizaseră împreună. Își destăinuiseră una alteia prima noapte de amor. Doamne, câte amintiri...

– S-a chinuit?

– Presupun. Asasinul a coborât din mașină, a luat-o de păr, a târât-o în fața bisericii și apoi a omorât-o.

Personajul X rostește toate acestea precum crainicul radio care pe vremuri citea cotele apelor Dunării.

– Cine e?...

– Încă nu l-au prins. Era mascat. De aia am vrut să stau de vorbă cu tine. Tu ai mai vorbit cu ea?

– Mă suna întotdeauna de sărbători și de ziua mea. Părea fericită. Îi mergea bine la salonul ăla erotic.

– Odette, nimic care să te pună pe gânduri? E important.

– Nimic! Aș fi simțit. Am ținut foarte mult la Bea.

– Speram să știi tu ceva. Eu o să plec în Elveția să mă ocup și de repatriere. Dacă stau pe mâna oficialilor de la ambasadă... Mă duc să urgentez. O să văd acolo ce și cum și cu nenorocitul ăla. Păcat de ea, era fată bună...

– Era o minunăție! Ai grijă să-l prindă, te rog!

Femeia aceasta are ceva deosebit. E frumoasă, chiar cu fardul împrăștiat pe obraji. Nu mai simte greața. Acum îi vine să vomite de revoltă și de durere. Ceea ce a făcut-o să ignore complet faptul că, pe tot timpul dialogului, orientala și-a continuat liniștită și profesionist masajul.

***

Alfred n-a avut niciodată curiozitatea să afle de unde vine expresia „aglomerație ca la balamuc". Clubul e arhiplin. Au ajuns și pișcotarii, și politicienii, și afaceriștii, chiar și bugetarii, și personalități și lume... Bineînțeles, sunt și dintre cei nelipsiți de la evenimente mondene, fițoșii care vor numai să se arate, intrați prin nu știu ce metode. Mirosul de parfum bun răzbate din orice colț. La fel și mirosul de tutun de calitate. Femeile au încercat să țină pasul cu manechinele Odettei, superbe, îmbrăcate în rochiile de seară ale ultimei colecții. Unele reușiseră; altele privesc cu coada ochiului cu invidie.

Greceanu se bucură când, în agitația asta, îl vede pe Duma la bar. Cere și el un Jack.

– Ce bine îmi pare că ai ajuns, Mircea.

– Cum să ratez aniversarea ta, Alfred? Mai ales că e rotundă.

Cei doi ciocnesc.

– Ce zici de surpriza pe care mi-a făcut-o Odette? Habar n-am avut. Azi dimineață am aflat.

– Și eu tot azi dimineață. M-a sunat secretara ta. Probabil le-a fost frică să nu-ți spun.

– Îți place, te simți bine?

– Excelent. Atmosferă mișto. Mai ales fetele lui Odette. O încântare... estetică.

– Nu mi-ai zis nimic de întâlnirea cu secu'. Cum a fost?

– Ai chef să discutăm despre asta chiar acum, de ziua ta?

– Da. Îmi face bine să vorbesc cu tine. Până acum am auzit numai prostii.

– Unele în plus nu strică.

Greceanu nu își ascunde surprinderea.

– Hai, mă, că glumeam, îl liniștește Mircea, invitându-l să ciocnească din nou. A acceptat să lucreze pentru noi.

– Asta e excelent! Abia aștept să-l cunosc.

– N-ai cum. Vrea să lucreze exclusiv cu mine.

– Nu-i nimic, cu tine e ca și cu mine. Ia zi-mi, cum e tipul? Se confirmă Butuman?

– Se confirmă. Când zici, îi dăm drumul. Iar tipul e clasic. Are marota aia a tuturor securiștilor, că fără ei statul moare, că ei sunt buricul pământului și că indiferent ce au făcut au servit țara și interesul național. Deosebit de suspicios, spre patologic, după mine. Și ușor paranoic. Știi ce mi-a zis? Că în spatele tău e un om de-al lor. Ce stupizenie!

– Asta-i tare! Da' ia fii atent! Joacă un pic jocul ăsta. Ia întreabă-l, dacă vreau să scap de rucsacul ăsta, cum fac?

– Da, da' mai încolo, după ce mai strângem relațiile... Hai, la mulți ani! Să fii sănătos!

– Hai noroc!

În alt colț al clubului, Flavia este abordată de un bărbat. Nu e genul acelora care bălesc după ea, dimpotrivă. Ea observă imediat că nu pare tipul venit aici pentru petrecere, deși este perfect integrat acesteia.

– Doamnă Baron, la mulți ani! Nu mă cunoașteți, eu sunt doar un comisionar. Expeditorul cadoului mi-a spus să vă transmit că îi pare rău că nu poate fi aici pentru că e în Elveția. Dacă nu ar fi fost ceva important, nu ar fi ratat în niciun chip vreo modalitate să vă întâlnească de ziua dumneavostră. M-a trimis să vă ofer acest cadou.

Flavia ia pachețelul cu emoție.

– Mulțumesc. Spuneți-i că-i mulțumesc...

– Mi-a ordonat să stau lângă dumneavoastră până desfaceți cadoul.

Ceea ce Flavia face imediat, cu degete sigure. Înăuntru găsește un colier foarte scump, o brățară și un bilet la Loto. Îl ia și-l citește. La mână cealaltă își lovește cu degetul mare buricele. E un tic pe care îl are rar și foarte puțini îl observă. Numărul meu de telefon, vârsta mea și data nașterii. Apoi cu voce tare:

– Spune-i că-i mulțumesc și îl iert pentru absență.

Comisionarul face stânga împrejur și dispare degrabă.

Deodată, lumina se stinge, apar două torturi uriașe cu numerele 45, artificii explodează și clubul e inundat de jocuri de lumini și fum artizanal. Toată lumea cântă „Mulți ani trăiască!" și „Astăzi e ziua ta!"

Târziu în noapte, petrecerea ajunge la final. Însoțită de un manechin, Odette îl caută pe Alfred și îl găsește agasat de niște invitați.

– Fredy, e timpul să-ți dau cadoul, îi șopti și îl luă de acolo.

– Altul? N-ai făcut petrecerea?!

– La 45 de ani, meriți mai mult decât o petrecere. Uite, ea e Nicole. Perla coroanei prezentărilor mele de modă.

– Mda, e foarte frumoasă, de fapt e superbă. Îmi pare bine, Nicole!

– Nicole abia a împlinit 21 de ani, deci e majoră și după legea americană.

– Chiar așa te cheamă, Nicole? i se adresă Alfred, care face față cu brio și zâmbetului și decolteului fetei.

– Da. Tatăl meu e francofil. Numele meu înseamnă „Cuceritoarea".

– Cred și eu! întărește Alfred.

– Ea este cadoul meu pentru tine, spune zâmbind Odette.

– Ești sigură?

Odette înclină din cap. Alfred, ezitant, o ia de mână pe Nicole. Fata își sprijină capul pe umărul lui. Dau să plece împreună. Odette îl ia de celălalt braț și îi șoptește la ureche: „De ea ne bucurăm amândoi..." Între cele două superbe femei, sprijinit ca de două cârje îngerești, Alfred se gândește că merită să faci 45 de ani.

Partea a V-a

Președintele e Dumnezeu

Bustul lui Eminescu stă la Vevey pe un teanc de cărți. „Parcă e un teanc de dosare", îi spusese râzând, în seara când a fost dezvelit, Ghica. Dacă e să ne facă ăștia statuie, așa să ne fie și nouă bustul, îi răspunse personajul X. Adevărul e că cei doi văzuseră la viața lor mai multe dosare decât cărțile scrise de toți junimiștii din literatura română.

– Băi, ce zi infernală... rupe Septimiu tăcerea care până atunci nu-i apăsase deloc, ci părea singura soluție de împăcare cu atmosfera.

– Măcar acum ne relaxăm. Stăm. Bem. Ne îmbătăm. Sper... rostește personajul X.

– Dacă aduceam și niște fete, ne relaxam total...

– Hai, mă, doar ți-am zis. Puțină decență. În memoria ei. Ce dracu'!

– Da, mă. Dumnezeu s-o odihnească! Săraca... Bine că ajunge acasă întreagă. În meseria noastră, se ajunge în urna de cenușă.

Amândoi varsă simultan o picătură pe podea. „Pentru cea adormită", șoptesc simultan.

– Bate, dracu', în lemn... Da' nu de coșciug, spune X. Bă, mâine seară plec și eu înapoi acasă. Vreau să mă duc la înmormântare. Discret...

– Cum vrei. Ești un om liber într-o țară liberă. De Elveția vorbesc...

– Băi, în maxim o săptămână hai să vedem ce dracu' e în spatele mizeriei ăsteia. Cu cât durează mai mult, cu atât e mai nașpa. Băi, nu vreau să las lucrurile așa. Vreau să mă ocup personal de ticălos. Sau de ticăloși. Așa că *I'll be back*!

– Am înțeles, lasă acum. Morții cu morții, viii cu viii... Morții mă-sii de viață. Hai să bem.

– Băi, ce beții trăgeam odată... Acu mă resimt și trei zile.

– Mișto erau chefurile de Crăciun, mascate clandestin în chefuială de Moș Gerilă...

– Haha, tot timpul câștigam concursul de nume conspirative. Mamă, ce imaginație aveam. Tu nu știi, că te-ai cărat, da' după Revoluție am câștigat bani buni punând porecle pentru pamflete la gazete.

– Începi să te matolești, vorbești în rime...

– Poate vrei o rimă la Vevey...

– Las-o baltă! Mai bine zi-mi cum e cu consiliul ăla care cercetează dosarele. Sper că n-ajung la noi.

Septimiu rostește fraza aceasta ca și cum ar vorbi despre prognoza meteo.

– Stai liniștit. Am avut grijă ca noi să figurăm la „activi". Intră în pușcărie dacă scot numele noastre. Am avut grijă să se facă o lege să ne protejeze. Chiar și noi intrăm în pușcărie, dacă ne deconspirăm.

– Cine dracu' a aprobat trăznaia asta?

– A intrat la pachet cu strategia de siguranță națională. La propunerea noilor servicii. Cum să n-aibă copiii noștri grijă de noi? Cine i-a crescut?

– Mișto mișcare. Da' cum a trecut?

– Tu crezi că ăia știu ce votează? Și chiar dacă ar fi știut, ar fi avut grijă băieții noștri din parlament să nu se dezmeticească. Erau pregătite discursuri pentru toate grupurile politice. Ce mama dracu'! Dacă noi nu știm să ne organizăm, atunci cine Dumnezeu știe? Auzi, da' ce contează? Nouă să ne fie bine

***

Răvășiți – așa arătă Alfred și Odette. Și-ar fi dorit ei să fie de la noaptea petrecută cu Nicole... El mai are în nări și pe mâini parfumul comun al celor două femei, ea are în minte doar telefonul disperat al Rosalindei. Intraseră în casă ca o furtună și își găsiseră copiii îmbrățișând-o strâns pe Rosalinda. Erau ca un grup statuar al solidarității, pe care nici cel mai iscusit artist nu l-ar fi putut reproduce. Își crescuseră copiii cu grija de a fi feriți de orice lucru neplăcut și intrau repede în panică atunci când se întâmpla ceva.

– Am sosit cât de repede am putut, rostește ușor sacadat Odette. Care-i situația, Rosa?

– Cutremur mare, babae! Multa lume murit! Nu știu nimic de familia...

– Liniștește-te, să sperăm că sunt bine, interveni Alfred.

– Tatay, nu găsesc pe ei.

Rosalinda nu se poate opri din plâns. Alfred simte responsabilitate. Tânăra aceasta renunțase la viața ei pentru a se dedica copiilor lui și familiei sale. Și o făcea cu pasiune. Copiii o iubeau.

– O să pun eu un reporter de la mine să dea de ei. Acum trebuie să te liniștești.

– Mulțumesc, tatay.

Odette îl luă ușor pe Filip din brațele Rosalindei.

– Cât de mare a fost cutremurul?

– Mare, mama. Sunt știri pe toate televiziunile. 7,7! Au murit oameni. E chiar acasă la Rosa, în Cebu. Se anunță și tsunami.

Abia acum își dă seama că televizorul merge. Îl închide instantaneu. Instinctul de a-și proteja puii.

– Rosalinda, du-te și odihnește-te. Fredy o să se ocupe să afle ce e cu ai tăi. Să sperăm că sunt bine. O să stau eu cu copiii, nu-i mai duc la școală. Rămân acasă. Sunt prea obosită să mă duc la treabă. Copii, hai să mâncăm micul dejun. Fredy, vrei cafea?

– Mulțumesc, babae.

– Rosalinda, ia și un calmant. Vezi că sunt pastile la mine în baie. O să-ți facă bine.

Odette pune pe foc ibricul pentru cafea; deși are expressor, moare după cafeaua la ibric. Privește apa care fierbe și reflectă la modul cum un cutremur în Filipine, în celălat colț al lumii, zdruncină casa ei din București.

Abia mai spre după-amiază Alfred se liniștește. La el în birou. Cu un pahar de whisky și gândurile lui.

Draga de ea, ce fericire i-am adus! Și ce frumos ne spune ea tatay și babae! A plâns săraca atunci când i-am spus că ai ei sunt bine. Și ce hohotea... Tatay, tatay, de unde știi? De la băieții mei, care au aflat direct de la poliție pe telefon satelit. Toate legăturile telefonice sunt moarte, ca și mulți din nefericiții ăia...

Cât de fericită poate fi Rosa? Nu m-am gândit niciodată la asta. N-am întrebat-o niciodată. Ne-am obișnuit să fie acolo. Să aibă grijă de copii. Să îi iubească. Să ne gătească. Ce vrem și când vrem. Și să fie bun.

Ne purtăm bine cu ea, dar oare asta ajunge? Ne-am gândit vreodată la sufletul ei? Luăm bone filipineze că lucrează pe brânci, că sunt supuse, nu au pretenții, nu spun din casă, nu fac probleme.

Mă gândesc la amărâtele noastre care spală bătrâni la cur în Europa, care acceptă de sărăcie orice, care-și lasă copii acasă în dor, și doare...

Tot de chinuială și lipsă a speranței e și Rosa aici. M-aș fi gândit la asta dacă nu era cutremur?

E timpul să facem documentare cu nefericitele noastre și cu copii lor de acasă. Să se ocupe Flavia, că e femeie. Și cu bonele de aici și cu familiile lor din Filipine.

Căca-m-aș în ea de meserie... Nu mai suntem oameni!

***

Sala de ședințe a partidului lui Butuman e imensă, în jurul mesei încap ușor patruzeci de persoane. O făcuse de parcă ar fi vrut să strângă aici guvernul cu tot cu secretari de stat. Un fotoliu imens tronează în ceea ce s-ar putea înțelege că e capul mesei. Restul sunt scaune obișnuite, comode, de piele. Cei cinci inși convocați par aruncați în ocean. A fost destul de incomod pentru cei mai noi să își găsească un loc. În fața unor cafele și pahare de apă, dialogurile lor sunt mai degrabă haotice. Peste acest murmur general, asistenta alege doar să bage capul pe ușă. De peste umăr, spune:

– Președintele mai întârzie puțin. Ajunge în câteva minute. Vă roagă să vă serviți cu tot ce doriți din bar.

– Mulțumim. Ne descurcăm singuri. Cei mai vechi știm regulile pe aici, rostește sigur pe el unul din participanți.

Era unul dintre aceia pe care Butuman îi aduse din trustul lui de presă. După ce asistenta ieși, deși nici măcar nu intrase, cei cinci își toarnă fiecare dintr-o băutură din bar. Paradoxal, fiecare alese altceva.

– Care sunt regulile? Zi-ne și nouă, ăștia mai noi, întreabă un invitat în timp ce cu o mână agită o sticlă de votcă deasupra unei sonde, pentru a curge mai ușor, iar cu cealaltă mână ține o cutie cu suc de roșii.

– De exemplu, n-ai voie să te servești de la bar, până nu-ți dă el voie. A dat odată pe cineva afară numai pentru chestia asta. Și era un tip important, director. Se știau de ani buni. Și băuseră împreună. Noroc că alții n-au îndrăznit, că zburau și ei. Sau poate numai ei și scăpa directorul. S-a întâmplat tot așa, la o ședință la care el a întârziat.

– Oau! Bine că mi-ai zis. Exigent omu...

– Exigent, dar și darnic. Dacă ies lucrurile cum vrea el, nu se uită la bani.

– Asta e bine, că ne trebuie și nouă.

– Ce vă trebuie? Ce n-aveți? întreabă Butuman din ușă, iar, poate spre norocul lui, cel care făcuse afirmația nu se îngălbenise.

– Nimic, domnule președinte. Vorbeam și noi așa, de finanțări, răspunse veteranul.

– Aia să vă fie ultima grijă. Hai să ne organizăm. Ia să vedem cum v-ați împărțit. Cine se ocupă de postaci?

Butuman se așează pe scaunul din celălalt capăt al mesei. Dă impresia că vrea să se termine repede. Asistenta intră cu un ceai și o băutură flambată.

– Eu, domnule președinte, răspunde cu voce mică cel așezat pe ultimul scaun din dreapta.

– Câți sunt și cât costă?

– Douăzeci și îi plătim la bucată, la câte mesaje scriu, da' costă o nimica toată. Ăștia pe net nu sunt scumpi. Ne costă mai mult ăia pe care-i scoatem la mitinguri.

– Așa, de mitinguri și alte manifestări cine se ocupă?

– Mai am ceva, dacă îmi permiteți, domnule președinte. Am ales dintre ei un băiat cu mai mare experiență să-i coordoneze. Are și blog.

– De ce nu te ocupi tu de asta?

– Eu nu prea mă pricep la calculatoare...

– Cât ne costă coordonarea asta?

– Nimic, domnule președinte. Îl plătesc eu suplimentar de la mine. Da' am vrut să știți...

– Bine atunci. Da' să faci bine să te apuci să înveți să folosești calculatorul și rețelele de socializare.

– Am înțeles.

– Lăsați-l, domnule președinte. Știu consultanți politici și oameni de sondare care habar n-au de un laptop. E util prin ce mesaje știe să construiască, interveni din nou veteranul.

– Vorbeam de mitinguri... revine Butuman, ca și cum nu îl auzi.

– De asta mă ocup eu. Totul e organizat: autobuze, bani, bannere, echipa de mesaje, agitatori, tot tacâmul. Am experiență la astea și nu pot greși, sare ultimul din stânga mesei, până ca Butuman să termine fraza.

– Știu. Cine îmi organizează biroul de presă?

– Ăsta rămâne sub directa mea coordonare, spune sigur pe el veteranul.

– Păi tu ai și teritoriul...

– Am timp.

– Bine, vedem mai târziu. Racolările?

– Sunt la mine, se aude vocea și mai mică a celui care nu vorbise până atunci.

Butuman observă că bea gin tonic.

– Aici aș avea eu o observație, domnule președinte. Ați spus că vreți să faceți un partid cu oameni neimplicați până acum în politic. Doar ne numim Partidul Inocenților. Să te apuci să aduni parlamentari, primari sau cine mai știe ce, este, iertați-mă, o contradicție, intervine abrupt, dar nu obraznic, cel care ceruse primele explicații și nu-și permisese încă să se atingă de paharul de Bloody Mary.

– N-ai citit până la capăt. Am spus și că vom face un partid al oamenilor cu experiență, care au coloană vertebrală. Despre asta e vorba, punctează Butuman dând peste gât alcoolul flambat, în timp ce, printr-un resort parcă neștiut, asistenta îi mai aduce un pahar arzând. Ori, spune-mi și mie, cum măsori tu coloana vertebrală în politică?

– Păi...

– Și, dacă tot ești lupul moralist, ca să înveți ce-i morala, uite, iei tu biroul de presă, să lucrezi cu moraliști din media. Asta ca să capeți experiență pentru moraliștii din politică. Si ca să vezi că n-am nimic cu tine, te poți folosi de fetele de la departamentul de documentare de la BTV. Înapoi la racolări...

– Stăm bine, domnule președinte. Am luat acceptul de principiu al mai multor parlamentari. La semnul nostru, trec la noi. Până atunci, ne-au asigurat că votează cum vrem noi. Ne vom putea face grupuri și la cameră și la senat, confirmă cel cu vocea cea mai mică.

– Așa da! izbucni, satisfăcut, Butuman.

– Primarii sunt și ei pe picior de plecare, adică de venire la noi. Așteaptă să intre în ultimele șase luni, altfel își pierd mandatul, știți...

Sigur că Butuman știa. Cei prezenți nu-și puteau da însă seama dacă satisfacția vine de la băutură sau de la dialog. Nici dacă „despre asta e vorba" e o concluzie sau o premisă. Al dracu', Butuman!

***

Ca orice politician care se respectă, Bogdan Crețulescu stă într-un căsoi imens la care se mai adaugă și anexele. A avut grijă să-l construiască pe o stradă puțin locuită, cu încă trei case. O vreme a avut barieră la intrarea pe stradă, dar după ce a avansat în politică a scos-o; nu dădea bine, părea că se izolează de popor, de alegător. Vecinii n-au zis nimic. E bine să nu te pui cu autoritățile.

Marius Dobrescu nu-l mai văzuse din facultate. Nici atunci nu fuseseră cine știe ce prieteni. Se mai intersectau dimineața când veneau de pe stadion de la spectacolele cenaclului, un amestec de propagandă și cultură, de muzică și poezie, singurul loc unde puteai să evadezi.

Pe drum, mai beau câte un iaurt și lăsau în borcanul gol o monedă de cinci lei, din acelea de aluminiu care erau adunate în sticle de lapte transformate ad-hoc în pușculițe. Drumurile lor se despărțiseră încă de la finalul acesteia. Unul alesese afacerile, celălalt politica. Și ea o afacere, gândise atunci când primise telefonul lui Crețulescu. Fusese surprins și totodată bucuros. Așa că acceptă invitația imediat, chiar dacă se apropia miezul nopții.

– Marius, am vrut să vorbim atât de târziu pentru că voiam să nu ne vadă nimeni. Aici la mine e cel mai bine. Ai venit cu taxiul, cum te-am rugat? îl întâmpină Bogdan.

– Înțeleg repede, cred că-ți amintești din școală. Am venit cu un taxi și plec cu altul pe care îl știi tu. Ia zi, cu ce te ajut?

– Știi că n-am intervenit cu nimic la tine de când am terminat facultatea.

– N-oi fi avut nevoie...

– Nu despre asta e vorba. Arată-mi și mie politicianul care nu are nevoie de ceva.

– Nu știu, nu mă pricep. Mă țin departe de politicieni ca de credite. Amândouă te îngroapă.

– Mie îmi spui, care sunt în zeama asta de peste douăzeci de ani? Numai că eu m-am obișnuit să mă descurc cu amândouă. Știi cum e? Ca nevasta și amanta...

– Numai că eu dorm mai liniștit.

– Dar și mai singur.

– Lasă, nu mă plânge! Sunt pline emisiunile tv de asistente dornice. La care poți adăuga balerine, stripteuze, fotomodele, fete de club... Da' nu m-ai chemat în crucea nopții să vorbim de femei. Dacă voiai asta, mergeam la ele. Sau le chemam la mine, că la tine... e familia.

– Ai dreptate. Te-am chemat să discutăm lucruri serioase. Stai liniștit, că aici putem vorbi în liniște. Am dispozitive, iar ai mei dorm în aripa cealaltă.

– Te ferești și de ai tăi?

Dobrescu este cu adevărat surprins. Știe destule despre oamenii politici, nu dă doi bani pe ei, dar să fie la un asemenea grad de paranoia nu-și imaginase.

– Da' tu ce crezi? În politică e obligatoriu ca tu să fii singurul care știe totul. Asta se numește eliminarea vulnerabilităților.

– Bă, da' tristă viață ai..

– Habar n-ai ce veselă e puterea! Uite ce e, ai aflat că voi candida la președinție?

– Am văzut. Citesc și eu presa. Și nu doar cea economică.

– Am nevoie de tine. Nu-ți cer un favor, ci un parteneriat.

– Ce ar putea să-mi ofere mie un presupus viitor președinte? Și n-o zic peiorativ. Eu fac afaceri. Mai degrabă un prim-ministru sau un primar, da' ți-am zis: fug de politică.

– Păcat! Cele mai bune afaceri se fac cu statul. Statul e prost, ca să ne fie nouă bine. Cei care îl slujim. Se poartă ca un copil cu părinții. Fără noi, statul n-ar exista. Politicienii sunt esența statului, iar președintele sensul lui.

– Tot n-am înțeles. În constituție scrie că președintele reprezintă statul în exterior și e arbitrul puterilor...

– Lasă constituția... E doar un text. La noi nimic nu se face fără președinte. Sau, dacă vrei și mai bine, la noi nimic din ceea ce vrea președintele să se facă nu există să nu se facă.

– Hai că m-ai pierdut cu raționamentul ăsta, cu toată facultatea de comerț exterior pe care am făcut-o împreună.

– Marius, suntem țara tătucului. Președintele e Dumnezeu. Îți propun un parteneriat cu Dumnezeu. Ce îți poți dori mai mult?

– Eu sunt mai ateu, așa... Așa că, ca om de afaceri pragmatic, să știi că nu mă încântă un parteneriat cu Dumnezeu. Poate după ce mor...

– Stai puțin. Uite care sunt termenii înțelegerii. Vreau să-mi susții financiar campania. Nu vreau să lucrez cu oameni necunoscuți. Ascultă-mă puțin. Faci o donație de formă pentru campanie. Exact cât permite legea. Pentru restul banilor, îți promit un randament de sută la sută timp de cinci ani. Poate și mai mult. Interesul meu va fi ca tu să câștigi contracte barosane, pentru că zece la sută peste suma pe care am convenit-o îmi vor reveni mie. Cine îți mai oferă o asemenea afacere? Totul discret și cu protecție maximă. Nu uita că serviciile vor fi la mine.

– Avem un risc. Dacă pierzi alegerile?

– Mă cunoști demult, Dobrescule. Nu le dau țepe prietenilor. Dacă pierd alegerile îți vei recupera în totalitate investiția. Nu uita că voi rămâne în politică, cel puțin senator.

– Și garanții?

– Garanții? Ce garanții? Cuvântul meu.

– Trebuie să mă gândesc...

În taxi, Dobrescu aude șoferul înjurând politicienii, patronul, mama mă-sii de viață. Ce prăpastie între lumea acestui taximetrist și cea a lui Crețulescu!

***

Mircea auzise multe despre „băieți". Odată, cu prilejul unei documentări externe, cineva îi aranjase cazarea la ambasadă, într-o mansardă. Pentru că nu avea televizor și juca naționala de fotbal, l-a rugat pe portar să-l lase să vadă meciul în ghereta lui. Acolo era un televizor cu diagonală mare. Portarul și șoferul, care mai aveau un an până la pensie, amețiți bine și de la vin și de la generația de aur, se întreceau în transporturi făcute în „rațiuni de securitate națională", „interes național" sau altele mai mici de „interes strategic". Era vorba de contrabandă în toată regula din diferite zone ale globului, pe unde tot fuseseră mutați. Pentru ei, odată cu 1990, a început raiul. Nu se fereau de el, pentru că era turistul de la mansardă. Un nimeni. Vorbeau inclusiv de transporturi aeriene cu containerul. Nu se încurcau doar cu cele rutiere sau navale, care durau mult.

Parcul cel mai mare din București e aproape pustiu, iar cei doi par rătăciți.

– Ajung la exasperare cu plimbările astea cu câinii. Mă terminați! Găsiți altceva, că nu mai pot lua câinele împrumut. Mi-a zis stăpâna că l-am adus rândul trecut nervos, mârâie Mircea Duma.

– Ce să-ți fac dacă nu știi să te porți cu animalele, perorează Radu Blîndu.

– Animale am văzut destule la viața mea, bipede...

– Hai să trecem la subiectele noastre. M-ai întrebat despre dosarul tău pe petrol. Vezi că omu' e susținut de servicii. De fapt, e chiar omul lor. Interfață. Cred că ești pe teren minat. Mai verifică. Eu, unul, aș lăsa-o baltă. Ai garanția că patronul tău, cu toată prietenia pe care zici că o aveți, își va pune curu la bătaie? Gândește-te bine, tu ești la înaintare.

– Ce ați face în locul meu?

– Mă plătești pentru consultanță, nu pentru acțiune. Dacă ar fi altfel, ai fi tu în simbria mea.

– Bine... Eu merg pe mâna prietenului meu. Și apropo, dacă ar fi cum ziceați și ar fi conexat, ce ar trebui să facă să scape de povară, de rucsac?

– Spune-i că toți din sistem sunt plini de vicii. E liantul care îi ține împreună. Însă numai unul dintre vicii poate crea vulnerabilitate. Așa au fost antrenați. Călcâiul lui Ahile, înțelegi?

– Bun. Și dacă e să-i port grija prietenului meu, ce ar trebui să știu?

– Femeile. Acolo e vulnerabilitatea.

– Dar asta nu e suficient... Ar trebui să știu și o soluție.

– Testul de fidelitate. E letal. Dar pentru asta e obligatoriu un *insider*. O să-l coste mult. Dar aici nu e vorba de bani. Toată lumea are bani în lumea în care a intrat șeful tău. Totul se joacă pe putere. Ori puterea nu are preț. Așa că, la momentul potrivit, *all-in*.

– Stați ușor, ăsta-i poker *demo*. Am zis și eu așa, de formă.

***

Alfred învață mai repede regulile din jurul tenisului decât sportul propriu-zis. Poate că e și o doză de cabotinism în plăcerea dialogului de pe marginea terenului. Flavia nu a mai fost mirată de această întâlnire. E de notorietate că joacă tenis mai bine chiar decât go. Mai știe și poker. Un sport pentru trup, unul pentru minte și altul pentru nervi. Îți trebuie nervi tari la poker. Romanii au greșit cu *mens sana in corpore sano*. Îți trebuie și minte și corp, dar mai ales psihic.

El se simte ca și cum ar juca cu un camarad, nu cu o femeie. În studenție, în practica agricolă, avea o colegă care intra la fotbal cu ei și profesorii și o făcea la fel de bine ca băieții. O privea cu admirație. Asta pentru că era o femeie frumoasă, care nu se ferea să flituie și vreun profesor care încerca, în focul jocului, o atingere nepotrivită, nefirească, cum ar spune un cunoscut arbitru de fotbal. Se întreba cum stau fetele, înghesuite ca și băieții, în niște grajduri transformate în dormitoare, cu o singură baie comună. Numai profesorii aveau camere individuale cu toaletă proprie. Unele fete mai profitau de baia de la profesori, iar aceștia le ofereau și patul comod. Alfred avea grijă să le evite, îl dezgustau.

În pauza de odihnă, el e de două ori mai obosit ca ea. Vrea să mascheze cu toată puterea faptul că e atât de răpus. Încercă să-și revină cu o bucată de banană și o gură de energizant, dar, cum n-are nicio șansă, preferă să mai capete timp prin dialog.

– Nici nu-mi imaginam că joci așa bine tenis...

– Am multe surprize. Eu mă ghidez după Lao Zi.

– Taoism...

– Exact. Cine are multă putere nu și-o arată și astfel are de fapt mai multă putere.

– Păi atunci trebuie să mă lași să te bat la tenis.

– Nici chiar așa. Pentru asta trebuie să mai înveți, Alfie.

– Hai atunci pe terenul meu, spune-mi ce ai aflat în cazul cu petrol pe care ți l-am dat.

– Hai să terminăm setul. Să vedem dacă îmi mai iei vreun ghem.

Alfred revine pe teren, dar mâna îi pare grea și picioarele și mai și. Mai rezistă eroic două ghemuri.

– Am obosit... Mă dau bătut...

– Bine. Hai să ne mai odihnim. Dacă vrei, mai schimbăm câteva mingi mai încolo, fără scor.

Flavia părea de parcă abia și-ar fi terminat încălzirea.

– Spune-mi ce ai găsit în anchetă.

– În spatele întregii afaceri stă un personaj foarte important. E un protejat al serviciilor. Pare intangibil, dar, după părerea mea, dacă ai intrat în posesia acestui dosar, înseamnă că serviciile se gândesc să-și ia mâna de pe el sau să-l sacrifice.

– Spune-mi mai multe despre „omul" nostru.

– Are o grămadă de afaceri în țară, dar și în străinătate. În special în Africa, pe exploatare de zăcăminte. Ori asta nu se face fără sprijinul băieților cu ochii albaștri. Este protejat de sistem pentru că, deși are niște procese, sunt amânate *sine die*. Vor ajunge la prescripție.

– Politic?

– Beton. Dacă dăm drumul la dezvăluiri, facem ravagii în clasa politică. A finanțat toate partidele importante. Asta i-a asigurat stabilitate economică. Alfie, dosarul e complex. Ce a fost cu Trifan a fost floare la ureche. Te rog să ai grijă. Tu vei fi singurul care vei plăti oalele sparte dacă iese nasol.

– Faptul că îmi porți de grijă mă tușează. Ca să duci grija până la capăt, trebuie să-mi promiți revanșa.

– Oricând. Da' te sfătuiesc să o facem mai încolo. După ce mai înveți.

– Atunci, în drum, acceptă o cafea de la învins. E o cafenea chiar după colț.

– De acord, da' să știi că fac o excepție: eu beau numai cu învingătorii!

O înfrângere pe terenul de tenis nu doare, altele dor... Dar nu era sigur că Flavia, deși tobă de filozofie, ajunsese la profunzimea asta.

***

Robert Banu a folosit globalizarea din plin. Are dezvoltate numeroase afaceri, de la consultanță la investiții directe și piețe de capital. A străbătut tot Commonwealth-ul și a făcut afaceri din India până în Australia. Din experiență, știe că în țările mici concesiile sunt mai ușor de obținut. E tipicar când e vorba de afaceri, are propriul lui mod de lucru, e conservator și britanic. Dosarul propus de Ciolpan e în regulă, investițiile par atrăgătoare.

Remus Ciolpan se simte la Cadsden ca acasă, ca la țară. Îi place *pub*-ul The Plough at Cadsden. Englezii, cu conservatorismul lor, încearcă să-l țină cât mai aprope de autentic, deși, având în vedere trecerea mai multor locatari de pe Downing Street pe aici, a devenit un obiectiv turistic de neratat.

– Te-am adus în *pub*-ul preferat al prim-ministrului. Bere și *fish and chips*, asta se obișnuiește aici, explică Banu în timp ce comandă file-ul de cod în aluat de bere.

– Știu, știu. Urmăresc și eu informațiile externe. Cameron a venit aici cu premierul chinez la cererea lui. Și pe chinezi se zice că nu-i bine să-i refuzi, vrea Ciolpan să se arate documentat.

– Nici chiar așa. E vorba de ospitalitatea britanică.

– Ospitalitate, ospitalitate, dar mai importante sunt afacerile. De atunci, e plin de turiști chinezi. *By the way*, cum ziceți voi, mulțumesc pentru sprijinul dat pentru întâlnirea cu românii de aici. Nu m-aș fi descurcat la nivelul ăsta. Misiunile noastre diplomatice au contacte mai mult cu cei ce au nevoie de ei. E ca în țară, cu cei care vor să fie asistați. Ăsta e statul...

– Adevărul este că e o prăpastie mare între cei care suntem aici refugiați politic și cei care au venit să muncească. Cred că ai simțit asta la întâlnire.

– Da. E diferență de clasă. Da' și noi suntem dezbinați, oriunde am fi. Asta nu-mi place.

– Cum ai vrea să fie, dacă interesul statului comunist a fost să dezvolte dezbinarea? Să o finanțeze, să infiltreze exilul...

– Tati, ți-am mai spus. Lasă-l încolo de comunism, interesele noastre sunt în capitalism.

– Ți-e ușor să spui asta. Familia ta n-a avut de suferit.

– Suntem la bere. Hai să-ți spun una tare. E reală, nu e banc. Am trăit-o chiar eu. Știi câți români sunt la Caracas, plecați de pe vremea comunismului?

– Habar n-am.

– Trei. Și am cunoscut doi dintre ei. Unu m-a căutat să-l ajut cu biserica românească de lemn de acolo, iar celălalt voia să facă o cercetare științifică acasă, pe Dunăre. I-am ajutat pe amândoi. Le-am găsit finanțare.

– Nimic surprinzător. Știu că la voi totul se închide la politic.

– Nu ăsta e șpilul. Fii atent! Știi că atunci când cunoști un om, ai o discuție de încălzire. Mă, și ce să vorbesc eu cu unul din Caracas? Îi zic de celălalt, că m-a căutat să-l ajut... și ce crezi că face ăla?... Sare ca ars. Securistu ăla? Turnătoru ăla? Pe ăla vrei să-l ajuți? Apoi, după câteva săptămâni, când m-a sunat celălalt să-mi mulțumească, i-am zis că vreau să-l ajut și pe ăla de mă căutase. Aceeași reacție. Securistu, comunistu, turnătoru... Mi-am jurat să nu mai pomenesc în viața mea unui român din diaspora despre altul. Auzi, mă, doi din trei români la Caracas și se făceau unu pe altu securist! *Cheers*!

– Ce te miră? Voi în țară nu vă turnați?

– Hai, n-o lua în tragic! Normal că ne turnam la greu. Da' o făceam cu responsabilitate.

– Am văzut eu la consiliul care are dosarele.

– Stai, că nu-i chiar așa. A fost rău la început, da' după aia au fost turnători și turnători. Ce vrei? Trebuiau să-și facă și ei un rost, o avansare în profesie, un ban în plus. O delațiune nevinovată n-a făcut rău nimănui.

– Exagerezi! Cum rămâne cu latura morală?

– Lasă că morala nu ne scoate afară din casă nici în afaceri...

– Da' nu distrugem destine...

– Hai să bem, că ne întristăm, ori noi avem de câștigat bani. Tati, știi care era imnul turnătorilor? „Toarnă, toarnă, toarnă Leanțo, toarnă!" Și hai să-ți mai zic una. La cârciumă, când îmi torn singur în pahar, zic „Hai să mă autodenunț" și când îi torn unui prieten, zic „Lasă-mă să torn eu, că cum torn eu nu toarnă nimeni!" Aici ne toarnă băiatu ăsta... Sper că-i sigur... Hai, mai luăm una!

Robert Banu se gândi dacă de aici s-o ia spre Oxford sau să se întoarcă la Londra. Oriunde ar fi, Ciolpan *is neither here or there*, e ca nuca în perete.

***

Are ochii închiși, pentru că îi displace lumina, și mintea razna, pentru că nu îi plac gândurile întunecate. De ce vede acum privirea aceea a șefului său din tinerețe? Îi trezește o poveste ajunsă și în folclorul urban. Era o cofetărie în imediata apropiere a unui liceu celebru. Pentru inițiați, avea în meniu eleve. Totul se petrecea clandestin și ciudat de organizat pentru comunism, în câteva apartamente la etaj. S-a infiltrat în rețea pentru că era tânăr, frumos și viril. Printre „fetițe" a găsit-o și pe fiica șefului său. Copila avea 16 ani și era premiantă. N-o să uite niciodată privirea aceea a lui atunci când, între patru ochi, a trebuit să îi spună. Ochii aceia albaștri fără lumină, sclipire, orizont, rază. A simțit imediat nevoia să-și pună ochelari de soare. Rar i-a mai dat jos.

Mușchii se relaxau sub mâinile ei. Creierul macină aiurea idei. Pune mâna pe telefon, iar ea, obișnuită de atâta vreme cu el, continuă masajul.

– Ce dracu' ne ia atât să aflăm cine a făcut-o? Ne-am pierdut reflexele? Nu înțeleg nimic nici să mă omori, Doamne ferește! începe personajul X, cu un ton ce trădează mai degrabă nedumerire decât nerăbdare.

– Nici eu nu înțeleg nimic. Parcă au intrat în pământ. Băi, sincer, cred că e mai complicat decât ne-am așteptat, îi răspunde de la Vevey Septimiu Ghica, cu vocea neutră a omului obișnuit să trăiască în Elveția.

– Să se fi băgat fata aia în ceva de care noi să nu fi știut?

– Dracu' știe! Băi, nici nu e cazul să fac valuri multe. Se poate ajunge la noi...

– Bine zici, da' nici nu trebuie să rămână așa. Ți-am zis că vreau să mă ocup personal. Ochi pentru ochi...

– Legea talionului ca legea talionului, da' e obligatoriu să avem în primul rând grijă de fundurile noastre. Asta ar mai rămâne, cur pentru cur...

– Dă-te dracului de scârbos! N-am chef de mișto. Vreau capul ăluia, care o fi el...

– Băi, eu zic ca mai întâi să avem grijă de urmele care pot duce la noi. Dup-aia ne ocupăm și de client.

– Dacă-l găsim...

– O să-l găsim, dă-l în mă-sa. Dar cu răbdare. Hai să ne păstrăm capetele pe umeri. Fără minte limpede, ne ia dracu'. Ce, vrei să-ți amintesc de amicu nostru care la Revoluție a plecat din consulat, lăsând lista completă a agenturii? N-am chef să ajung materie de studiu la Academie despre „așa nu".

Ghica invocă un episod care acum se predă la Academia de Informații. În decembrie 1989, năucit de evenimente, pentru că la el nu ajunseseră, dracu' știe de ce, informații, un agent dintr-un colț de lume, neștiind ce e în țară, dacă e revoluție, lovitură de stat, ruși, americani, unguri, răscoală, revoltă, cade sau nu cade Ceaușescu, auzind și că a căzut un elicopter cu șeful Miliției, s-a speriat atât de tare încât, în fuga lui către alt colț de lume, unde își avea și adresa și identitatea conspirate, n-a mai distrus lista rețelei. După acest moment, s-au schimbat proceduri, s-au convins că agenții le bagă bine la cap și mai degrabă mor decât să lase urme. Bineînțeles că pe „neglijent" l-au găsit. Unii spun că l-au adus în țară și chiar l-au pus să predea, că doar era Stan Pățitu, alții spun că l-au lăsat în plata lui, că oricum lista nu mai conta. Avea să fie predată partenerilor occidentali, ceva ani mai târziu.

***

Alfred a învățat să călărească în armată. S-a împrietenit cu un subofițer „călare", căruia îi plăcea poezia. Îi corecta stângacele poeme, l-a învățat să-și structureze lecturile și „cenăcleau" până la ora stingerii. Fiind militar de carieră, împrumuta mai ușor cărți de la biblioteca unității și o făcea și pentru Alfred. Era un fel de *win-*

win, dar pe atunci nu se folosea termenul. Așa a ajuns să facă sectoarele doar la cai, spre disperarea colegilor, cărora le mai venea rândul la wc-uri sau porci. Atât de mult i-a plăcut, încât, imediat ce a putut, și-a cumpărat un cal. Singurul lucru bun cu care a rămas din armată.

Vreme excelentă pentru o competiție hipică, așa și-ar începe un crainic sportiv comentariul. Familia Greceanu este prezentă în formulă completă. Sofia a trecut cu bine de primele două probe, cea de îndemânare și cea de dresaj. Calul și jocheul fuseseră unul și la pas și la galop.

Alfred o ține strâns de umeri:

– Bravo! Te-ai descurcat excelent până aici. Acum ar trebui să nu mai ai nicio emoție. Urmează obstacolele, care ție îți plac cel mai mult.

– Să nu zicem hop până nu sărim ultimul obstacol. Clasamentul e destul de strâns, interveni precaut profesorul de echitație în timp ce peria atent calul.

Odette pare de parcă ea ar fi concurat până acum:

– Mami, cum ești?

– Bine. Totul e în regulă, doar m-am antrenat la greu.

– Lion Heart cum se simte?

– Bine. Simte că îl iubesc și tu știi, tati, atunci când îl iubești, calul îți oferă totul..., se întoarse fata către Alfred.

– Forță, rezistență, spirit sălbatic. Doar e Lion Heart! întărește părintele.

Antrenorul simte nevoia să-i aducă cu picioarele pe pământ pe părinți, pentru că în sportiv și animal are încredere maximă:

– Haideți, eu cred că ajunge. Să-i lăsăm să se pregătească singuri...

Filip își trage surioara deoparte. Protector, îi aranjează gulerul de la vestă. Sofia e îmbujorată. Parcă și tremură un pic. E clar că și entuziasmul de mai devreme a încurcat-o.

– Ai emoții, așa-i?

– Cât casa! N-am mai câștigat niciodată.

– Asta nu trebuie să te blocheze ci să te motiveze. Cu mine așa s-a întâmplat prima oară. Și suntem la fel, doar suntem frați...

– Sper să nu-i transmit emoția lui Lion Heart...

– Stai liniștită. O să simtă adrenalina și o s-o transforme în victorie. Sophie, suntem copii campioni. Hai, du-te și fă-i praf!

– Merci.

Sofia face traseul fără greșeală. Doar două bare au tremurat odată cu inimile celor din familie.

***

În clubul ăsta se ascultă rock și se fumează în draci. Chiar dacă e un fum să îl tai cu cuțitul, atmosfera este aerisită. Mircea vine aici cu sentimentul acela clandestin din comunism, când cunoscătorii mergeau la Havana Club, lângă Universitate, unde, dacă comandai rom puteai să cumperi și un pachet de țigări străine.

Nu-și mai amintește acum marca, dacă erau grecești sau chinezești. Nici nu mai e important. Satisfacția era dublă, beai un rom cubanez și fumai și o țigară bună, nu paiele pe care le găseai la tutungerii, de te chinuiai să scoți așchii din ele. Acum, acolo e un cazinou. În capitalism, dependența de joc e mai importantă decât cea de alcool sau tutun.

Mircea stă la bar și își vede de berea lui. Companionii au plecat, invocând că trebuie să ajungă devreme la serviciu și vor să prindă câteva ore de somn. El, pentru că i s-a deschis supapa, vrea să mai stea preț de măcar două-trei beri până să plece acasă. Nu-l deranjează să bea singur, obișnuiește să spună că nu se plictisește niciodată de el însuși.

– Zi-mi și mie, te rog, cât e ceasu? îl întreabă pe tipul de lângă el, cu care nu mai vorbise vreodată. Nu mai am baterie la telefon.

– Trei. De ce? Nu-ți plac orele mici? Mie da. Hai noroc pentru orele mici!

– Noroc! Da' de-asta bei?

– Pe dracu'! Beau de plăcere.

– Asta-mi aduce aminte de o fază tare. Mi-a povestit-o un tip din radio. Înainte de '89, director era un general. Ceaușescu pusese generali peste tot. Și vine generalul într-o dimineață la radio în uniformă. În lift, un regizor muzical genial, da' machitor. Și-i zice: „Auzi, băiețică, îți stă bine așa. Să mai vii!" La care ăsta, șocat: „Ești beat! De când bei?" „Din 56...", răspunde ăstalalt...

– Ce tare! Și ce-a pățit?

– L-au trimis la Jilava.

– Aoleu!

– Nu la pușcărie, la fonotecă, acolo era fonoteca radioului. Iar când i-au explicat cum să ajungă, că omul nu mai fusese niciodată acolo, i-au zis așa: „În capul străzii, e un restaurant, îl ocolești și ajungi." „Dar de ce să îl ocolesc?", a răspuns mucalitul nostru, care nu dădea niciun semn de reeducare, mai ceva ca politicienii care ajung azi la pușcărie, nu la restaurant sau la fonotecă.

Mircea îi întinde mâna și se prezintă:

– Mircea Duma – jurnalist.

– George Călinescu – critic. Răspunsul este însoțit de o strângere de mână sănătoasă.

– Glumești?!

– Deloc. Chiar așa mă chemă și chiar asta fac. Întreabă-i p-ăștia de vin pe aici, că mă știu. Sunt numai artiști, scriitori, jurnaliști, pictori, actori... Adică știi și tu, că te-am mai văzut pe aici. Da' tu de ce bei?

– Ca și tine. Tot de plăcere. Acu am terminat o anchetă grea și mă debrifez.

– Atunci, hai noroc! Mă, a bea nu e nici virtute, nici vreun defect.

– Bine zis! Îți merge cu critica?

– Merge, că toți ăștia care vor să intre în uniune au nevoie de cronici și vin la băiatu. George Călinescu e o garanție. Apropo, hai să-ți zic și eu una tare. Mă oprește odată un polițist și îmi cere carnetul. Se uită pe el și-mi zice: „Să trăiți! Drum bun! Aveți grijă!" „Mulțumesc, da' de ce?" „Se poate?", zice. „Mai citim și noi...: Trăiți!"

– Mai rămânea să ceară și un autograf pe cașchetă, râse Mircea. Da' tu nu scrii?

– Nu scriu, că nu vreau să intru în cloaca politică. Și toți scriitorii sunt băgați. Arată-mi-l mie pe ăla independent. Îți spun eu că nu e nici unul. Și nu doar acum, așa a fost întotdeauna.

– Ce vrei să spui?

– Uite, zi-mi și mie ce diferență e între poetul de curte și poetul dizident. Cenaclistul a scris pentru un singur mogul, Ceaușescu. Dizidentul a scris pentru toți mogulii de după '89. Filozoful, Eseistul, Poetul-romancier au fost cu președintele din vremea lor, Tribunul cu Ceaușescu. Vezi vreo diferență? Nici măcar „colegul" Nichita n-a fost independent...

– Cam radical! Prea sună a verdict.

– Apropo de băutură, te-ai gândit vreodată de ce Caragiale îi zice cetățeanului turmentat și nu beat? El e amețit, prietene. Nu știe cu cine să voteze. Nu s-a gândit niciun actor să îl joace treaz. Mahmur, dar treaz. Asta ar fi interesant.

– Asta-i mișto.

– Și de ce Agamiță e neapărat senil? El vine de la oraș, prin hârtoape, înnebunit de clopoței. E ca și cum acum ai zice mașina tronca-tronca, tronca-tronca. Nu trebuie să fii ramolit pentru asta, trebuie să fii doar agasat. Iar discursul lui Nae Cațavencu de ce trebuie să fie patetic? Nu te-ai gândit niciodată că el chiar ar putea crede ce spune. Dacă e sincer?

În fundal se aude tare Phoenix. *Fie să renască...*

***

Flavia își prinde brățara primită de ziua ei. Își mângâie ușor încheietura. E un gest rămas după ce tatăl vitreg i-o strângea ca pedeapsă. Era modul lui de a face educație. Avea o forță de clește pneumatic. Fusese luptător de performanță. „Nu te bat la cur, că o să-mi sară mă-ta în cap că te agresez. La cap nu-ți dau, că lasă urme." Față de mama ei n-avea asemenea scrupule. De la majorat, n-a mai vrut să-l vadă niciodată. Nici la înmormântare n-a venit. N-a putut să-l ierte pe grobian și nu-i pare rău nici acum.

Aruncă o privire rapidă asupra colierului. Hainele nu o interesează. Totdeauna, indiferent ce a purtat, i-a căzut perfect. E gata de întâlnire.

Intră relaxată în birou și se duce să-l îmbrățișeze. Personajul X trage scaunul sub birou. Flavia se face că nu observă mârlănia:

– Bănuiesc că nu m-ai chemat să-mi urezi retroactiv un „La mulți ani!" Mulțumesc pentru cadou. Era tare să fi ieșit numerele la loto. Atunci te suspectam de legături *și în lumea pariurilor...*

– Flavia, te rog să stai jos, pentru că e important. E vremea unui catren.

– Ce vrei să spui?

– Nu trage de timp. Știi foarte bine ce vreau să spun. A fost ideea ta când ai început să lucrezi pentru mine. M-a amuzat atunci, îmi place și azi. Când ai distrus un bărbat, ai făcut-o cu un catren. Să-ți amintesc? Ambasadorului belgian cu rujul pe oglinda din baie; consulului din Shanghai într-o prăjiturică cu răvaș în restaurant; ambasadorului nostru din Regat, mai romantic, pe un șervețel parfumat.

– Alfred?

– Nu. Crețulescu.

– Stai puțin. Aici e altfel. Ți-am zis...

– Și eu ți-am zis că e treaba ta. Dar comandamentele sunt comandamente.

Flavia se chinuie cu greu să își păstreze cumpătul. Glasul ei pare că se topește.

– De ce?

– A început să ne încurce. După vizita la Moscova, de care tu nu mi-ai spus nimic...

Flavia își recapătă controlul:

– Mi-ai dat libertatea să raportez numai ce cred eu de cuviinț*ă*...

– Nici nu ți-am reproșat. Pregătește o vizită la Washington. Această vizită nu trebuie să aibă loc. Crețulescu trebuie să iasă din cursa pentru președinție. Și-a luat prea mult avânt și acum mai mult încurcă. Nimeni nu e de capul lui aici.

– Nu e altă alternativă?

– Baron, nu mă interesează cât te-ai implicat sentimental. Faci cum crezi. Îi scrii catren, îi scrii poezie, roman, scrisoare de adio... Îi spui direct în față, i le pui pe *stick*, i le dai pe mail, faci cum vrei. Dar îi vei arăta fotografiile cu voi și te vei convinge că a înțeles. Clar?

– Bine. Acum aș vrea să-mi permiți să mă retrag...

– Ești liberă!

În lumea asta nici nu mai contează dacă ești bărbat sau femeie. Aici n-ai ce face cu morala, nici cu filozofia, nici cu credința. Aici nu-ți trebuie nici inimă, nici cap. Ajunge un abdomen puternic. Vreau aer!

***

Aleseseră o terasă pe malul lacului, unde se mănâncă scump și bine, una dintre acelea care are mereu la intrare un băiat care să-ți parcheze mașina. La ei nu era cazul, pentru că îi lăsase șoferul. Nu numai lui Alfred îi place apa, ci și lui Mircea. Numai că unul alege vara resorturile de lux, iar celălalt Vama Veche, chiar dacă „nu mai e ce-a fost”.

Aici mesenii vorbesc încet, așa că cei doi, deși oameni în toată firea, se bucură de ciripitul păsărelelor. Până și ospătarul li se adresează cu voce scăzută. Alfred comandă rapane, Mircea paste cu fructe de mare.

– Ce bună idee! N-am mai ieșit la o terasă de o grămadă de vreme. Numai spații închise. O să ajung claustrofob. Cum te-ai gândit la locul ăsta? îl întreabă de abia acum Alfred.

– Aici putem vorbi în liniște. De când cu scandalul prezidențial cu terasa Anda și apoi ăla cu ministru cu caltaboș... Învăț repede de când cu Blîndu.

– E mișto locul.

– Mâncăm, bem, ne relaxăm, povestim. M-am stresat destul cu plimbat căţeii...

– Dă cu whisky şi apoi cu bere, că trece. Ia zi, gata ancheta?

– E gata dosarul. O să ţi-l las la birou. Îi dai drumul când crezi.

– Bravo! Şi ăla cu Butuman?

– Şi ăla. Ţine-l pe ţeavă şi aşteaptă momentul. Apropo de Butuman, am cunoscut un critic mişto. E un tip la vreo cincizeci de ani. E cam radical, da' face raţionamente tari. Poate îi dăm o rubrică şi-l punem să distrugă cartea lui Butuman.

– E o idee. Să mi-l prezinţi. Cu Blîndu cum merge?

– E o sursă bună, merită banii. Un excentric bine înşurubat de sistem. Are un fel al lui, nu ştii când e serios. Îmi zice odată: „Hai că plec, că am întârziat la întâlnirea cu un ambasador. Da' ştii care e norocul lui? Că e fost!"

– Un securist haios...

– Şi-a făcut o vilă la margine de pădure. Cică e mai sigur. La el se înfundă strada. S-a dus la primărie şi le-a spus ălora că Aleea Privighetorii nu poate să-i zică, că mai e una, Colivia cu Sticleţi sună ca dracu', aşa că să o numească Intrarea Vulturilor numărul 1. Ăia au zis că nu pun un nume de stradă pentru o singură casă, aşa că şi-a pus singur tăbliţă pe poartă. Şi şi-a mai pus ceva nebunul. Două tunuri în curte, la fel ca cele de la Peleş, de pe terasă. N-a vrut să spună de unde le are.

– Un securist cu imaginație...

– Și cu informație. Știe tot, în toate domeniile. Petrol, contrabandă cu băuturi alcoolice, căpușarea industriei, armament, diamante...

– E bun. Îl păstrăm.

– E aur. Mai ales că să dea dracu' dacă poți să le înțelegi sistemul. Sunt fel de fel de facțiuni, se mănâncă ei între ei. Sunt pe toate fronturile tot timpul. Și interne și externe. Și se combină între ei, fiecare cu fiecare, după interesele momentului. E un traseism pe interese acolo, mai ceva ca în politică.

– Din ce îmi spui tu, par puternici...

– Foarte puternici. Și influenți. Asta pentru că sunt în umbră și nu știi de unde să-i apuci.

– Atunci, dacă nu le putem înțelege regulile, va trebui să avem grijă să încercăm să jucăm după regulile lor nescrise. Sau măcar să nu ne scoată din joc.

– Să nu-i călcăm pe bombeuri, asta cred că e important. Ori Blîndu e garanția noastră.

– Nu ne-au halit pe noi atâția. N-o s-o facă nici ăștia. Poftă mare, Mircea!

***

Flavia stă pe marginea patului și mângâie ușor cearșaful. Ar vrea să-și strângă genunchii la piept. Bogdan îi dă părul la o parte, o sărută pe ceafă și începe să o dezbrace.

– Stai, nu te grăbi... Avem timp, îl oprește ea.

– Ce-i cu tine, *babe*? S-a întâmplat ceva?

– Hai să bem un coniac. Ai în bar?

– Courvoisier L'Esprit Decanter.

– Scorțișoară și caise, gusturile care îmi plac.

Bogdan începe să toarne teatral în pahar. Îi place din când în când să facă asemenea gesturi. Și când spune bancuri, le interpretează de parcă ar fi pe scenă, nedându-și seama de ridicol. Ai crede că auditoriul râde de el, nu de poantă, ceea ce nu e uneori departe de adevăr.

– Să ne lăsăm învăluiți de duhul lui Courvoisier!

– Din păcate nu doar duhul lui e aici, își zice ea mai mult pentru sine.

– Ai spus ceva?

– Nimic, gândeam cu voce tare..

Ciocnesc paharele.

– Îmi aranjez vizita în State și apoi intru pe ultima sută. Totul e pus la punct. Nimic nu mă mai poate opri. Cotroceni, pregătește-te!

– Confucius spune că dacă dreapta cale a rațiunii trebuie să fie urmată, aceasta este hotărârea cerului, dacă dreapta cale a rațiunii trebuie să fie abandonată, aceasta este hotărârea cerului.

– Tu și orientalii tăi... Deși, asta sună a creștinism, și-ți spune asta un ateu. E ca și cum ai zice că nimic nu se face fără Dumnezeu. Nimic nu mă mai oprește, ține doar de mine să câștig!

– Îmi place determinarea ta.

– Aștept clipa asta de când am intrat în diplomație și apoi în politică. Habar n-ai, *babe*, cât m-am pregătit, cât am muncit. Sunt plin de adrenalină. Sunt ca un taur în arenă!

– Dacă ai atâta energie, hai du-te și fă un duș...
– Așteaptă-mă că vin, zice el zglobiu.
Bogdan intră în baie. Flavia scoate un plic. Îl desface și se mai uită odată la fotografiile din el. Poate cele mai intime fotografii ale lor. Închide plicul și îl întoarce. Pe fața acestuia scrie:

Cine făptuiește dă greș,
iar cine prea strâns ține un lucru îl pierde.

Lao Zi

N-ai vrea să știi cu ce tristețe scriu,
Cum picură în inima-mi durerea,
Că-ți sunt destinul, nu numai femeia.
Ascultă: Cotroceniul lasă-l mai târziu!

Flavia

Își lasă urma buzelor pe plic și-l pune pe noptieră. Pune acolo și cheile. Apoi trage încet ușa după ea.
În mașină, începe să lăcrimeze.
– Alfie, poți să vorbești?... Mergi diseară la tenis?... Nu vrei să-ți acord revanșa?... Știu că n-ai nicio șansă, da' vreau să fac puțină mișcare... Ne vedem la teren? Pa!

***

Filip i-ar fi pus un nume kartului, dar i se părea „băbăcios". Aflase de la tatăl său că atunci când era el mic, toți cei care aveau mașini le puneau nume. Și că stăteau la coadă la benzină, fiecare având în portbagaj o canistră. Chiar dacă aveau un nenorocit de Trabant sau o amărâtă de Dacie 1100 luate la mâna a doua, pentru că după o Dacia 1300 nouă se aștepta și șapte ani pe o listă, la coadă. Bubulina, Micșunica, Mița, Margareta, Săgeata; sau masculine: Nervosu, Fulger, Rapidu, Gicu. Ce nasol ca oamenii mari să pună nume mașinilor!

Antrenorul se ținu de cuvânt. Noul kart al lui Filip e gata. E de un roșu strălucitor. „Și-o fi amintit că eram fan Ferrari", își spuse copilul.

Și psihologul se ținu de cuvânt. Alexandru Iordăchescu e la antrenament, stă cu Odette în tribună. E pentru prima oară pe un circuit profesionist de karting.

– Uite kartul tău nou. E chiar mai performantă decât ce ai avut. Nu a rulat-o nimeni până acum. Te-a așteptat. Ești pregătit? spune antrenorul aproape de casca lui Filip, pentru că nu pornise comunicarea.

– Un moment. Vreau să vorbesc cu psihologul.

Și copilul, în loc să se urce în kart, o ia spre tribună.

– Sunteți sigur că sunt pregătit?

– Tu știi cel mai bine. Gândește-te numai de unde am plecat și unde suntem acum. Au dispărut coșmarurile, anxietățile, starea de moleșeală...

– Da. Dar nu știu ce o să simt când urc în kart...

– Nu ai cum să știi decât atunci când vei fi acolo. Gândește-te că e numai un antrenament, pe care l-ai mai făcut de mii de ori. Aplică și exercițiul de respirație pe care l-ai făcut deja de zeci de ori. Spune-mi, kartul îți place?

– Da. E foarte tare.

– Păi, ce mai aștepți? Du-te și ascultă-ți profesorul. El se pricepe cel mai bine.

Turele încep să se topească unele după altele în indicațiile succesive ale antrenorului.

– Am niște emoții..., suspină Odette.

– Vă rog să încercați să le controlați. Lista clienților mei e plină, nu mai am loc și pentru dumneavoastră.

Zâmbetul ei nu e nici măcar pe departe jucat.

– Stați liniștită, Filip e un băiat foarte isteț. Pariez că vă seamănă. E foarte puternic. Ați făcut foarte bine că ați venit repede cu el la mine. Uite cum și-a revenit...

– L-am văzut la concursul Sofiei. I-a insuflat parcă spiritul lui de campion.

– Aveți dreptate. Filip are instinct de campion.

– Și aici credeți că seamănă cu mine? întrebă ea cu o cochetărie ușor, foarte ușor, teatrală.

– Nu v-am făcut o fișă...

Cu coada ochiului îi prinse zâmbetul ușor șăgalnic.

– Femeile, domnule Iordăchescu, se cunosc și fără fișe.

– Dacă nu vă mai merge cu casa de modă, vă păstrez un loc la mine la cabinet.

– O să rețin, dar să știți că și eu am agenda de clienți plină.

– Vă mărturisesc că mă așteptam.

Copilul duce antrenamentul la capăt cu bine. Pentru psiholog este sufletul vindecat, pentru mamă copilul regăsit, iar pentru antrenor victorie.

***

Mircea îi mulțumește cerului că și-a cumpărat mănuși menajere pentru plimbările cu câinele. Urăște să vadă rahați pe stradă. De fapt, urăște să vadă rahați oriunde. Da unde naiba le-a pus? Femeia care face curat nu răscolește. Ce dracu' a făcut cu ele? E doar amețit, nu a băut așa mult în seara asta. Din fericire. E și împrăștiat. A, uite-le în debara. Vorba lui Murphy: totdeauna găsești un lucru în ultimul loc în care îl cauți. Sau pe acolo...

Toată agitația asta pentru un plic pe care l-a găsit în fața ușii. Noroc că are prag, că altfel îl băgau direct înăuntru. Ce obicei de rahat, să lași un plic la ușa omului. Da când dracu' l-au pus, să fie siguri că îl găsește. Dacă l-au urmărit? Cine dracu' mai trimite plicuri? E numele meu pe el. Mircea Duma și atât. O avea antrax. Doar au primit și la Casa Albă plicuri cu antrax. Mănușile astea or fi bune? Să-l desfac dracu' cu grijă.

Băi, nene, îmi pun un whisky... Dacă mor, să mor dracu' demn. Îl desfac, să îmi bag piciorul!

Mircea se liniștește într-un final, jumătate de la conținutul plicului, jumătate de la tăria băuturii, dăduse pe gât două pahare.

M-am speriat degeaba! Uite că-s niște documente. Băga-mi-aș! *Fuck*! Ăștia nu numai că știu tot, știu și ce urmează să faci!

***

Îi place mirosul mingilor noi de tenis. Când era copil, iubea aburul de benzină și de tutun bun al tatălui său. Îl vedea rar, era șofer și călătorea mult în întreaga Europă și Asia. Îi aducea vederi și timbre și o mulțime de povești aflate sau poate inventate. Alfred mirosea fiecare vedere sau timbru și simțea arome occidentale sau orientale neștiute. Poveștile de seară, cu tatăl său fumând țigări, care erau păstrate de multe ori ca „obligații pentru doctori", „atenții pentru funcționari" sau „cadouri pentru profesori", aveau parfumul a mii de Șeherezade. „Lumea e cum ți-o faci tu, copilul meu! E numai povestea ta, Alfred! Poți fi cel mai liber om în închisoare sau într-un lagăr, după cum poți fi deținut în cea mai liberă dintre lumi."

Flavia apare la teren îmbrăcată în costum de tenis alb, clasic, ca la Wimbledon. Fustița scurtă îi scoate în evidență picioarele. Alfred e deja acolo și exersează serviciul. Poartă niște bermude lălâi. Cică așa se simte el bine.

Flavia începe și ea loviturile de încălzire. Dă în minge curat, cu grație, dar și cu forță. Pare să se concentreze la tenis și numai atât.

După un timp, încep. Totul se derulează previzibil și rapid. E deja 4 la 1 pentru ea. Alfred se chinuie, dar e bucuros că măcar o aleargă.

Pauză.

– Mi se pare mie sau ești puțin încordată?

– Ei, îmi trece. De asta am venit să joc. Fac mișcare și gândesc pozitiv... Știi ce spune Lao Zi despre boală?

– Habar n-am. Deși dacă s-ar uita acum cineva la noi, ar spune că trăim sănătos...

– Înțeleptul nu e bolnav, căci pentru el boala boală înseamnă. Prin urmare nu e bolnav. De aia nu mă îmbolnăvesc niciodată...

– N-am înțeles nimic...

– Alfie, a ști să nu știi este cel mai bine; a nu ști să știi, boală înseamnă... Numai cel pentru care boala boală înseamnă nu este bolnav.

– M-ai amețit de tot. Mai bine hai să jucăm tenis...

– Și acolo ești începător...

– Aaaa, asta-i sub centură!

Reintrați pe teren, Alfred încearcă să-i facă față Flaviei și să pună cât mai bine în aplicare ceea ce a învățat până acum. Mai câștigă un ghem, după mari eforturi. 6-2. E final.

– Felicitări! M-ai învins din nou... Dar acum cred că m-am descurcat ceva mai bine.

– Ei, găsești tu un teren pe care să mă bați.

– La televiziune.

– Acum dai tu sub centură?...îi spune râzând.

Flavia pleacă spre vestiare. Alfred mai rămâne pentru câteva exerciții și se retrage și el după câteva minute. La dușul bărbaților, o găsește pe Flavia goală. Perfectă, statuară, udă, atât cât să taie oricui respirația...

Partea a VI-a

Cu noi se lucrează pe încredere

În studenție, Alfred cunoștea căminul 6 Martie, unde stăteau fetele, ca pe propriul său buzunar. Acolo, ele aveau o terasă imensă la unul dintre etaje, unde învățau. Era liniște când nu treceau multe mașini pe stradă și era mai răcoare decât în camerele înghesuite. Când era vreo petrecere în camera de la ultimul etaj, al cărei geam dădea spre terasă, iar el avea o nouă cucerire, se suia teatral pe pervaz și declama că dacă nu va fi a lui se aruncă. Dacă nu dădea un răspuns rapid, fata vedea cum inconștientul sare. Apărea, până să-i sară inima și să facă infarct, la fel de teatral, în râsul general al colegilor, care mai văzuseră asta de atâtea ori. Dacă fata avea simțul umorului, rămânea cu el, dacă nu, îl înjura de mamă și pleca. „Ăsta-i testul meu de anduranță!", glumea el, indiferent de situație, convins fiind de faptul că n-are de gând să rămână o veșnicie cu fata.

Acum are senzația că s-a aruncat în gol și nu mai are terasa pe care să aterizeze. Băuse înainte un bitter de plante și un energizant. Ea e în genunchi, la marginea patului, cu unghiile adânc înfipte în cearșaf. Geme sacadat. El o posedă pe la spate.

Pe mijlocul peretului, deasupra unei mese, așa cum e în majoritatea camerelor de hotel, pe ecranul unui televizor, Bogdan Crețulescu e în direct:

– Voi face numai o declarație de presă, nu voi răspunde la nici o întrebare și vă rog să înțelegeți situația. După cum știți, acum ceva vreme mi-am anunțat candidatura la președinție. Am anunțat de la început că voi face o altfel de campanie. Din motive personale, vă anunț că mă retrag din cursă... În perioada următoare, mă voi concentra asupra familiei mele, pe care, din păcate, am neglijat-o în ultima vreme. Voi petrece mai mult timp cu copiii mei, care sunt la o vârstă la care încă mai au nevoie de mine. Voi ieși din prima linie a politicii pentru o vreme și vă repet: motivele sunt exclusiv personale. Și insist asupra faptului că nu le voi comenta. Mă voi concentra, de asemenea, asupra unor proiecte individuale pe care le-am abandonat, din păcate, în favoarea politicii. Cedez oricărui candidat de bună credință proiectele mele privind reformarea instituțională a țării, întărirea instituțiilor și a statului de drept, transformările economice care să ducă la bunăstare. Vreau să le mulțumesc tuturor celor care m-au susținut în ultima perioadă, tuturor celor care și-au manifestat satisfacția și speranța pentru demersul meu. Îi asigur că nu o să-i dezamăgesc nici în viitor și îi îndemn să îl voteze pe candidatul despre care cred că se apropie cel mai mult de dezideratele mele. Vă mulțumesc!

Pe obrajii Flaviei curg câteva lacrimi. Greuceanu se simte stăpânul ei.

***

Protopopescu se consideră un inginer al șmecheriilor financiare și se amuză de colegii de presă care au deschis restaurante sau alte afaceri pentru a face bani. Se pot face bani frumoși din presă. Bineînțeles că nu s-a oprit doar la asta, dar restaurante și afaceri de doi bani erau chiar „de porc", așa le numea. El se băgase în afaceri care țin de informații. Trebuie să știi curentul pe care să mergi. Lecție valabilă de la Pamfil Șeicaru încoace. Apoi scoți banii afară în diferite locații și aici dai impresia că trăiești modest. Plus că dă bine la public. Și, cine știe când dracu' îi poate apuca pe ăștia vreo naționalizare?

Privește întotodeauna calupul de reclame care îi precede *talk-show*-ul. O face cu o plăcere salivândă, știind că o parte intră în buzunarul lui. Voluptatea banilor poate fi comparată cu aceea de a face emisiuni.

Generic.
Prompter.
– Ca să urci dealul, îți trebuie condiție fizică, mai ales politică. De dealul Cotroceni vorbesc, v-ați prins.
Aplauze
– Și dacă rezistența fizică se obține cu exerciții, cea politică se obține cu exercițiu. Pentru exercițiile fizice trebuie să mergi la sală, pentru exercițiul politic trebuie să mergi măcar într-un salon... diplomatic, nu la coafor.
Iar aplauze.
– Dar asta nu e de ajuns. Vă mărturisesc că toți politicienii visează la Cotroceni ca bărbații la iepurașii Playboy. Ori pentru asta îți trebuie bile.
Râsete.
– Nu, nu, de ce râdeți? Vorbeam de bilele albe și bilele negre cu care se votează în Parlament. Numai la prostii vă gândiți... Dar nici asta nu e de ajuns. După ce ai condiție fizică și bile, e ca în bancul cu studenții, trebuie să ai și cu cine.
Râsete.
– Și aici vorbesc despre partid. Nu unul de buzunar, ci unul cu buzunarele... pline. Altfel, dealul este prea abrupt, iar candidatului nu-i rămâne decât să se uite la președinte ca cititorii Playboy la Hugh Hefner.
Aplauze.
– Bună seara, doamnelor și domnișoarelor! Bună seara, domnilor!
Ion Protopopescu se așează pe scaun, la pupitrul de dialog.

– Invitatul meu din această seară este un politician.

Politicianul intră timid în scenă și se așează pe canapea.

– Bună seara! îi spune Protopopescu, fără să se ridice.

– Bună seara dumneavoastră, spectatorilor și, bineînțeles, telespectatorilor!

– Nu v-am mai văzut de multă vreme la televizor...

– Sper că nu veți invoca acum ultimul nostru incident, pe care nici în ziua de azi nu îl pricep...

– Nu o să fie nevoie pentru că am adus un parfum – Râsete –, vi-l ofer să ne împăcăm, fără nicio aluzie.

– Mulțumesc pentru această atenție... spune politicianul, luând parfumul.

– Acum, telespectatorii noștri trebuie să știe că l-ați cumpărat dumneavoastră și mi l-ați dat în culise. – Râsete iar – Glumesc, glumesc. Acum serios, chiar v-a afectat atât de tare acel eveniment? Televiziunea este, în fond, spectacol.

– Vă dați seama că odată ce ai intrat în politică, odată ce îți asumi statutul de persoană publică, trebuie să fii pregătit pentru orice. La experiența mea, sunt deja tăbăcit...

– Înțeleg, din ce spuneți, că în politică trebuie să ai și fundul și obrazul groase.

– Nici chiar așa...

– De buzunar nici nu mai vorbesc, pentru că am făcut-o în comentariul de deschidere. Ce trebuie să ai în politică să reușești? Iată, retragerea de azi a lui Crețulescu.

– În politică, înainte de susținerea populației, trebuie să ai susținerea propriului partid. Politica e un sport de echipă. Ori, în cazul domnului Crețulescu, aici a fost problema. Deși un om cu o mare experiență și internă și internațională, nu a găsit sprijin în partidul din care face parte. Din păcate, dacă e să mă întrebați pe mine...

– Nu vă întreb. Crețulescu a invocat motive personale. Surse ale noastre spun că ar fi făcut o vizită la Moscova și asta l-ar fi costat.

– Mi-e greu să cred asta, la experiența domnului Crețulescu. Cred mai degrabă, de fapt sunt sigur că problemele vin de la propriul partid, care este un partid puternic, cel mai puternic, după mine...

– Păi, faceți parte din același partid. Sunteți ca cioara cu puiul. – Râsete – Ce ați putea să spuneți?

– Nici chiar așa. Să știți că suntem un partid democratic, cel mai democratic. În interiorul partidului nostru este loc pentru pluralitatea de opinii, fiecare își poate spune deschis părerea. Nu se aplică, ca în alte partide, politica pumnului în gură.

– Toți politicienii spun asta. Nu pumnul în gură, că se vede. Mai bine șutul în fund.

Aplauze.

– Vă rog să mă credeți că așa este. Eu sunt o dovadă în acest sens. La experiența mea, nu am nevoie de o aprobare de la partid pentru a apărea într-o emisiune sau pentru ceea ce trebuie să spun. Eu nu stau la mâna partidului pentru a mă trimite la televiziune. Dovadă că sunt la emisiunea dumneavoastră.

– Doamnelor, domnișoarelor și domnilor, un politician autentic!

***

Lui Alfred i-a plăcut dintotdeauna să se uite la televizor. Avea unul color, adus de tatăl lui, în vremea în care românii de rând stăteau la coadă pentru obținerea unei aprobări. Cine avea pile la minister, sărea peste rând. Avea și video și-și chema prieteni să se uite o noapte întreagă la filme proaste, de obicei cu bătăi. Vedeau câte cinci, șase pe care a doua zi le uitau sau le încurcau.

Întotdeauna a fost fascinat de faptul că antenele erau întoarse spre exterior. Ardelenii se uitau la unguri, bănățenii și oltenii la sârbi, moldovenii la moldovenii de peste Prut. Bucureștenii se uitau la bulgari și o legendă spune că, după un film polițist de sâmbătă seara, crainica și-a luat la revedere și de la telespectatorii români în limba română.

Azi e o zi senină. Președintele american e antimigrație; președintele rus pro-ocupație; tabere de refugiați, atentate, teamă; bombardamente, război, frică. Sfere de influență. Tot zgomotul de pe televiziunile nostre pare bâzâit de muște.

Flavia și Protopopescu intră deodată în biroul lui Alfred.

– Nu v-am chemat numai să bem un pahar în cinstea rezultatelor pe care le avem, îi întâmpină cu un pahar de whisky pentru el și unul cu gin tonic pentru ea.

– Da' ce, ai și vești proaste? Mai bine îmi dădeai un whisky prost, dacă tot e să-mi stea în gât, zice Protopopescu sorbind pofticios.

– Vreau să vorbim despre câteva direcții de dezvoltare. Asta pentru că facem profit uriaș și nu ne ajută cu nimic dacă rămânem cu el și nu îl vom folosi.

– Una dintre regulile de aur ale presei. Investește profitul în editorial și vei avea un profit și mai mare, întărește Flavia.

– Corect. De aceea vă anunț că i-am pus pe cei de la tehnic să-mi configureze un studio nou.

– Unul mișto o să ne ducă pe la 100-150 de mii de euro, își dădu cu părerea Protopopescu.

– Nu-i problemă de bani. Vreau să-l folosim în campanie. Și mai vreau un lucru. Nelule, te rog să te duci la Chișinău. Vreau să facem o televiziune acolo.

Flavia se îngrijorează și n-are de gând să mascheze asta:

– Chișinău? Ce-ți veni? Acolo e complicat. N-ai nicio garanție că nu-ți dispar toți banii peste noapte. Acolo e încrengătura dracu'. Totul e controlat. Totul e politic și cu servicii. Statul e captiv. De justiție nici nu poate fi vorba. N-ai nicio apărare. Ce-ți trebuie Chișinăul, Alfie?

– De acolo vin o grămadă de voturi. Și v-am spus că vreau să contăm în campanie.

– Eu cred că putem conta suficient de aici. Ce sens are să ne băgăm peste ruși?

– N-am nici o treabă cu rușii. Sunt moldovenii noștri. Chiar statul îi sprijină.

– Îi sprijină pe dracu', Alfie. Totul e la suprafață și la nivel declarativ. În subterane e altfel. Nimeni n-are niciun chef de moldoveni. Nu fi naiv! E o oală care trebuie să stea acoperită, să nu fiarbă nici aici, nici la Moscova.

– Flavia vrea să spună să nu te bagi unde nu-ți fierbe oala...

– Bine, mă, spiritualule..., îl taxează ea imediat.

– Nelule, tu ce zici?

– Flavia are dreptate. Acolo nu există niciun fel de predictibilitate. În spatele justiției stă politicul, în spatele politicului economicul, în spatele economicului serviciile, iar în spatele serviciilor alte servicii.

– Tocmai de aia vreau să intrăm pe presă.

– Nu terminasem. În spatele presei stau toate astea la un loc.

– Nu sunt un papagal. De asta te trimit să sondezi terenul.

– Mai degrabă mlaștina.

– Acolo o să dai și peste interfața lui Butuman în zonă, interveni Flavia.

– În sfârșit, te-ai prins. Nelule, du-te și vezi dacă putem cumpăra o televiziune, dacă ne putem asocia cu cineva apropiat nouă, dacă putem lua o licență nouă, cine e dispus să colaboreze...

– Care sunt pericolele...

– Corect. Și aștept un raport complet. Și îți mai dau o temă. Vezi cum putem lua la noi ziaristele cu care sunt cuplați politicienii de acolo. Sau cum scoatem noi în piața politică alte fete.

– În viața politică, vrei să spui. Asta îmi place. Pot să le și testez?

– Poți să faci ce vrei. Dacă iese bine, mergem toți trei la lansare. Hai noroc!

Pe peretele de televizoare, la TV Moldova se vorbește în românește despre Europa, iar la TV Politika în rusește despre Eurasia.

***

Pentru Butuman, științele politice sunt inutile, de fapt nici nu sunt științe. Crede că în politică sunt suficiente gargara și ordinea – despre asta e vorba! Ce să înveți la facultate? Mai bine faci un curs într-o structură militară. Așa și-a organizat și partidul, cu ordine și disciplină. „Ierarhie și *leadership*", mă aveți pe mine și e suficient. Trebuie doar să nu ieșiți din cuvântul meu.

Își convoacă membrul de partid în care are încredere în separeul lui de restaurant. E un tânăr mic de statură și docil, nu-și contrazice niciodată șeful. Are un viitor promițător în politică. Nu sare în ochi.

– Șefu, am pentru dumneavostră ceva special. De la mine. Coniac de casă, vechi de cinci ani, ținut în butoi de dud. Unge pe suflet, deschide ospătarul ostilitățile.

– Bravo, bagă! Și mai bagă niște șorici, d-ăla bun și moale. Și bagă și niște jumări. Tu ce vrei? îl întrebă Butuman pe membrul de partid și, fără să aștepte răspuns, continuă: Lui adu-i o palincă și un antreu, știi tu cu ce.

Aplombul lui Butuman, atât la restaurant, cât și în politică îl inhibă pe tânăr. Îl admiră sincer.

– Hai să vedem cum stăm. Spune-mi ce ai făcut cu țiganii.

– Domnule președinte, m-am ocupat personal, așa cum ați dispus. Am vorbit cu principalii bulibași. Cred că le putem obține sprijinul.

– E obligatoriu să-l avem. Votează disciplinat și mult. Despre asta e vorba.

– Suntem pe drumul cel bun, numai că sunt foarte suspicioși până le capeți încrederea.

– Și ce-ar trebui să facem?

– Mă gândesc să le botezați un copil. Piranda stă să nască un băiat.

– Bine, îl botez, numai să nu-i pună vreun nume de televizor, mașină, Ironman sau mai știu eu ce...

– Mi-am permis să avansez puțin discuția, domnule președinte...

– Bine ai făcut, ia zi!

– Sunt gata să-i pună numele dumneavoastră, da' vor să-l cheme... Vlad Țepeș. Sper că nu vă supărați...

– Hai mă, las-o dracu', că e mișto! Bine că nu-i zic Vlad Dracul. Hai că-i tare. Zi-le că-l botez. Ce dracu'! Doar nu i-a adus Țepes aici? Bă, da' să nu mă pună să-i și cunun, că ăștia se iau de mici.

Ospătarul intră și Butuman se înfige în șorici. Molfăind, comandă:

– Băi, fă vreo douăj de mici și adă și-un vin d-ăla de-mi place mie.

– Vineee băiatu!

– Șorici ca ăsta... Despre asta e vorba! Hai să vorbim de șorici. Cum stăm cu banii în Fundația României Inocente?

– Aici stăm cam prost. Banii intră greu.

– Contabilul ăla e idiot? Lucrează la Fundația Inocenților, nu la Fundația Proștilor. Ce dracu'! Vreți să vă dau mură în gură? Schimbă-l, dă-l afară! Ia pe oricine de la mine din firmă, care știe cum se face rulajul. Doar d-aia am făcut fundația.

– Am înțeles, domnule președinte!

– Bun. Hai că nu vreau să mă enervez la șorici. Spune-mi cum stăm cu softul.

– Ăla de alegeri?

– Da' despre care? Ce dracu', mă, dacă faceți parte din Partidul Inocenților, nu trebuie să faceți tot timpul pe inocenții. Cel puțin nu cu mine.

– Mă scuzați, domnule președinte. Softul e în regulă, și al nostru ăla paralel și ăla cu care mergem la licitație.

– În sfârșit, o veste bună.

***

La ideea lui, au scris pe un șervețel în ce loc din lume ar vrea să fie în acest moment, împreună la masă. Cu gândul la preferințele ei orientale, el notă restaurantul din grădina Yuyuan din Shanghai. Se înșelă. Pe biletul ei scrie L'Ambroisie Paris. N-avea cum să-i treacă prin cap, Flavia nu vorbise niciodată cu cineva despre bărbatul suprem din viața ei, tatăl ei. Deși nu a fost niciodată la Paris, tatăl ei știa totul despre oraș și îl iubea nebunește. N-a avut cum să ajungă acolo, comuniștii n-ar fi dat niciodată drumul unui profesor care știa perfect franceza și ar fi putut rămâne acolo, mai apoi să mai și vorbească pe la Europa Liberă. Alfred îi promise că vor merge și la Shanghai și la Paris cu primul prilej.

Acum, stau într-o cafenea parcă desenată pentru îndrăgostiți, situată departe de centru și de priviri indiscrete. O lumânare împrăștie fum parfumat. O stare de bine plutește în aer și suflet.

– Alfie, e timpul să vorbim ceva important, îi spune și îi atinge ușor palma.

– Ce poate fi așa de important de nu am fi putut vorbi la o partidă de tenis? Ancheta pe petrol?

– Păi, aia e gata... Îți mai trebuie ceva? Nu-i completă?

– Nu. Mă gândeam și eu așa...

– Și eu mă gândeam să bem un pahar de vin singuri. Nu-i bine?

Piciorul ei căută pe sub masă piciorul lui.

– Ba da. Dar putem fi singuri și fără să vorbim lucruri importante.

– Știu că te interesează Butuman. Am o informație din anturajul lui, greu de verificat, dar plauzibilă. Cică în campania pentru prezidențiale, Butuman va lua locul candidatului pe care îl susține. O va face în ultimul moment, elementul surpriză.

– De ce îi trebuie Cotroceniul?! Omul ăsta are tot! E aceeași întrebare pe care mi-am pus-o și când voia TVG-ul...

– Alfie, ai văzut filmul cu Mihai Viteazu?

– *Buzduganul cu trei peceți*? Ăla era propagandă...

– Nu, nu, ăla clasic. Cu Amza...

– L-am văzut. Ce-i cu el?

– E acolo un dialog... Sultanul Murat îl întreabă: „Mihal-bey, care este după tine cel mai important dar pe care Allah l-a făcut omului?" Mihai răspunde: „Viața". La care sultanul îi spune: „Ești prea mic. Cel mai mare dar al omului este puterea!" Ai înțeles?

– Al dracu' Butuman!

– Ce ai de gând?

– Să-i fac contracampanie pe TVG, asta am de gând. Și să sprijin oricare contracandidat, oricât de antipatic mi-ar fi, nu mă interesează.

– De ce nu te bagi tu direct?

– Ce vrei să spui?

– Dacă va candida el, de ce să nu candidezi și tu? Bătălie directă.

– Vorbești serios? Cum? N-am niciun partid.

– Alfie, nu e neapărată nevoie de un partid. Berlusconi a pus mâna pe un sfert din voturile italienilor având în spate propriul imperiu de televiziune, nu un partid organizat.

Mâna ei urcă încet pe mâna lui.

– Sua Emitenza... Da' Forza Italia? se miră Alfred.

– S-a organizat mai târziu. Și nu e singurul exemplu. Președintele Collor din Brazilia a improvizat în grabă un partid, dar avea un puternic sprijin al televiziunii. Și Ross Perot a obținut în State, în '93, o cincime din voturi, de unul singur, pe banii lui, prin *talk-show*-uri plătite la televiziune. Suntem în era video-politicii. Plus că o poziție de independent poate fi un avantaj pentru electorat.

– O să mă gândesc...

Se simte tras de ea cu un fir invizibil și știe că în final va ajunge captiv într-o pânză de păianjen. Ce-ar mai fi stat... Dar tocmai azi i-a promis Odettei că va ajunge devreme la cină...

***

Călinescu puse o condiție care nu putea fi negociată, aceea ca emisiunea să fie în direct. „E singura garanție pe care o pot avea că nu voi fi cenzurat. Dreptul la semnătură este sacrosant, ca dreptul de proprietate. Este proprietate intelectuală. Vreau să spun ceea ce cred și cum cred eu de cuviință." Alfred acceptă, știind că trebuie să înghiți orice hachiță.

Se hotărâse repede, cum nu-i stă chiar în obicei, și-acum rubrica trebuie să fie pe post. E în regie, ca la fiecare premieră a unei emisiuni.

Mircea nu e aici, dracu' știe pe unde umblă, că iar nu dă de el și răspunde robotul. Așa că joacă *blind*, Dumnezeu cu mila! Generic emisiune – *Totul pe o carte*. O cruce rapidă, cum făcea atunci când își începea propriul *talk-show*.

– Bun găsit, dragii mei. Împreună vom răsfoi pagini de cărți, vom paria pe cele câștigătoare și le vom arunca la coș pe cele nefolositoare. Dacă tot este să citim o carte, măcar să nu ne pierdem timpul. Împreună vom găsi atuurile unor contemporani și sensurile nedescifrate ale unor clasici.

Astăzi, un contemporan pe care vă mărturisesc că nu aș da nici doi bani. Vlad Butuman și cartea lui de reușită în afaceri, „Drumul succesului meu". Cartea se dorește ceva între jurnal și ghid motivațional, dar nu este nici una, nici alta. Dacă aș spune că avem de-a face cu un haloimăs plin de pretenții docte, probabil că m-aș apropia destul de mult de adevăr. Sincer, mirosul meu critic îmi spune că textul, unul plin de naivități grețoase, nu e nimic altceva decât o mixtură de compilație camuflată, judecăți de valoare tembele, clișee răsuflate, metafore de doi bani, mărturisiri cu adresă, jocuri de cuvinte demne de cel mai autentic delir, totul inabil rafistolat nu de un singur autor, ci de mai mulți, cel puțin doi, care însă n-au avut inteligența și nici bunul simț în a se pune de acord cu profilul pretinsului volum semnat de controversatul om de afaceri care acum, iată, tinde să intre în politică și să-și mai gonfleze puțin egoul, pozând în scriitor.

De ce gândesc așa? Întâi, pentru că autoclamatul autor e prea tânăr pentru a-și consemna memoriile, gestul de a publica un asemenea text mi se pare doar marca unui narcisism bolnav și semnul unei tendințe paranoide în plină dezvoltare. Pe urmă, a scrie despre pretinsele tale succese economico-financiare, în realitate jecmăniri sinistre ale bugetului public, este deconspirarea unui tupeu aproape metafizic, clar sprijinit pe lucrătura Securității pe stil nou, unica dar fundamentala proptea pentru ca așa-zisul capital românesc să izbândească în dura luptă contra investițiilor străine.

Vlad Butuman este un om de succes în măsura în care acest cuvânt, „succes", nu înseamnă nimic altceva decât furăciune, minciună sistematică, asasinat și devalizare programată. La drept vorbind, experiența de viață pe care imberbul autor se chinuie să ne-o comunice, cu titlul de mistică revelație, nu e decât o minciună sfruntată, o însăilare de sloganuri motivaționale, genul de gard neinspirat vopsit pentru a camufla voracele leopard ascuns stângaci după uluci. Ce model de reușită în afaceri, ce etică a dialogului, ce automotivare filantropică? De unde atâtea calități la un neica nimeni, prădător feroce și securist nenorocit?

Cât despre scriitură, căci despre conținutul volumului mai multe nu am a spune, ea este sincopată, deșirată, amalgam de stiluri, meleu de retorici, mlaștină de tropi, pe scurt, un discurs construit pe furtișag, asezonat cu cretine tușe de plagiat și șlefuit la umbra unei remarcabile lipse de inteligență scripturală. Decât să ne enerveze cu o asemenea patologică făcătură, Vlad Butuman mai bine s-ar fi ocupat cu ceea ce știe la perfecție să facă: un tun financiar, o privatizare „de succes", o licitație trucată, o sponsorizare politică. Așa, el nu face decât să îngroașe rândurile tembelilor cu fumuri literare, a pitecantropilor stăpâniți de delirul unui Mesia postrevoluționar.

Sfatul meu absolut sanitar? Aruncați cartea lui Butuman, apoi spălați-vă bine pe mâini, iar la urmă nu uitați de alcoolul medicinal! Altfel, riscați o indigestie cruntă. Așadar, la coș!

Mâine vă prezint o carte cu adevărat câștigătoare, Adrian Paul Iliescu – „Anatomia răului politic".

Sunt criticul George Călinescu și vă spun: O carte bună e un atu în cultură. Faceți cărțile!

Bravo, bă, Călinescule, asta e televiziunea mea!

***

Personajul X îl invită pe Greceanu la el. A ținut să precizeze că rar poftește pe cineva, de obicei face convocări. Pe Alfred l-a mirat acel arhaic „a pofti". I s-a părut caragelian și totuși un securist nu are nimic din Caragiale. Poate din Sadoveanu sau, mai degrabă, Titus Popovici.

În Alfred, îndoiala începe să ronțăie. Dumnezeu naște toți oamenii buni. Cum ajung ei, prin liberul arbitru, ticăloși? Și dacă cei mai odioși torționari comuniști credeau prin toată ființa lor că ceea ce fac e bine? Că e legal, și dacă e legal e obligatoriu și moral? Dacă va ajunge să fie prieten cu Personajul X? Dacă va începe să-și justifice singur acțiunile comandate sau sugerate, să creadă sincer în ele? Toată viața a evitat concesiile; e soluția corectă? Dacă va deveni el însuși un produs al sistemului?

Greceanu ținu seama de rugămintea de a veni fără mașină. Se gândi că vor ciocni un pahar pentru reușita campaniei cu petrolul patriei. Are însă o senzație murphyană, aceea că orice începe bine se termină prost. I se mai întâmplase în viață. Nu e pesimist, ci precaut. Cu serviciile nici nu poți fi altfel.

– Te-a lăsat șoferul, așa cum ți-am cerut... Ce bei? îl întâmpină zâmbind Personajul X.

Ca de obicei, Alfred nu-i poate zări privirea din cauza ochelarilor fumurii. Se vede însă că e într-o dispoziție bună.

– Da, o să vină să mă ia. Ce beți?

– Whisky.

– Atunci și eu la fel.

– Am auzit că a ieșit excelent ancheta cu petrolul. E timpul să-i dai drumul. În curând, vor începe primele arestări și vreau să reiasă că sunt în urma anchetei noastre. Altfel spus, că am fost cu un pas înaintea justiției.

– În regulă. Putem începe campania în două zile, după ce o încălzim cu un promo.

– Foarte bine. Copile, vezi ce bine e dacă ne consultăm? Vezi că o să ai presiuni. Nu-ți face nicio grijă. Du campania până la capăt fără nicio problemă. Vor cădea capete mari, mai mari decât îți imaginezi.

– Mi-am dat seama din anchetă. Sunt ițe pe care le intuim, dar încă nu le putem demonstra beton. Dacă începe pionul principal să vorbească, mulți se vor popi.

– Va vorbi. Arestul o să-l înmoaie în două zile. Pe măsură ce dă indicii clare, aruncați pe piață fără grijă supozițiile. Se vor confirma, mai ales cele politice.

– Am înțeles...

– Iată acum o nouă misiune. Ai aici un dosar cu câteva nume de procurori și judecători. Sunt în urcare și ne pot încurca câmpul tactic de pe justiție. Ai și câteva indicii. Vreau să-i desființezi unul câte unul.

– E delicat să atac oameni din justiție. Au imunitate, inamovibilitate, protecție... E complicat. Va naște valuri, proteste... Știți, statul de drept...

– O luăm de la capăt? Parcă ne înțelegeam. Nu spune nimeni că ataci justiția, ci unii oameni...

– Tot aia, încearcă să pareze.

Sentimentul de încolțire e nasol. Simte răcoare pe șira spinării

– Nu-i tot aia. Ascultă la mine. Sistemul nu înseamnă oamenii din el. Sistemul are norme proprii, iar oamenii trebuie să se supună. Doar așa poate funcționa.

– Și independența justiției?

– Nimeni nu contestă independența justiției, numai că trebuie să avem grijă să fie aceea pe care o vrem noi. E ca și cu puterea, copile. Credeam că te-ai dumirit până acum. Hai, la muncă și fă o treabă ca lumea!

Asta e o cerere nebună... Cum să dau în magistrați? E ca și cum mi-aș lega singur lațul de gât sau piatra să mă arunc în Dâmbovița. Dacă intru pe teritoriul justiției, dispar în două clipe și trei mișcări cu toată televiziunea mea. Nimeni n-a ieșit viu din războiul ăsta. Sau liber... N-am niciun chef să mă arunc singur în boxă. Magistrații sunt intangibili, sunt o castă și se protejează. De ce să bag eu bățul prin gard? S-o facă el, dacă e tare, să-și activeze acoperiții. Nu e bătălia mea!

Nici politicul nu se descurcă aici. E suficient să aprinzi scânteia asta și lumea e în stradă. Ce-mi trebuie mie? Să-și rezolve singuri problemele, oricine or fi ei: politicieni sau servicii. Să se păruiască între ei, că eu n-am nicio treabă.

X-ule, ordinul ăsta să-l dai oricui vrei tu, eu nu-l execut!

***

Ipocrizia comunistă a „egalității dintre bărbat și femeie" a adâncit misoginismul. Până acolo încât să se spună că el ar fi fost băiat bun de n-ar fi fost ea, academiciana, scorpia. Egalitatea se oprea la controlul ginecologic, pentru că ele trebuiau să aducă țării cât mai multe vlăstare. Alfred n-a avut niciodată prejudecăți. Cu un tată mai mult plecat, a fost crescut într-un adevărat matriahat. Bunicii nu și i-a cunoscut pentru că au murit amândoi pe front. Mai bine poate, riscau să o facă în pușcăriile comuniste. Nu crede că „în spatele unui bărbat puternic stă o femeie puternică" sau că „în spatele unei femei puternice stă un amant veros" sunt axiome universal valabile. Ar putea paria oricând pe ginocrație.

În Alfred, sămânța ideii se prinse bine. Ca să încolțească, avea nevoie de lumina pe care o lua de la Odette. Are încredere în intuiția și în flerul lui, nu l-au înșelat niciodată și a câștigat o grămadă de bani. Contează însă pe capacitatea ei de analiză și pe faptul că se pricepe la oameni mult mai bine ca el.

Imediat după cină, când copii se duseră în camerele lor, Odette îi spune îngrijorată:

– Fredy, avem o problemă importantă cu Sofia. Trebuie să o rezolvăm. Și-a făcut o adresă de Facebook despre care nu mi-a spus nimic. O adresă intitulată Little Sophie.

– Tu de când știi chestia asta?

– De curând, de când a început să aibă probleme. Cineva i-a trimis tot felul de mesaje. Ba că vrea să o sponsorizeze, ba că vrea să se întâlnescă cu ea să o ajute, treburi de genul ăsta... Asta mică n-a răspuns, dar a devenit din ce în ce mai insistent.

– Și mie de ce nu mi-ai zis?

– M-a rugat mult. A plâns. Îi era frică că o să te superi pe ea și nu o s-o mai lași la călărie. Ce e mai grav este că mi-a dezvăluit că de câteva zile are impresia că cineva o urmărește. Mi-a confirmat și șoferul.

– De ce aflu abia acum?

– Voiam să fiu sigură. Să nu te îngrijorez degeaba. Ce facem?

– O să trebuiască să-i luăm un bodyguard. O să vorbesc eu cu un prieten care are o agenție de *security*. Trebuie să fie o treabă oarecum discretă, să nu bată evident la ochi, dar să fie și vizibilă pentru eventualul urmăritor. Să sperăm că e doar un amator. Spune-i tu despre treaba asta. Să stea liniștită, așa o să se simtă mai în siguranță.

– Ok. Și de când începe?

– De mâine. Și să îți dea parola de la adresa de Facebook. Mâine o să-l caut pe un prieten de-al meu din poliție să vorbească cu cineva de la criminalitate informatică, să facă o anchetă incipientă, să vedem ce e cu mesajele alea. Vreau să o rezolvăm discret. Poate fără plângere și alte complicații.

– Bine, îi spun. Nu vrei să te duci tu la ea?

– Nu, nu... Du-te tu mai bine. Și transmite-i că nu sunt supărat pe ea.

– Ok. Mă duc eu. Nu fi supărat nici pe mine...

– Pe tine n-am cum să mă supăr vreodată. O să fie bine. Stai liniștită. Așteaptă-mă sus în dormitor. Voiam să-ți spun și eu ceva important, da' vorbim mâine seară. Termin paharul ăsta și vin și eu imediat.

Rămas singur, Alfred își mai toarnă un pahar. La apelul lui Mircea, răspunde robotul: „Știi unde ai sunat, dacă nu, închide. Dacă ai ceva important de spus, spune acum, dacă nu, taci!" Dacă altădată mesajul îl amuza, acum îl enervează. De obicei i-ar fi spus că nu vorbește cu roboții, acum însă: „Mircea, dă-i drumul la ancheta cu televiziunea lui Butuman. Fă mâine un promo și pornește-o de poimâine. Vreau să facă valuri și să curgă sânge!"

Al dracu', Butuman!

***

Oricare parlamentar, fie el cât de mic sau de nou, are inoculată convingerea că un politician trebuie să aibă intrare oricând și oriunde. De la carnetele de șofer sau pașapoarte luate peste rând, doar n-o să stea la coadă să piardă din timpul alocat națiunii, până la orice om de afaceri, căutat bineînțeles în interesul țării.

Biroul lui Marius Dobrescu e ca și el. Pentru cine e obișnuit cu birourile de politicieni, aidoma celor de prim-secretari moderni deveniți peste noapte din tovarăși domni, sau cu cele de corporatiști, glaciale și oficiale, e chiar o surpriză. Câteva icoane, o menora, statui de lemn africane, elefanți indieni, cărți otomane cu miniaturi, covor afgan. Diversitate. Remus Ciolpan, caracteristic pentru el, nu observă nimic din toate acestea.

– Ce surpriză, să fiu vizitat de un senator?! Luați loc. Beți ceva? îl întâmpină Dobrescu.

– Dacă aveți o votcă la protocol, ar cădea bine.

„Cade pe dracu', e dimineață", gândește Dobrescu.

– Cu drag. Cu ce ocazie pe la mine? E de notorietate că nu am nicio treabă cu politica. De altfel, sunteți primul politician care mă vizitează.

– Nu-i așa simplu. Veți vedea. Apropo, jucați șah?

– Da. Asta ați venit să aflați?

– Nu. Am venit să aflu de ce, dacă nu vă interesează politica, de ce umblați în miez de noapte pe la un candidat? De fapt, fost candidat.

– Cam indiscret...

– Îmi place să joc tare, să deschid tare. Nu-mi place siciliana...

– Nu vă place Bach?

– Hă, hă! Faceți pe spiritualul, vorbeam de șah.

– A, apărarea siciliană...

– Eu sunt mai dintr-o bucată, așa. Nu-mi place să pierd timpul.

– Atunci, haideți la subiect. Ați venit să vă interesați ce căutam la un fost coleg de facultate? În fond e numai treaba mea și a lui...

– În politică e treaba tuturor. Noi între noi nu avem secrete. Avem numai interese.

– Dar v-am spus că nu mă interesează deloc politica.

– Ar trebui. Da' hai să revenim la șah. Politica e un joc de șah fără pioni. Noi jucăm doar cu piese puternice. Mie îmi place să joc cu cinșpe dame și un rege. Și numai cu piese de lemn. Lemnul meu.

– Ăsta nu mai e șah, e jaf.

Pe Dobrescu dialogul nu numai că îl miră, îl și deranjează. De aia dorește să închidă partida cât mai repede.

– Jaf e în afaceri. În politică e joc, da' pe regulile pe care le stabilim tot noi, își continuă Ciolpan atacul.

– Ce vreți să spuneți?

– În șahul pe care îl jucăm noi nu e niciodată remiză. Câștigăm tot timpul. Dacă joci cu negrele și câștigă albul, ai câștigat și tu, dacă joci cu albele câștigi tot timpul. Patru ani ești cu albele și patru cu negrele, da' n-are importanță.

– Lăsați parabolele. Ați spus că sunteți dintr-o bucată, ce vreți?

– Să facem echipă pentru alegeri. Eu la Senat, dumneavoastră la Cameră. Se votează uninominal și în echipa asta luăm peste 60 la sută. Amândoi avem bani, și cred că știm ce vrem. Cu experiența mea și elanul dumneavoastră îi spulberăm.

– Da' v-am mai spus că nu mă interesează politica...

– N-ați fost degeaba la Crețulescu în miez de noapte. Acu, că s-a retras, poate vă găsiți un alt coechipier. Poate chiar mai bun.

– Nu, în niciun caz. Ați greșit adresa. Chiar nu vreau să intru în politică.

– Poate vă mai gândiți. Mâine, poimâine, o să faceți și dumneavoastră o vârstă. Să știți că politica e cea mai bună ocupație de la o vârstă încolo, când pierzi din elan dar nu vrei să pierzi din bani. Vă las o carte de vizită, mai vorbim.

Senzația de greață și-o rezolvă cu un pahar de sirop de coacăze, și, ca să nu se mai întâmple pe viitor, își anunță secretara: „Dacă mă mai caută vreun politician, oricare, la telefon sau personal, nu sunt aici! Niciodată, pentru nimeni!"

***

Întrebarea Odettei nimerește ca nuca în peretele livingului.

– Acum, că suntem singuri, despre ce voiai să vorbim aseară?

– Mă gândesc să candidez la președinție.

– Ce?!

– Mă gândesc să candidez la președinție.

– Ce-ți veni?!

– Am șanse. Am aflat că Butuman va face o mișcare și va candida.

– Da' n-are un politician pe care îl susține?

– Ba da, dar în ultimul moment se va retrage și își va anunța el candidatura. Mă duc să mă lupt cu el și să-l bat.

– Fredy, n-ai făcut o obsesie pentru Butuman? Candidatura asta nu e un lucru ușor. Ești sigur că asta vrei să faci?

– Am nevoie de sprijinul tău necondiționat...

– Nu despre asta e vorba. Știi că sunt totdeauna alături de tine. O candidatură va trezi un întreg arsenal împotriva ta. Nu știu dacă e bine... Se vor scormoni lucruri, se va săpa după lucruri. Politica e o mizerie. E ca și cum ai arunca cu rahat în ventilator, nu se poate să nu te mânjești.

– Nu e așa și în presă?

– Ba da, dar ești de partea cealaltă a ventilatorului. Mi-e frică, Fredy! Lasă-l dracu' pe Butuman!

– Când ne-am dat noi doi la o parte? Odette, chiar vreau să fac asta!

– Și vulnerabilitățile? Ne expunem, Fredy... Și n-o faci singur, expunem toată familia. Și trădările? Cum le vei întâmpina? În câți oameni ai încredere cu adevărat, Fredy?

– Nu înțeleg atâtea precauții. Voi negocia cu toți. Știu să o fac.

– Și serviciile? Cu ei nu se negociază.

– Ce vrei să spui?

– Ce vreau să spun? Personajul X.

– De unde știi tu de el?!

– De unde? Cum crezi că ai ajuns la el? Prin mine ai ajuns la el, să știi. Îl cunosc mai demult, prin tata. O condiție ca să te primească era să nu-ți spun ție nimic.

Încăperea se strânge deodată în jurul lui Alfred.

– Și ai acceptat să te ascunzi de mine?

– Amintește-ți că atunci n-aveam altă soluție.

– M-ai lucrat pe la spate?

– Ți-am ținut spatele, Fredy! Când a pus presiune pe tine, m-am dus la el să se potolească.

Pereții încep să îl strângă tot mai tare.

– Ce relație e între tine și acest... „personaj" X?

– În relația cu ei sunt lucruri care nu se spun. Nici măcar între soți. Știi și tu bine. Da' nu te gândi la cine știe ce prostii...

– Mă gândesc la ce vreau. Voi candida, îți spun, asta e sigur!

– Îți spun numai că e periculos. Voi fi cu tine în campanie. Cu o singură condiție. Să nu ne expunem prea mult copiii. Te mai întreb o dată: ești sigur?

– Sunt absolut sigur. Și voi găsi o soluție și pentru „celebrul" X. Cu sau fără tine...

– Fredy, nu vorbi așa! Hai sus...

– Nu, Odette, nuuu... În noaptea asta ies să mă îmbăt. Cu Mircea, că tot ziceai de oameni de încredere. Vorbim mâine dimineață, noapte bună!

Deodată are senzația aceea, când în drum spre facultate, atârnat de scara troleibuzului, grăbit să ajungă la examen, simțea că mâna îi cedează. Se rugă de tot ciorchinele apucat de mașină să se miște puțin, pentru că nu își mai simte mâna. Nu putea schimba brațul, pentru că în celălalt avea mapa cu cursuri, dar nici să se miște nu putea. Așa se mergea atunci cu mijloacele de transport, înghesuit înăuntru și agățat afară. Așa că a căzut. O femeie a țipat, troleibuzul și-a văzut de drum, el s-a ridicat, s-a scuturat, i-a mulțumit lui Dumnezeu că e teafăr și a luat examenul cu brio. Atunci, pumnul, încet, încet, se descleșta. Acum, inima, încet, încet, se strânge. Atunci, îi tremurau genunchii, acum parcă tot corpul...

***

Din fericire, Mircea răspunse repede la telefon. Alfred îl roagă să-l ducă într-un bar „ca pe vremuri", „unde Fane bea cu noi cot la cot". Acest Fane, barmanul, arhitect de profesie, pusese același preț la toate băuturile, să nu se încurce și, când se pilea bine, dădea *on the house*. Băieții aveau grijă să mascheze toate cheltuielile lui de bonom în șpăgi consistente, să nu rămână omul în pagubă. Mircea găsi repede o soluție.

Iată-i așadar într-o cârciumă populară, dar nu sordidă. Mircea vine aici pentru că-i aprope de casă și mai joacă și o tablă. Clienții, de-ai locului; toți au porecle englezo-americane: Sir, WTF, Fatty, Skinny, Mfucker, Stick, Slack, Dick, Balls. Numai unul dintre ei poartă, inexplicabil, un nickname românesc: Marț. Când aveau nevoie de ceva de la bar, îl strigă: „Marțuleee!" În afară de băutură, aici se mai consumă un singur lucru, mici. Asta cât timp e treaz bucătarul. Acum e prea târziu.

– Cam asta e toată povestea. Cu toate amănuntele, fără niciun ascunziș, conchide Alfred, după o sumă destul de mare de beri care-i însoțiseră istoria.

– Și-mi mai zici mie panaramă. Dacă nu te-aș cunoaște, aș zice că ori inventezi, ori ești machit. Și știu că ești rezistent. Parcă e subiect de carte.

– Să știi că lucrez să mă machesc. Sunt sigur că o să și reușesc. Noroc! Mișto cârciuma asta unde bei tu. Discret, fără fel de fel de clienți care să fotografieze, muzică bună, îmi place.

– Ăștia de aici sunt oameni serioși, de-ai casei. Vin să bea, nu să facă poze.

– Da, mă. Parcă s-au tâmpit ăștia. Nu mai poți ieși liniștit undeva, că imediat cu telefonul clic...

– E, lasă, că nu-i chiar așa. La cafenele de fițe n-ai loc de piți și de paparazzi. Da' mai vin și chemați, să știi.

– Știu. Nu făceam și noi tabloid la început? Da' parcă era mai de bun simț.

– Alfred, din tot ce mi-ai povestit, am înțeles că vrei să candidezi, deși nu te înțeleg...

– Nu începe și tu ca Odette!

– Stai, mă, liniștit... Ascultă-mă... Cum vrei să scapi de X?

– Cu Blîndu tău. N-ai zis că a fost de acord să lucreze pentru noi? Nu mi-ai spus tu că știe metoda de a trage pe linie moartă pe oricine din servicii? Ceva cu testul de fidelitate? Dacă e adevărat și e tare, ar putea funcționa și în cazul lui X, nu-i așa?

– Ba da, dar ce faci, Alfred? Schimbi un drac cu altul?

– Da, mă. Până trec puntea...

– Începi să gândești ca un politician. Să n-ai obligații mai mari, ai văzut cum sunt. Mă gândesc la tine, spune Mircea cu o sinceritate evidentă, sufletească, frățească.

– Băi, parcă ai băut apă după Odette, pardon, bere. Odată ajuns la Cotroceni, pârghiile sunt altele. Sunt la mine.

– Să fie cum zici tu. Să vedem ce reacție are Blîndu. Da' te mai întreb ceva: ideea ți-a dat-o Flavia, ești sigur că-i de la ea și nu de la „băieți"?

– Ai dreptate, asta e o chestie pe care trebuie să o rezolv. Lasă, e timp... E timp... Noroc! Să nu uităm de ce-am venit!

– Noroc! Rămânem pân' ne-am machit! trase și Mircea o concluzie.

– Și dup-aia mai luăm una și plecăm...

– Apropo, hai să-ți zic una mișto. Să vezi cum e dimineața când ospătarul se transformă în Iisus Hristos și-ți zice: „Ridică-te și umblă!"

***

Biroul lui Vlad Butuman e plin de fum, semn că e nervos. Doctorul i-a interzis să se enerveze și să fumeze, dar nu face nici una, nici alta. Ușor ipohondru, are un medic personal cu care se poartă ca și cum i-ar fi angajat. Doctorul suportă, pentru că e plătit regește. Mai demult căutase la telefon un doctor cu o foarte bună reputație, să-i ceară să fie oricând la dispoziția lui. „Uitați care e problema: dacă vreți, veniți la mine la cabinet." „Spune o sumă, totul se închide la bani", insistase Butuman, iar asta îl enervă pe doctor. „Eu sunt medic și am depus un jurământ. Pentru mine, sănătatea nu se închide la bani. Pentru mine, pacientul e un om, un om bolnav care vine la mine pentru ajutor. Ia mergi matale și caută-ți pe altcineva." „Ce tupeu pe el", conchise Butuman. Pe spatele acestui medic se construi ceva mai târziu una dintre cele mai mari rețele de spitale private.

Jurnalistul pe care îl racolase de la televiziunea lui Greceanu fu chemat la raport.

– Bă, spune-mi ce dracu' e porcăria asta pe care o face Greceanu?

– Habar n-am, *boss*...

– „*Boss*" să-i spui lu' Greceanu, pentru tine sunt „Domnul președinte"!

– Habar n-am, dom' președinte...

– „Domnule președinte", am zis, că nu te tragi de șireturi cu mine!

– Nu știu, domnule președinte...

– Bă, și cine ai vrea să știe?

– Nu știu, domnule președinte...

– Ce dracu' știi tu, bă? Știi de ce te-am adus aici?

– Pentru că sunt un jurnalist foarte bun.

– Ești pe dracu'! Geme țara asta de jurnaliști foarte buni. Ești un nimeni, bă! La mine televiziunea este industrie, iar voi sunteți rotițe. Ai auzit? Rotițe, bă! Ce ești tu, bă?

– Rotiță...

– Acum, că ai înțeles ce ești, de ce crezi că te-am adus eu aici?

– Ca să-mi fac meseria cât mai bine.

– Meseria cât mai bine v-o faceți toți, că așa performez eu! D-aia ți-am dat bani dublu cât la Greceanu, când îți țâțâia curu că vă închideți, ca să-ți faci meseria? Bă, nu fă pe prostu cu mine, că ș-așa sunt un car de nervi!

– Nu știu...

– Nu știu, „Domnule președinte", bă! Te omor!

– Așa credeam, domnule președinte...

– Credeai pe dracu', bă! La mine e obligatoriu să credeți ceea ce vreau eu! Te-am luat de la Greceanu, că dacă se întâmplă vreo chestie ca asta să aflu primul. Despre asta e vorba! Ori la el curge ancheta cu televiziunea mea și legăturile cu Securitatea și eu stau ca boul aici, nu știu nimic și îți plătesc ție salariul! Boule! Ordinarule! Rahatule!

– Domnule președinte...

– Niciun domnule președinte! Du-te unde știi, caută-ți ce prieteni sau prietene mai ai pe acolo, vreau să aflu ce urmează! Nu să stau ca prostu aici, să mă prindă și episodul doi! Bagă mâna în buzunar și plătește cât trebuie. De la mine n-o să vezi niciun ban, că și așa te plătesc destul degeaba. Până diseară, vreau un raport detaliat. Mâine vreau să ies cu un contraatac. Pleacă, să nu te mai văd!

– Și raportul?

– Îl lași la secretară. Dispari de aici. Bou' dracu'! Rahatule!

Butuman își aprinde o țigară, nedându-și seama că mai are una în scrumieră.

***

Mircea e om de mare; de Vama Veche, pescăruși, nisip, altitudine zero. Urăște iarna și frigul. La munte îi place doar la „vânătoresc", să mănânce un medalion de urs, să bea o țuică și să-i cânte acordeonistul *Nothing Else Matters*. Așa că, în telegondola de la Sinaia îi e ca dracu'. Fiind și înalt, se simte nasol, înghesuit. Și mai trebuie să stea și un sfert de oră pe sârmă.

Se obișnuise cu faptul că lui Blîndu îi place să i se spună „profesor", cu simbolurile lui: Don Quijote și calul troian, cu folosirea repetată a cuvântului „joc", cu ura față de Europa Liberă, numai „întrevederile" astea nu-i dau deloc pace.

– M-ați scăpat de câine și m-ați suit în gondolă... Nu știu cum găsiți asemenea întâlniri...

– Ce vrei să spui?

– Mie îmi place gondola doar pe Grand Canale. Am rău de înălțime.

Radu Blîndu e în cabină ca peștele în acvariu:

– Nu te uita în jos și concentrează-te la mine. Ai zis că vrei să vorbim probleme importante, ori astea se discută bine doar la înălțime. Aici e aerul rarefiat. Dacă ăștia vor să ne asculte, le sparg timpanele.

– Cum facem cu testul de fidelitate? Șeful meu vrea culoar liber.

– Am înțeles ideea... Să știi un lucru: nu ajunge să garantezi că după ce ocupi fotoliul de la Cotroceni și sună linia specială îți manifești disponibilitatea de a răspunde „prezent" și „am înțeles". Din *offshore*-ul lui din Panama să trimită un milion la o căsuță din Antile și se rezolvă.

– Stați puțin, un milion e un milion! Cum vreți să va dea banii ăștia doar pe vorbe?

– Doar n-ai vrea să-ți dau amănuntele operațiunii?

– Nici chiar așa, dar o garanție, ceva...

– Cu noi nu se lucrează pe garanții, se lucrează pe încredere! Ține minte însă ce îți spun acum! Omul care l-ar putea încurca pe șeful tău, după ce va pica testul de fidelitate, va pleca în exil în Elveția. Ca regele, ce vrei mai mult?

– Halal comparație! Satisfaceți-mi și mie, vă rog, o curiozitate. De ce Elveția?

– Acolo are un prieten care a făcut evaziune înainte de '89.

– Evaziune în comunism? Asta e tare! Cât a lopătat?

Radu Blîndu zâmbește:

– Evaziune însemna trecerea ilegală a frontierei. A fugit în Elveția.

– Hopa! A defectat?

– A defectat pe dracu'! Lucrau împreună la fantome.

– Nu mai înțeleg nimic.

– Nici nu trebuie. În domeniu ăsta, dacă știi prea mult, riști să bei poloniu cu polonicul.

– Litvinenko...

– Bravo, ești deștept! Hai să nu complicăm lucrurile, spune-i șefului tău să facă transferul și lucrurile se vor rezolva imediat. Și ăsta va fi un bun start. Apropo, uite un cadou de început pentru șef-tu. Pe *stick*-ul ăsta ai dosarul lui socru-su. O să-i trebuiască, când va avea nevoie de ajutorul familiei.

Acum, drumul înapoi de la 2050 de metri. Nu-i arde nici să se uite pe geam, nici să vorbească.

***

Pentru întâlnirea lor, Alfred alese un hotel discret, Adam și Eva. Perne în formă de inimi, acum transpirate; peretele de la baie transparent, prin care a privit-o insistent; oglindă pe tavan, ce ți-ai fi putut dori mai mult? Întinși pe spate, fumează amândoi. El o privește pe ea, ea pe el. Nu s-au săturat unul de altul. Rotocoale de fum se rostogolesc și întâlnesc.

Gândul îi zboară la dușul de la tenis. Tenisul, care a fost adus tot de „ei" în viața lui... Ca și Flavia. Iubește și se simte puternic. E gata să îi îndoaie, oricât ar fi de tari. E Hercule în luptă cu leul din Nemeea. Puterea, oricât ar fi de mare, are o altă forță motrice. Iar totul gravitează în jurul iubirii. Are dreptate Sfântul Apostol Pavel: „Dacă dragoste nu am, nimic nu sunt".

– Vreau să lămurim o treabă, spune el aproape șoptit.

– Ce-i, Alfie, te-a apucat precauția? Vezi că strică la libidou.

Alfred are o moleșeală de parcă ar fi fumat iarbă, dar țigările sunt de tutun.

– Nu-i asta, da' chiar vreau să lămurim ceva...

– Văd că ești chiar preocupat, ce e?

– Vreau să te întreb ceva, da' vreau să-mi promiți că îmi vei spune sincer...

– Ți se pare că sunt într-o poziție în care te-aș putea minți? și-și deschide picioarele către oglindă.

– Vreau să știu dacă ideea de a candida la președinție a venit de la tine...

Genunchii ei se strâng instantaneu.

– Sau de la X, asta vrei să întrebi, nu? Tu ce crezi?

– Nu știu ce să zic. Jocurile astea mă depășesc.

Ea își înghite următorul fum.

– Nu te depășesc. N-ai învățat să le înțelegi. Uite ceva, ca să mă înțelegi mai bine. Știi că cineva spunea după '89 că viața lui e între metafizică și clitoris. Ei bine, viața mea e între Marilyn Monroe și Gandhi.

– Indira?

– Ei, Mahatma, nu Indira.

– Nu mi-ai răspuns...

– Ba da, da' n-ai înțeles. X nu are nicio legătură cu asta.

– Și dacă se va isca un conflict între mine și el, de partea cui vei fi?

– De obicei sunt de partea celui care câștigă...

– Ce vrei să spui?

– Voi fi de partea ta.

– Și dacă voi pierde?

– Voi fi de partea ta.

De data aceasta, el își înghiți fumul, involuntar.

– De ce?

– Am motivele mele. Doar n-o să vrei să știi totul despre mine.

– Nici n-o să pot...

– Alfie, știi care e modelul meu de femeie? Vorbesc depre o femeie română...

– Cred că... Martha Bibescu?

– Bravo! Ai ghicit. Pentru asta o să-ți spun și citatul care mă guvernează. E din Confucius: „Cel ce cunoaște principiile dreptei rațiuni nu egalează pe cel care le iubește; cel care le îndrăgește nu egalează pe cel ce face din ele propriile plăceri și le practică." Și nu vorbesc despre sex...

Rostește cuvântul sex în cel mai senzual mod posibil. Apoi își aduce ușor corpul peste al lui. Gura îi coboară încet, încet pe el.

***

Deși nu vă vine să credeți, între securiști există un cod al onoarei. Ca la samurai. Nu e valabil și în relația cu ceea ce ei numesc „civilii". Între cei doi este însă mult mai mult. Sunt nedespărțiți încă de când lucrau în țară. Un coleg mai hâtru i-a poreclit Pic și Poc. Nu după personajele de desene animate la vogă în vremea aceea, ci după faptul că unul e ca picătura chinezească și celălalt ca pocnitura românească, le spuse el cu graiul lui moldovenesc, terminând în „î" cuvintele. Motiv de amuzament și bancuri pentru cei vizați.

Odată, un imbecil a dat ordin să iasă pe traseu, pentru că nu sunt cadre suficiente. Nu pe Calea Victoriei, mai încolo pe Primăverii, dar să-i vadă comandantul suprem că sunt mulți și vigilenți. Au refuzat amândoi și au făcut arest trei zile, unde i-au scuturat pe apv-iști de bani la poker și table. Cine nu avea bani, punea la bătaie ceasul. Un colonel a jucat pe verigheta pe care a recuperat-o la următoarea soldă.

La Vevey, soarele apune liniștit. Personajul X are senzația că așa se întâmplă întotdeauna. Simți că înțelege acum de ce sir Charles Spencer Chaplin alesese să îmbătrânescă și să moară aici. De pe terasa lui Ghica, luciul apei pare mai clar și viața mai calmă.

– Ți-am găsit o reședință așa cum mi-ai cerut. Până se aranjează, stai liniștit aici. Uite, e un bun prilej să depănăm povești la un pahar. Aer curat, băutură bună... Ce poți să-ți mai dorești?

– Să-i popești, Septimiule!

– Să-i belești? Dă-i, mă, în mă-sa! La ce îți trebuie să îi mierlești? Ca să vorbesc și eu în rime ca tine...

– Băi, dacă nu te răzbuni când poți, te bulesc ei. Niște puțoi care cred că lumea se învârte în jurul lor. Să vezi cum o să facă, când nu o să știe ce i-a lovit. Ca titirezu... Ca huhurezu...

– Să fiu al dracu' dacă înțeleg de ce nu stai tu liniștit în conservare un an... Te relaxezi, întinerești... Că nu întoarcem timpul înapoi...

– Cum să-i las, mă? M-au aruncat pe linie moartă chiar în anul electoral.

– Ce-ți mai trebuie ție să stai la butoane?

– Butoanele astea, chiar invizibile, sunt ca păcănelele. Dau dependență.

– Stai, mă, liniștit... O să-ți treacă...încearcă să-l liniștească Septimiu.

– Nimănui nu-i trece de putere.

– Relax, ai tot timpul...

– Timp au ei. Puțoiul ăla care m-a evaluat și care crede că dacă a făcut studii în Occident e buricul pământului. Am dat un pumn în masă de s-au zguduit ferestrele. Deși îmi venea să-i pun biroul în cap. Dar el nu era decât un instrument, o ustensilă. Altcineva e în spate și nu știu cine. Și știi ce mă enervează? Cum știau de Beatrice și mai ales de toate raporturile mele cu ea. De aici la vulnerabilitate au făcut un pas pe care îl poate face și un copil de cinci ani. Dar tot aflu eu. N-am lucrat atâția ani degeaba.

– Da' ăsta cu care ai dat testul de fidelitate cine e?

– Un tilicar, un pifan care a lucrat la operațiuni psihologice speciale, un puțoi care are în cap numai filme cu James Bond. Mentalitate de civil, de căcat...

– Haha! Hai că ești simpatic și când ești nervos! Nu te mai consuma atât.

– Ce vrei, mă, să fac? Doar n-o să stau ca fraierul pe la televiziuni să mă plâng de pensie ca generalii aia de căcat. Plini de bani, amărâții... Bă, io-s dinamic, sunt de acțiune. Sunt general pe bune!

– Iar vorbești în rime. Fii atent aici! Mai merge un deț... două, dacă ești cuminte. Gata cu consumul nervos. Avem voie să consumăm numai alcool.

Eticheta coniacului strălucește în razele obosite de soare, iar paharele se umplu cu lichidul maroniu.

– E super rafinat, pentru băieți de granat, nu pentru fraieri... spuse X, ducând paharul la gură.

– Hai mă, las-o...

– Asasinat. La ce te gândeai?

– Urmărește-mă! Te internezi vreo două luni la clinica Sant Ana din Lucerna. E credibil, au mai fost români. Vreo două poze cu „tine" slăbit. Și așa nu te cunoaște nimeni. Cancer galopant, mori... Și gata. Funeralii cu onoruri militare, cu coșciug sigilat la Ghencea... militar. Și apoi, le cânți tu prohodul! Îi băgăm în saci ca pe șoareci. Desecretizăm protocoale, scoatem documente, invocăm *deep state*, n-o să mai înțeleagă nimic. Iar tu, ești mortul viu. Ce dracu', te învăț eu?

– Atunci, hai să bem... de sufletul meu... Bă, nu se dă noroc! Toarnă...

De departe, par doi seniori legați de tabieturi, de scrabble, de șah sau de remy. Altceva îi ține alături, chiar dacă acum sunt atât de diferiți, unul relaxat, celălalt încordat: nervul puternic al omului de informații.

***

Reflectase de multe ori la ce se întâmplă cu generația lui, a decrețeilor. Deși i-a prins revoluția tineri cu elan și cu carte, n-au reușit în spațiul public. Succesele au fost doar individuale, aici sau în străinătate. A apucat fiecare oportunitatea care i s-a ivit. Poate comunismul îi scârbise de colectivism, așa că au înșfăcat individualismul. Parcă abia după ce au început să le crească copiii, au început și ei să se gândească și la viitoarea generație și la ce va trăi aceasta. Numai că spațiul public era deja umplut de noile beizadele ale vechilor activiști, instalate deja în partidele tradiționale. E și asta o modalitate de ratare a unei generații...

Acum, golul acesta din stomac l-a mai simțit doar la căderea comunismului și la nașterea copiilor. Fericirea fără seamăn.

Alfred alese o sală de conferințe obișnuită și un decor asemenea. Nimic din somptuozitatea, pompa, extravaganța lansării lui Butuman. Stă singur la masă în fața jurnaliștilor. În primul rând e familia, Odette și copiii, angajați ai TVG, printre care și Flavia. E flancat de două monitoare mari, astfel că e văzut clar de oriunde din sală. E aici și ceva din egocentrismul caracteristic oricărui politician.

Se asigură că toată lumea este gata și începe:

– Am organizat această conferință de presă pentru a face un anunț important. Voi candida la alegerile prezidențiale ca independent.

Cred că țara noastră are nevoie de un independent în cea mai importantă poziție. Clasa politică trebuie reformată din temelii, ori acest lucru este posibil numai cu un președinte independent. Numai așa, cu un arbitru independent între partidele politice acestea se vor putea reforma, așa cum o cer cetățenii. Voi avea grijă ca din cea mai importantă poziție să fiu portavocea cetățeanului. Țara noastră a devenit cu adevărat modernă atunci când a fost condusă de un principe străin, aflat deasupra intereselor politice. Această garanție o voi aduce și eu. Nu cea a unui sânge nobil, ci cea a situării deasupra politicienilor și politicianismului. Politica privește de fapt cetățeanul, nu politicianul. Eu sunt un om care a reușit în viață. Și personal și profesional. Am o familie minunată, care este aici cu mine și mă susține. Am o afacere prosperă. Unii dintre angajați sunt aici și mă susțin. Ceilalți sunt la muncă. Și pe ei îi consider familia mea. Vreau să îmi măresc această familie fericită. Vreau ca întregul popor să fie familia mea. Promit că voi avea grijă ca această familie a mea să trăiască în fericire și prosperitate. Dreptul la fericire este inalienabil, ca și dreptul la proprietate. Biografia mea e o carte deschisă. Nu există nimic compromițător în toată viața mea. Invit colegii din presă să cerceteze, dar o să-și piardă timpul lor prețios. Politicienii sunt nărăviți în rele și în compromisuri și interese interpartinice de tot felul. Ajunge! Voi începe un tur prin țară, voi asculta pe toată lumea. Voi ține cont de părerile pe care le voi auzi. De prea multe ori politicienii s-au depărtat de popor. Ajunge! N-am să răspund acum la întrebări, vom avea tot timpul. Vă voi sta la dispoziție când doriți, telefonul meu va fi deschis mereu. Acum vă invit la un pahar să socializăm.

Într-un colţ al sălii, sprijinit de un stâlp, purtând un ecuson pe care de la distanţă nu se înţelege ce scrie, Tânărul. Înalt, atletic, frumos, un adevărat Adonis, exact ca în ziua aceea, din încăperea ţipătoare, ca de *videochat*, cu perdele roşii, canapea roşie stil Dali, pereţi roz... Gulerul îi acoperă partea de tatuaj cu cârligul pescăresc. Se vede doar partea superioară a pânzei de paianjen.

***

Decorul e auster. Scările mari de marmură dau o senzație de frig care se simte în sus pe șira spinării. Coborând pe scările DNA, cu mâinile încătușate, flancat de doi ofițeri, Butuman înțelege pentru prima oară sensul cuvintelor „să ai mâinile legate". Senzația de durere e undeva mai profundă, nu la încheieturile mâinilor parcă amorțite. O simte în piept, acolo unde crede el că e sufletul.

Nu poate să gândească. E blocat. Nici avocatul nu a putut să-l scoată din starea asta, așa că a recurs la dreptul la tăcere.

Urmează o noapte în arest. Auzise multe despre asta și acum i se rostogolesc prin minte. Un om de afaceri ieșind plângând, oameni politici vorbind despre condiții mizere, șobolani și WC turcesc comun, fără ușă. Gândaci și umilință.

Încearcă încet, încet să-și dezmorțească conștiința. Noroc că scările sunt lungi. La presiune se răspunde cu presiune. La atac se răspunde cu contra-atac. Să se ocupe avocații de apărare. Trebuie să găsească soluții de ofensivă. Prin presă și politică, acolo unde e puternic. Ăștia au profitat de elementul surpriză, trebuie să facă la fel.

Pe ecranele televiziunilor, cu excepția TVG, curg imaginile cu Butuman ieșind încătușat de la DNA. Printre puzderia de fătuce și microfoane, un jurnalist pune două întrebări: „Vă strâng cătușele?" și „V-au luat cureaua, domnule Butuman?"

SFÂRȘIT

Mulţumiri susţinătorilor acestei cărţi, care i-au dat viaţă

#cititoriresponsabili

În luna octombrie 2020, Editura Hyperliteratura a demarat o campanie de crowdfunding și precomenzi pentru cartea „Păpuşarii puterii", de Alexandru Rusu, în urma căreia s-au implicat aproape 60 de susţinători, obţinând suma de 6.525 lei, fonduri ce au acoperit o parte din costurile tipăririi acestui volum.

Mulţumim, aşadar, tuturor celor implicaţi, pe care îi vom numi mai jos, precum şi celor care au optat să rămână anonimi: Nineta Lukacs, Gabriel Guriță, Miruna Pantel, Silviu Podea, Dumitrescu, Rodica Grigoriu, Alin Iliescu, Cătălin Gomboş, Bogdan Comșa, Vlad Barbu, Simona Croveanu, Romeo Vanica, Turcanu, Şerban Anghene, Costin Enache, Sebastian Burduja, Mircea Moldovan, Dorina Rusu, Raul Marin, Horia Vlădoiu, Adrian Aliman, Orodel Olaru, Laurențiu Bădicioiu, Cristian China-Birta, Anamaria Todor, Dragoș Gheorghe, Andreea Rusu, Camelia Stârcescu, Ciprian Leau, Cristina Dudan, Bogdan-Ioan Matei, Sorin Costea, Tudor Ionel, Claudiu-Remus Minea, Cristina Colie, Tedy Mureșan, Emanuel Stănculescu, Carla Monica Rusu, Cristian Antonescu, Valentin Covaciu, Bianca Dumbravă, Marin Constantin, Adrian Valentin Moise, Elena-Maria Trandafir, Adrian Stoica, Doru Ionescu, Aurel Claudiu Ene, Oana Mureșanu, Lupu Georgian, Iordache, Alexandra Balaban, Emanuel Iavorenciuc, Lucian Bologa, Parmena Zirină, George Rusu, Olga Huiban şi Alina Floroiu.

În colecția de proză a Editurii Hyperliteratura
au mai apărut și:

Patimi auzite din Gura Oborului
de Adrian Pârvu,
proză scurtă, octombrie 2020

Amantul Colivăresei
ediție aniversară 25 ani
de Radu Aldulescu
roman, august 2020

Prima dragoste a lui Fabien Bonnaire
de Ralu-Ana Avram
roman, martie 2020

Micul Saturnian (seria *Lelian,* cartea I)
de Octavian Soviany
roman, decembrie 2019

Despre tristețea femeilor frumoase
de Andrei Ruse
proză scurtă, mai 2019

Hyperliteratura

www.Hyperliteratura.ro
www.Facebook.com/Hyperliteratura
www.Instagram.com/Hyperliteratura
e-mail: office@hyperliteratura.ro

DISCLAIMER:
Pentru o viață sănătoasă,
consumați minimum două cărți pe lună.